GOBOOKS
& SITAK
GROUP©

文學新象 293

不存在的男人

I Found You

麗莎・傑威爾（Lisa Jewell）｜著
吳宜璇｜譯

高寶書版集團

謹將此書獻給我的丈夫雅沙
（看吧，我的確愛你勝過愛狗）

第一部

1

艾莉絲．雷克的住處位於海濱。那是一間小巧的度假小屋，應當是為了身形比她嬌小得多的人所打造，已經有三百年的歷史。天花板有多處脫落和浮突，她十四歲的兒子得低著頭才能穿過前門。六年前從倫敦移居此處時，孩子們都還好小。茉莉十歲。凱八歲。蘿美只是個四個月大的小嬰兒。她沒想過自己有天會養出一個體型單薄但身高近六呎的孩子。她也沒想過他們會在這個地方長大。

艾莉絲坐在位於小屋頂端的小房間裡。這裡是她工作的地方。她利用舊地圖進行創作，上網以低廉的價格出售。用舊地圖創作或許賣不了多少錢，對於得養三個孩子的單親媽媽來說卻不無小補。她每週可以賣出幾件作品。這樣夠了，勉強餬口。

從她的窗戶看出去，帶著維多利亞時期風格的路燈間懸掛著成串的褪色彩旗，在四月的狂風中來回擺動。左方是船塢，五顏六色的小型漁船錯落停置，一路蜿蜒延伸至遠方的混凝土碼頭，可以望見北海大浪撞擊岩岸的駭人碎沫。再往外就是大海。深邃無垠。艾莉絲至今仍對近在咫尺的大海感到驚嘆。她以前住在布里克斯頓（Brixton），舉目所及盡是高牆、別人家的庭園、遠處的塔樓和陰沉的天空。就在一夜之間，換成了整片海洋。若坐在房間另一頭的沙發上，唯一映入眼簾的就是那片大海，彷彿它也是房間的一部分，透進窗框蔓延而進。

她將視線收回到眼前的 iPad。螢幕上是個方形的小房間，有隻貓坐在綠色沙發上舔著腿，咖啡桌上有一壺茶。她可以聽到周邊有聲音：她媽媽在和看護說話；接著是她爸爸和她媽媽的交談聲。她聽不清楚他們說什麼，上回裝在他們家客廳那支網路攝影機的麥克風無法清楚接收其他房間的聲音。但是有看護在，艾莉絲很安心，會有人照料她父母吃東西、服藥、清洗和換裝，她可以有一、兩個小時不需要掛心他們。

這是她六年前北遷至此時沒有預料到的另一件事。她充滿活力、聰明、剛滿七十歲的雙親在幾個星期內相繼出現阿茲海默症的症狀，需要持續關注和照顧。

艾莉絲的筆記型電腦螢幕上是來自麥克斯．費茲本先生的訂單。他想要一朵用坎布里亞郡、切爾西和聖特羅佩的地圖製成的玫瑰，作為他妻子五十歲生日的禮物。艾莉絲可以想像這位男士的模樣：保養得宜，滿頭銀髮，穿著高級的朱爾斯牌 (Joules) 石楠色拉鍊立領套頭衫，在結婚二十五年後仍然無可救藥地愛著他的妻子。從他的名字、住址和選擇的禮物看得出來（「大朵綻放的英國玫瑰一直是她最喜歡的花，」他在「其他意見」的欄位中這麼寫著）。

艾莉絲從螢幕上抬起頭，再次望向窗外。他還在那裡。海灘上的那個男人。

從她今天早上七點鐘拉開窗簾到現在，他已經在那裡待了一整天：坐在潮濕的沙灘上，雙臂摟著膝蓋，凝望著大海。她一直注意著他，擔心他可能會想不開。這種事以前發生過一次。有個在銀白色月光下一臉蒼白的年輕人，把外套遺留在沙灘上，人就這麼消失了。過了三年，艾莉絲至今仍然為此困擾。

這個人動也不動，就只是坐著望著大海。今天的空氣冷冽，猛烈的風勢不斷自海面挾帶來如冰滴般的雨水。這個男人身上只穿了襯衫和牛仔褲。沒穿外套。沒帶包包。沒有帽子或圍巾。他的模樣有些令人費解：不夠邋遢，不像流浪漢；也沒有怪到像鎮上照護中心裡的精神病患。他似乎神智清晰，不像是喝醉了，而且他也沒碰一滴酒。但是他看起來很……艾莉絲腦中搜尋著合適的詞彙，對了，就是這個。很茫然。

一個小時後，雨停了。艾莉絲透過被雨滴濺花的窗往下看著海灘。他還在。濕掉的棕髮貼著頭皮，肩膀和袖子被雨水浸成了黑色。再過半小時就得去學校接蘿美了。於是她很快地下了決定。

「英雄！」她喊著她的花斑鬥牛犬。「莎蒂！」接著是那隻老貴賓犬。「格里夫！」還有她的獵犬。「散步去！」

艾莉絲養了三隻狗。獵犬格里夫是唯一由她自己挑選來的。那隻貴賓犬承接自她父母。她十八歲了，理論上應該已經作古。她全身的毛掉了一半，腿光禿禿的，瘦得像鳥腿一樣，但仍然堅持要和其他狗一起散步。而鬥牛犬英雄原本屬於以前的一位房客巴里。他某天消失無蹤，留下了所有東西，包括這隻有點瘋的狗。英雄得戴上嘴套才能上街，否則她會攻擊嬰兒車和腳踏車。

狗兒們在她腳邊打轉，艾莉絲用牽繩扣住他們的項圈，同時注意到繩子旁的掛鉤上，有個夜半潛逃的巴里留下的東西：一件破舊的夾克。看到它，她不自覺地皺起鼻子。曾有那麼一次，出於純粹的愚蠢——和強烈的孤獨——她和巴里上了床，而他一趴到她身上，她就後悔了，他有起司味。那股氣味從他略為擁腫的身體的每個皺褶散發出來。她屏住呼吸忍到結束，在那之後，她便將他與那股味道連結在一起。

她小心翼翼地從掛鉤上取下夾克，掛在手臂上。然後她帶著狗和一把雨傘朝海灘走去。

「拿去吧，」她說，把夾克遞給男人。「有點臭，不過可以防水。看，還有帽子。」

男人緩緩轉過頭，看著她。

他似乎不理解她的意思，她只得繼續叨唸。

「這是巴里的衣服。一位前房客，和你差不多大。但你聞起來好一點兒。好吧，我是沒辦法從這裡判斷啦。但你看起來似乎還算好聞。」

男人看著艾莉絲，再低頭看著夾克。

「那麼，」她說，「你要穿嗎？」

仍然沒有回應。

「這樣吧。我就把它留在這裡給你。我不需要，也不想要這件夾克，你可以把它留著。就算拿來墊著都行。如果沒用了，也可以把它扔進垃圾箱。」

她把夾克放在他腳邊，然後站直身子。他的目光跟隨著她。

「謝謝。」

「啊，你會說話？」

他看起來很驚訝。「我當然會說話。」

他有南方口音。眼睛的顏色是和他的頭髮跟下巴上的鬍渣一樣的棕色。他長得很好看。如果你喜歡那一型的話。

「很好，」她說，將空著的那隻手放進口袋，一隻手抓著傘柄。「很高興能知道這件事。」

他微笑，用手抓起那件潮濕的夾克。

「妳確定嗎？」

「關於那玩意兒？」她看向外套。「你這是幫了我的忙。我是認真的。」

他把夾克套在濕漉漉的衣服外面，和拉鍊纏鬥了好一陣子才總算拉了起來。「謝謝妳，」他再次說。「真的。」

艾莉絲轉身察看狗兒們。混身濕的莎蒂瑟縮地坐在她的腳邊；另外兩隻在海旁邊蹦蹦跳跳地奔跑著。她又轉向男人。「你為什麼不進屋裡躲雨呢？」她問。「天氣預報說雨會一路下到明天早上。你會讓自己生病的。」

「妳說妳是？」他瞇起眼睛問，彷彿她已經自我介紹過，而他一時忘記了她的名字。

「我是艾莉絲。你不認識我。」

「對，」他說。「我不認識。」他看起來對此並無疑慮。

「那麼，」艾莉絲說，「我該走了。」

「當然。」

艾莉絲拉了拉莎蒂鬆脫的牽繩，那隻貴賓犬像是剛出生的長頸鹿寶寶般，搖搖晃晃地站起來。

艾莉絲呼喚著另外兩隻狗。牠們不理她。牠不耐煩地又叫了一次。

「該死的蠢蛋，」她低聲咒罵。「快過來！」她喊道，大步走向牠們。「立刻回來這裡！」

兩隻狗在海水裡跑進跑出；英雄身上覆著一層綠糊糊的玩意兒。牠們應該會發臭。現在已經接近該去接蘿美的時間。她不能再遲到。昨天她太專注在手上的作品，沒注意到時間，不得不在三點五十分時去學校辦公室接回蘿美，坐在電腦後方的秘書抬起頭看她時彷彿她是地毯上的一塊污漬。

「過來，你們這些蠢貨！」她大步穿過海灘，一把抓住格里夫。格里夫以為這是個遊戲，調皮地掙脫開來。她改去追趕跑遠的英雄。與此同時，可憐的莎蒂被她拖著瘦骨嶙峋的脖子走，連站都站不直，雨很大，艾莉絲的牛仔褲濕透了，雙手冰冷，時間不斷流逝。最後她發出一聲沮喪的吶喊，採取了她應對剛會到處趴趴走的孩子們時的方法。

「很好，」她說，「好極了。你們就留在這裡。看看沒有我要怎麼過。去他媽的肉店外面自己討飯吃。祝你們過得好啊。」

狗兒們停下來看著她。她轉身走開。

「你要養狗嗎？」她對仍然坐在雨中的男人喊著。「說真的，你想要牠們嗎？送給你。」

男人嚇了一跳，棕色雙眸瞪著她看。「我……我……」

她翻了個白眼。「我不是認真的。」

「嗯，」他說。「不是。我知道。」

她大步走向船塢，走向位於堤防邊的台階。現在是三點三十分。狗兒們停在岸邊，互相看了一眼，再看向艾莉絲。然後牠們跑向她，幾秒鐘便抵達她腳邊，身上帶著海水刺鼻的鹹味。

艾莉絲踏上階梯，在男人叫住她時轉身。

「對不起！」他說。「抱歉，請問我在哪裡？」

「什麼？」

「我在哪裡？這地方叫什麼？」

她笑了。「你真的不知道？」

「是的，」他說。「真的。」

「萊丁豪斯灣。」

他點點頭。「好的，」他說。「謝謝。」

「進屋裡去，好嗎？」她對男人輕聲叮嚀。「請不要淋雨。」

他帶著歉意地微笑著，艾莉絲揮揮手後往學校走去，內心希望等她回來時他已經離開。

艾莉絲知道自己在萊丁豪斯灣是個怪咖。說句公道話，在她來之前，這地方怪人就不少。但即使在這樣的鎮上，她的布里克斯頓口音、如義大利家族般的龐大家庭成員，以及她略顯唐突的行事風格，仍舊讓怪咖艾莉絲之名不脛而走。更別提那幾隻狗。讓她所到之處絕無冷場。牠們從不會乖乖走路，牠們會狂吠和暴衝，把牠們留在店外等候時會哀哀叫。她注意到人們過馬路時會避開她的狗：特別是戴著嘴套，雙肩肌肉厚實的英雄。

移居此地後，艾莉絲扮演著謎樣的、有點嚇人的獨行者的角色，儘管她根本不是這樣。在倫敦，路上隨時有朋友跳出來跟她打招呼。朋友多到比她以為自己認識的還要多。她是派對女王，那種「帶瓶伏特加來，我們一起盡情喝個天翻地覆吧」的女孩。是會在校門口送完孩子們上學後，邀請媽媽們：來吧，誰要來杯咖啡的那種人。她總是位處人群的核心，笑聲最響亮，說最多話。直到她讓這一切嗨過了頭，毀了原本的生活。

但她在這裡有一個朋友。一個懂她的人。黛莉．戴恩斯。十八個月前，她們在蘿美上學首日遇見彼此。她們的眼神相會，瞬間感覺彼此投緣和有相同喜好。「要喝杯咖啡嗎？」黛莉．戴恩斯對她說，她看見艾莉絲望著寶貝女兒消失在教室裡時眼中滿溢的淚水。「或者來點更強的？」

黛莉比艾莉絲大五歲，比她稍矮一些。她有一個和蘿美同齡的兒子和一個住在愛丁堡的成年女兒。她喜歡狗（她是可以讓狗親嘴的那種人），她也喜歡艾莉絲。她很快就了解到艾莉絲很容易做出糟糕的決定，面對生活經常感情用事，如今她像是艾莉絲的調節器。艾莉絲質疑學校處理蘿美的學習困難的方式時，她坐下來，花上好幾個小時為艾莉絲提供建議，但阻止她為此衝進辦公室對秘書大吼大叫。她會在上學日的晚上與艾莉絲共享兩瓶酒，但引導她把第三瓶酒的軟木塞塞回去。她告訴她該去找哪位髮型師，以及該說什麼：

「請打漸層式的層次，不要羽毛剪，上半部頭髮要做多層次的挑染。」她曾經當過髮型師，現在則是一名靈氣治療師。她對艾莉絲的財務狀況比艾莉絲本人還要清楚。

她正站在學校外面，撐著一把大紅傘，她兒子丹尼爾和蘿美依偎在傘下。

「老天。謝謝妳。那幾隻狗剛剛在海灘上玩瘋了，我沒辦法趕牠們回來。」

她俯身親吻蘿美的頭頂，從她手中接過午餐盒。

「妳在這種鬼天氣跑去海邊做什麼？」

艾莉絲嘖了一聲，「妳不會想知道的。」

「不，」黛莉說。「我想。」

「妳忙嗎？有時間喝杯茶？」

黛莉低頭看著她兒子說，「我本來應該帶這位去鎮上買鞋……」

「那麼，跟著我走吧，我直接帶妳去看看。」

「看哪，」她說，她站在堤防邊，越過自傘面傾瀉而下的雨水往下方望去。

他還在那裡。

「他？」黛莉說。

「是啊。他。我把巴里的其中一件夾克給了他。」

黛莉不由自主地打了個冷顫。她也記得巴里。艾莉絲對當時發生的事件進行了鉅細靡遺和令人難忘的描述。

「他沒有穿外套嗎？本來就沒有？」

「沒有。他只穿了襯衫坐在那裡。混身濕透。他還問我他在哪裡。」

兩個小孩伸手用指尖扣住牆邊，拉高了身子窺探著。

「他問他在哪裡？」

「對。他似乎有些困惑。」

「別涉入其中。」黛莉說。

「誰說我要插手？」

「妳給了他一件夾克。妳已經參一腳了。」

「那只是出於善意，任何人都會這麼做。」

「是的，」黛莉說。「請僅止於此。」

艾莉絲對她朋友的意見不以為然，離開了堤防邊。「妳確定要去購物？」她問。「在這種天氣？」

黛莉望著頭頂一片暗沉的天空說，「不。我想不要吧。」

「那來吧，」艾莉絲說。「來我家。我來生個火。」

黛莉和丹尼爾待了幾個小時。小傢伙們在客廳裡玩耍，黛莉和艾莉絲坐在廚房裡喝茶。茉莉全身濕漉漉地在四點鐘回到家，溼透的背包裝滿中學作業簿，沒穿外套也沒撐傘。凱在四點三十分時帶著兩個同學一起進門。艾莉絲煮了義大利細麵配茶，黛莉以還得回家為由阻止她開酒。她和丹尼爾大約六點離開。雨未停歇。雨水匯集成泥濘的小河，自船塢傾流至海灘，也不斷從屋頂傾瀉而下。加上呼嘯而至的狂風，正將縷縷雨絲直直射向萬物。

艾莉絲從小屋頂端的房間望見那個人還在。不在海灘上，他往後移到了堤防，坐在繩索堆上。他的臉朝向天空，閉著雙眼，艾莉絲看著他時，莫名地感到心疼。當然，他可能是瘋子，也可能是危險人物。但是她想起當他問他是在什麼地方時，那悲傷的琥珀色眼睛和溫柔的聲音。而她在這裡，周邊有家人圍繞，壁爐裡燃著柴火，溫暖、乾燥、安全。在知道他還待在那裡的情況下，她不可能就這麼待在家裡。

她幫他泡了一杯茶，裝進熱水瓶裡，告訴孩子們幫忙顧著蘿美，然後出門走向他。

「喝吧，」她說，把熱水瓶遞給他。

他從她手裡接過瓶子，露出笑容。

「我以為我有建議你待在室內。」

「我記得。」他說。

「很好，」她說。「但你顯然沒有接受我的建議。」

「我沒有地方去。」

「你無家可歸嗎？」

他點點頭。然後又搖搖頭。接著說，「我想是的。我不知道。」

「你不知道？」艾莉絲輕聲笑道。「你坐在這裡多久了？」

「我昨晚來的。」

「從哪裡來？」

他轉頭看著她。睜大的眼睛裡帶著恐懼。「我不知道。」

艾莉絲有些退卻。她開始後悔來這裡。就像黛莉說的，涉入其中。「真的？」她說。

他撥開額頭上的濕髮，嘆了口氣。「真的。」然後他幫自己倒了一杯茶，高高舉起。「敬妳，」他說。「感謝妳的善心。」

艾莉絲望向海面。她不知道該如何回應。一半的她想回到溫暖的室內；另一半的她卻感覺得再逗留一會兒。她問了他另一個問題：「你叫什麼名字？」

「我想，」他凝視著他的茶說，「我失去了記憶。我的意思是──」他突然轉向她，「──這樣才說得過去，對吧？這是唯一可能的原因。因為我不知道我叫什麼名字。我應該有名字的。每個人都有名字。不是嗎？」

艾莉絲點點頭。

「而且我完全不知道我為什麼，又或者是如何來到這個地方。我越想就越覺得我是失憶了。」

「啊，」艾莉絲說。「是的。這麼說是有道理。那麼你是……你受傷了嗎？」她指指他的頭。

他伸手摸了摸自己的頭骨各處，然後看著她。「沒有，」他說。「感覺不是。」

「你以前失去過記憶嗎？」

「我不知道啊。」他說，如此直接的回答讓他們彼此都笑了起來。

「你知道你現在人在北部吧，是嗎？」她問。

「不，」他說。「我不知道。」

「而你有南方口音。也許你是來自那裡？」

他聳了聳肩。「大概吧。」

「老天，」艾莉絲說，「這真是瘋狂。你應該檢查過口袋了。」

「是的，」他說。「我發現了一些東西。不過不知道有什麼用。」

「你還留著嗎？」

「有。」他向一側傾斜。「就在這兒。」他從後口袋裡掏出一坨濕掉的紙。「噢。」

艾莉絲望著那坨紙，然後望向漆黑的天空。她用雙手摀著臉，吐出一大口氣。「好吧，」她說。「我一定是瘋了。嗯，事實上，我是瘋了。總之，我家後院有一間工作室。通常會租人，不過現在是空的。你今晚何不去那裡過夜？我們來把這些紙弄乾，也許明天可以理出一些頭緒？這樣好嗎？」

他轉過身，不可置信地盯著她。「好，」他說。「當然好，拜託了。」

「我得警告你，」她站起來，對他說，「我生活在混沌之中。我養了三個極其吵鬧、粗野的孩子和三隻未經訓練的狗，我家一團糟。別期待什麼安穩的避難所。差得遠了。」

他點點頭。「說實話，」他說。「怎樣都好。我真的不介意。只有滿滿的感激。我真不敢想像妳是這麼地好心。」

「沒錯，」艾莉絲說，領著混身濕透的陌生人步上石階走向她的小屋，「我也不敢相信。」

2

莉莉的心情沉重。持續急促的心跳讓她感覺自己好像要暈過去了。過去二十三個半小時裡，她每隔幾分鐘就起身走向窗邊張望。再過三十分鐘，她會再次報警。他們說她得等這麼長的時間才能正式報案失蹤。但昨晚當他沒有在下班後一個小時內回到家，她就知道他不見了。當時她感覺背脊竄過一陣涼意。他們十天前才剛度完蜜月。他總是趕著下班，有時甚至提早，連一分鐘都不曾延遲。他會帶著禮物回家，「新婚兩週紀念日」卡片或者鮮花，衝進門說，「天哪，寶貝，我好想妳，」然後急切地擁她入懷。

直到昨天晚上。六點、六點半、七點，不見人影。每一分鐘都像是一個小時。他的電話在第一個小時還不停地響鈴但無人接聽。突然間，打不通了，也沒進語音信箱，只傳來一陣高音頻聲。莉莉對於全然的未知感到無所適從。

至於警方……好吧，在昨晚之前，莉莉對於英國警察沒啥意見。就像是如果你從沒使用過當地洗衣店的服務，當然沒什麼好評論。但她現在對警方很有意見。非常強烈的意見。

二十分鐘後，她可以再次打電話給警方。但可能也沒什麼用處。她知道他們的想法。他們認為：年輕的傻女孩啊，聽起來有外國口音，八成是郵購新娘（她不是郵購新娘。她和她先生是在現實生活中邂逅，認識了彼此）。她知道與她對話的那位女士認為她先生可能背著她亂來，搞外遇之類的。她可以從那位女士一派慵懶的語氣聽出來。「也許他下班後半途跑去哪兒了？」她說。「在酒吧？」她聽得出來那個女人邊跟她對話邊在做其他事情，翻著雜誌，或者修指甲。

「不！」她說。「不！他不去胡搞。他會直接回家。找我。」

回想起來，這種說法好像不太對。她可以想像那位女警在另一頭挑眉。

莉莉不知道還能打給誰。卡爾有母親，她在婚禮那天和她通過電話，就那一次，她們還沒見過面。她的名字是瑪麗亞或瑪麗或瑪莉或類似的名字，她住在……噢，天哪，莉莉不知道她住在哪裡。某個地名是史開頭的地方，她想。應該是住在城西吧？還是城東。卡爾提過一次，她不記得了；卡爾的電話號碼都存在他自己的手機裡。她能怎麼辦？

她知道卡爾有一個姐姐。蘇珊娜。還是蘇珊？她比他大很多，住在離他媽媽很近，一樣是那個叫什麼史開頭的地方。他們已經很久沒聯絡。他沒有告訴她原因。他還有位叫洛斯的朋友，每隔一陣子會打電話來聊聊足球、天氣，以及哪天應該要出來喝一杯，但因為洛斯家裡有個新生兒，總是很難排出時間。

莉莉確信卡爾的生活中還有其他人，但她今年二月才認識他，他們結婚才三個星期，她才搬進這裡和他共同生活了十天，卡爾的世界對她來說還很陌生。她在這個國家也是新人。她不認識任何人，也沒有人認識她。幸運的是莉莉的英語很流利，不需要擔心溝通問題。但是這裡的一切是如此不同。很難想像會如此孤立無援。

終於過了傍晚六點。莉莉拿起電話報警。

「你好，」她對接電話的人說，「我是莉莉・蒙羅斯。我先生失蹤了。」

3

「抱歉，」那位名叫艾莉絲的女士說，她倚著一張小桌子，拉開對開的深藍色窗簾。「有點霉味。這裡已經有幾個星期沒人住了。」

他環顧四周。那是一間小木屋，屋頂設了頂窗，玻璃門面向艾莉絲家的後院。屋內陳設簡陋。牆邊擺了張行軍床，此外是洗手槽、冰箱、簡易爐台、電暖爐、桌子和兩張塑膠椅，地上鋪著髒髒的燈心草地毯。但是木製牆面刷了優雅的綠色，掛著各式吸引人的藝術品：以古地圖色調的紙片製成的花朵、面孔和建築物被巧妙地組合在一起。行軍床邊有一盞漂亮的串珠燈。屋內的整體氛圍其實還不錯。但她說對了，的確不好聞：混合了霉味與潮溼，令人不愉快的氣味。

「旁邊有個戶外廁所。沒有其他人會用。白天的話，你可以用樓下的浴室；就在後廊旁邊。來吧。我帶你過去。」她說話很直接，氣勢有點嚇人。

他跟著她穿過鋪著碎石的後院，仔細地端詳著她。她是個高挑的女人，除了腰間有些豐腴，身形還算苗條。她穿著緊身黑色牛仔褲和一件寬鬆毛衣，大概是為了修飾腹部並突顯長腿。腳上套了黑色靴子，有點像某間服裝連鎖店裡的型錄風格，又不完全是。她的頭髮活潑地混雜了焦糖、蜂蜜、糖漿和土灰色。挑染得不太好，他心想，然後好奇自己怎麼能提出這樣的意見。他是個髮型師嗎？

屋子後方的小門在她試圖打開時卡住了，她熟練地往門底踢了一腳。前方往下三階通向廚房，左邊有扇廉價塑膠門，門後方是間看起來不怎麼樣的浴室。

「我們都用樓上那間，這間幾乎可以算是給你專用。需要幫你放水泡澡？暖和一下身體？」

他還沒回答，她已經轉開了水龍頭。她拉起毛衣的袖子攪著水流，他注意到她的手肘。肘間有著許多皺褶。四十歲，或者四十五歲，他猜想。她轉過身微笑。「好了，」她說。「等著放水的這段時間，我們幫你弄點吃的吧。順便把這些玩意兒放到暖爐上。」她從他手裡拿過他口袋裡找到的那坨潮濕的碎紙片，他再次跟在她身後，走進了廚房：粉色牆面，鍋子掛在上方用軟橡木自製的層架上，滿是待洗碗盤的水槽，和一個釘著兒童塗鴉的軟木板。有個十幾歲的女孩坐在角落的小桌子旁。她抬頭看了他一眼，然後疑惑地望著那個女人。

「這是茉莉。我的大女兒。這位——」她比向他,「——是我剛剛在海灘上撿到的陌生人。他今晚會睡在工作室。」

叫茉莉的女孩對著她媽媽挑起穿著眉環的眉端,陰沉地看了他一眼。「好極了。」

她長得一點也不像她媽媽。她有一頭黑髮,剪成了——他認為應該是刻意設計的——極短的鮑伯頭,額頭上方的瀏海太高,但不知怎地,跟她的方形臉、朱紅色豐唇和深邃的眼睛很搭。她看起來很有異國情調,像某個他記不起名字的墨西哥女演員。

艾莉絲打開紅色的冰箱,對他說話。「火腿三明治?麵包跟餡餅?我可以加熱一些焗烤花椰菜?或者我們也還剩一些咖哩。應該是星期六做的。現在是星期幾?喔,星期三。我想還可以吃。沒問題的,對吧?這就是發明咖哩的原因,不是嗎?用來保存肉類?」

他發現自己很難消化這些資訊,以及做出決定。他猜測這就是他最後在海灘上坐了十二個多小時的原因。他知道有其他選擇。但他完全無法進行篩選或排序。於是就這麼呆坐著,動也不動。直到這個喋喋不休的女人出現,幫他下了決定。

「我真的不介意,」他說。「什麼都好。」

「去他的,」她說,關上冰箱門。「點披薩吧。」

再一次有人為他做出決定,他感到如釋重負。但瞬間又陷入不安,他想起來,除了幾枚硬幣,他身上沒有錢。

「我想我沒錢。」

「是的。我知道,」艾莉絲說。「我們檢查過你的口袋,記得吧?沒關係。我請客。」

更何況這位——」她朝女兒的方向示意，「——她靠吸新鮮空氣過活。反正通常我也得把她的份扔掉。我不過是照我平常點餐的方式。就算你沒出現。」

畫著粗眼線的女孩翻了個白眼，他跟著艾莉絲走進一間小客廳，低下頭避開一根低樑。客廳裡坐著一個留著淺金色鬈髮的小女孩，依偎在另一個少年身旁，她的手腳細長，看起來有加勒比海非裔血統。他們正在看電視，轉過頭用警戒的眼神看著他。

艾莉絲翻著桌子的抽屜。「這位是我在海灘上遇到的男士，」她頭也不回地說。她從抽屜裡拿出一張廣告傳單，關上抽屜，把傳單遞給那個十幾歲的男孩。「我們要訂披薩，」她說。「點單吧。」

男孩臉色一亮，坐直了身子，掙開小女孩環抱在他腰間的雙臂。

「這位是蘿美，」艾莉絲指著小女孩說，「還有凱。」她指向高個子少年。「是的，他們都是我生的。不是領養來的。坐下吧，看在老天份上。」

他彎身坐在一張小花布沙發上。這個房間還不錯。壁爐裡生著火，舒適的復古家具儘管磨損嚴重，但看得出來經過精心挑選，深色橫樑配搭深灰牆面，加上泛綠玻璃遮光壁燈。窗外剛好是一盞維多利亞時期風格的路燈，綿延的路燈連成一串白光項鍊，更遠處則是銀光閃閃的海岸線。很有氣氛。但這位艾莉絲顯然不善理家。四處覆蓋灰塵，橫樑上掛著蜘蛛網，四處堆滿雜物，那張地毯可能從來沒清理過。

艾莉絲開始把他口袋裡的東西放在暖爐上方。

「火車票，」她咕噥著，把它們剝開。「日期是昨天。」她湊近了看。「看不出確切時間。凱？」她把潮濕的車票遞給兒子。「你看得出來嗎？」

男孩接過車票，看了一眼，遞回去。「七點五十八分。」

「末班車，」艾莉絲說。「你應該是在唐卡斯特鎮（Doncaster）轉車。到這裡已經很晚了。」她繼續整理那些紙張。「這張很像收據。但不知道是什麼東西。」她把它也放到暖爐上方。

他會用好看來形容她的臉。五官立體，顴骨下方臉頰略略下垂，嘴型不錯。眼睛下面有著今早眼線筆殘留的痕跡，其餘部分沒有上妝。她幾乎稱得上漂亮。但她有股過度堅毅的氣勢，下巴維持在某個會遮掩住光采的不利角度。

「又一張收據。再一張收據。紙巾要留著嗎？」她遞向他。他搖搖頭，於是她把紙巾扔進火裡。「嗯，就這些了。沒有身分證。什麼都沒有。你是個謎。」

「他叫什麼名字？」蘿美問。

「我不知道他叫什麼名字。他也不知道他叫什麼名字。他失去了記憶。」她講得稀鬆平常，小女孩皺起了眉頭。

「他在哪兒弄丟了？」

艾莉絲笑著說，「這樣吧，蘿美，妳很會幫事物命名。他不記得他叫什麼，這樣我們就沒辦法叫他。妳覺得我們該怎麼稱呼他呢？」

小女孩盯著他看了一會兒。他以為她會冒出幼稚和荒誕的建議。但是她斜睨著眼，抿了抿嘴唇，非常慎重地說出了法蘭克這個名字。

「法蘭克，」艾莉絲複誦，若有所思地打量著他。「很好。法蘭克。很合適。聰明的女孩。」她摸了摸女孩的鬈髮。「那麼，法蘭克——」她對他微笑，「——我想浴缸已經放好水了。你的床上有一條毛巾，旁邊有肥皂。等你清理好，披薩應該就送到了。」

他想不起他是否有選好披薩；他不確定法蘭克是否是他的真名。這個對一切都自顧自決定的女人讓他暈頭轉向。但他很清楚地知道他的襪子濕了，內褲也是濕的，全身皮膚濕冷，整個人從裡冷到外，洗個熱水澡是他現在最想做的事。

「噢。」他想起了什麼。「乾的衣服。我的意思是，我很樂意繼續穿身上這一套。或者我可以……」

「凱可以借你運動褲。還有T恤。我會把它們放在後門邊。」

「謝謝妳，」他說。「非常感謝。」

當他起身準備離開房間時，他看到她和她十幾歲的兒子交換了一個眼神，原本一直很乾脆而冷靜的神情有一瞬間消失。男孩看起來既擔憂又不高興，他微微搖著頭，她則堅定地點頭回應。但他也從她的眼中看到恐懼，就像是她開始懷疑自己的決定，開始懷疑她為什麼會讓他出現在家裡。

畢竟，他可以是任何人。

4

「請給我一些關於妳先生的資訊，」那位名叫貝佛莉的女警說。「他多大年紀？」

莉莉撫平上衣的下襬，讓布料平順地貼著肌膚。「四十歲。」她說。

她可以看到女警微微挑眉。「妳呢？」

「二十一歲。」她說。這有什麼大不了的，她想大叫。不過相差十九年。對照平均壽命九十年的人生。不行嗎？

「他的全名？」

「卡爾·約翰·羅伯特·蒙羅斯。」

「謝謝。這裡是他住的地方？」她比了比她們位處的小客廳，這是她和卡爾從峇里島度蜜月回來後共住的公寓。

「是的，」她說。「當然！」她剛說完就意識到自己回得太直接。有時她的舉止在英國人眼中可能過於粗魯。

女警看了她一眼，用發出吱吱聲的筆在表格上寫字。

「跟我說說昨天的情況。妳最後一次見到妳先生是什麼時候？」

「七點鐘。他每天早上七點出門。」

「他在哪裡工作？」

「倫敦。一家金融服務公司。」

「妳和他的公司談過了嗎？」

「是的！這是我做的第一件事！」這個女人一定是把她當白痴，認為她會沒問過他的辦公室就先報警。

「他們怎麼說？」

「他們說他在正常時間下班。我知道他們會這麼說。卡爾每天坐同一班火車回家。他不會晚下班，否則會錯過班次。」

「好的。妳有跟他說上話嗎？在他下班後？」

「沒有，」她說。「但是他發了訊息給我。就在這裡。」她打開手機，轉向女警，螢幕上是那則簡訊。

妳知道什麼叫瘋狂？我瘋了：我比今天早上更愛妳！一小時後見！如果我能讓火車開得更快，我會的！親。

「還有，」她說，往上滑著他們的文字傳情。「這是前一天的。」

難以置信，怎麼會有像妳這樣的妻子？我怎麼這麼幸運？！我迫不及待地想把妳抱在懷裡。還有五十八分鐘！

「看，」她說。「這是個每天晚上都只想回家別無他想的男人。妳現在明白為什麼我確信出事了？」

女警把手機遞給莉莉，嘆了口氣。「聽起來他確實在熱戀中。」她笑著說。

「這不是開玩笑的事，」莉莉說。

「不。」女警突然收起笑容。「我沒說是。」

莉莉用力地呼吸。她得加倍努力，她提醒著自己，努力讓自己友善一點。「對不起，」她說。「我的壓力很大。昨晚是我們第一次沒在一起過夜。我沒辦法睡。連瞇一分鐘都沒辦法。」她絕望地揮著雙手，然後放回腿上。

看到莉莉眼眶裡的淚水，女警的態度軟化，輕輕地握了下她的手。

「所以，」她收回手繼續說。「妳在昨晚五點收到了簡訊。然後……？」

「沒有了。毫無音訊。剛過六點，我開始打電話給他，打了一次又一次，直到他的手機沒電。」

女警沉吟片刻，莉莉覺得事情總算進入正題，自從卡爾昨晚沒有回家以來，第一次有人相信他可能真的失蹤了，而不是在另一個女人的床上。

「他在哪裡搭火車？」

「維多利亞站。」

「固定嗎？」

「是的。五點六分往東格林斯特德那一班。」

「幾點會到奧斯達特 (Oxted)？」

「五點四十四分。然後從車站步行十五分鐘到這裡。所以他會在五點五十九分回家。每一天。每個晚上。」

「蒙羅斯夫人，妳有工作嗎？」

「沒有。我在念書。」

「在哪裡上課？」

「在家裡。上一門會計學的遠距學程。我在我的家鄉烏克蘭念的就是會計。我離開大學來到這裡，和卡爾在一起。所以我繼續原先的學業。」她聳了聳肩。

「妳來這裡多久了？來英國？」

「一個星期。又三天。」

「哇，」女警說。「才不久而已。」

「沒錯。不久。」

「妳的英語很好。」

「謝謝。我媽媽是翻譯。她希望我的英語能跟她一樣流利。」

女警蓋上筆蓋，若有所思地看著莉莉。「你們是怎麼認識的？」她說。「妳和妳先生？」

「因為我媽媽的緣故。她幫在基輔舉辦的一場金融服務會議做翻譯。對方需要有人在地協助照顧來訪代表——妳懂的，帶他們四處走走，幫忙叫車，諸如此類。而我需要工作賺錢。我被分配到卡爾和他的同事們。我們見面的那一分鐘我就知道會嫁給他。就從那一分鐘開始。」

女警著迷般地盯著莉莉。「啊，」她說。「哇喔。」

「是的，」莉莉說。「很神奇。」

「好吧。」女警把筆塞進口袋，闔上筆記本。「我會看看我能做什麼。目前還不確定這樣是否足以成立失蹤案。總之，如果他今晚沒有出現，請再次來電。」

莉莉的心往下一沉，彷如大石。「什麼？」

「我想並沒有發生什麼可怕的事，」女警說。「說真的，這種情況十之八九最後都平安無事。我相信他會在今晚睡前回家。」

「真的嗎？」她說。「我知道妳並不真的這麼想。我知道妳是相信我的。我確信。」

女警嘆了口氣。「妳先生是個成年人，他並非無法照顧自己。我們目前無法立案。這樣吧，我會根據這些資訊，在我們的資料庫裡查查是否有不論什麼原因被通報進來，符合對他的描述的人。」

莉莉摀著胸口。「通報？」

「是的。妳明白的，比方被帶進警局偵訊之類。我也會和當地醫院查詢看看是否有收治過他。」

「天哪。」莉莉整晚都在想像這個可能。卡爾躺在公車的車輪下，或被刺傷並留在地下道等死，或臉朝下漂浮在泰晤士河黑壓壓的水流中。

「這是我現在能做的。」

莉莉明白女警正試著幫她一個忙，於是擠出一個微笑。「謝謝妳，」她說。「我真的很感激。」

「不過，我需要一張照片。妳有最近的嗎？」

「是的，是的，當然。」莉莉翻著手提包，打開錢包拿出裡面在自助快照亭照的照片：卡爾看起來嚴肅而英俊。她將照片遞給女警，期待她會給出他真好看的評語。或者會提及他與班．艾佛列克的相似之處。但女警沒有任何表示；她只是把它夾進了筆記本，然後說，「我會還給妳的，我保證。此外，請與他的朋友和家人談談。還有他的同事們。也許有誰可以提供一些線索。」

女警離開後，莉莉盯著窗外站了幾分鐘。下方是一個小停車場。卡爾的黑色奧迪就在那裡，他們星期天去完超市後，他把車停在那兒。光回想起她和卡爾一起去超市購物這件事，就令她痛苦地想要整個人縮起來哀號。

然後她轉身面向他們的家。卡爾為他們選擇的家，剛蓋好的全新公寓，在他們住進來之前，廚房從未被使用過，馬桶蓋上還留著紙膠帶。一切嶄新地等待他們開展新生活。懷著沉重的心情，她逐一打開抽屜，翻閱文件，試圖找到一件她不知道的關於她先生的小事，或許能解開他究竟去了哪裡的謎團。

5

清晨五點，雨終於停了。緩緩升起的太陽將天空轉為一片銀白，吱喳鳥鳴和船隻逐一滑下船台的刺耳聲響吵醒了艾莉絲。要完全清醒是個艱難的任務。她一個小時前才剛睡著，在那之前的五個小時裡，她一直處在高度警戒狀態，清楚意識到背景音的細微變化，老房子發出的嘎吱聲，以及遠處海面不斷反射至窗面的月光。

這並非首次有陌生人睡在工作室裡。這些年來，她曾將它出租給許多陌生人。包括比法蘭克還要古怪的陌生人。但至少她知道他們是誰，來自哪裡，和為什麼出現在這裡。他們有跡可循。

但是這位仁兄，「法蘭克」先生，沒有鋪排好的劇本，就這麼默默地站上了舞台左側。儘管他很迷人——他確實如此——卻也令人不安。他口袋裡的零碎紙片沒有透露更多訊息，只知道他在週二晚上從倫敦國王十字車站來到萊丁豪斯灣，最近曾在家用品店花了二十三英鎊，以及在超市買了貝果和可樂。

洗完澡後，他穿著凱的衣服出現在廚房裡，一身粉紅，滿臉尷尬。他濃密的淡褐色頭髮濕漉漉地捲曲著，赤著腳。說到這個，他的腳很好看，艾莉絲注意到。她看著他吃披薩，並且嘗試控制因餓過頭而狼吞虎嚥的衝動。當她將啤酒遞給他時，他一時有些困惑，似乎是難以決定自己是否是能喝啤酒的人。「喝吧，」她說。「到時候就知道了。」他喝下那罐啤酒，屋裡的氣氛很微妙，一家四口和這個穿著青少年連帽T恤，一臉失神無措的大男人就這麼站在一起吃著披薩。說真的，完全不知道該聊什麼。

當他回房睡覺後，她的孩子們轉過頭來，帶著極不贊同的表情看著她。

「老媽？」茉莉終於發難，「妳到底在做什麼？」

「妳的同情心呢？」她說。「他很悲慘耶。沒穿外套。也沒錢。」她比著廚房窗戶，窗外大雨正猛烈地襲擊著窗面。「在這種情況下。」

「他可以去別地方，」凱加了一句。

「是喔，」她說。「比方哪裡？」

「我不知道。隨便哪間民宿。」

「他沒錢，凱。這才是重點。」

「是嘛，隨便，我不明白為什麼這是我們的問題。」

「老天，」艾莉絲呻吟，儘管她知道她的孩子們是對的，「你們這些孩子啊。完全沒有一點人道關懷，是嗎？這年頭的學校都教了你們什麼？」

「呃，關於戀童癖、騙子、偷窺狂、強姦犯以及——」

「才不呢，」她插話。「是媒體教你們這些，我已經跟你們說了上百萬次：人性本善。他是個迷失的靈魂。而我們是好心人。明天這個時候他就離開了。」

「鎖好後門，」凱說。「最好上兩層鎖。」

她當下對他的擔憂嗤之以鼻，但後來，當她對著後門和工作室之間的一片漆黑喊過晚安後，她轉身將門上鎖，並且掛上了門鏈。接著整夜輾轉難眠。她時不時地想像一隻大男人的手掐住熟睡小女兒下巴下方柔軟的頸項，她女兒恐懼地瞪大了綠色雙眸的模樣。又或者客廳裡有個陌生人正東翻翻西找找地開著抽屜尋覓黃金或 iPad 這類值錢玩意兒。或是她大女兒漫不經心地在窗前更衣的剪影被人窺視。儘管她女兒的窗戶其實面向另一面。而且她女兒絕不可能這麼大方地在窗旁換衣服，那傻孩子老覺得自己很**胖**。但她還是擔憂。

艾莉絲毫無睡意，決定隨勢而為。她越過房間，從充電器上拔下 iPad，切換到網路攝影機的應用程式，盯著她父母空蕩蕩的客廳看了一會兒。自從他們都……好吧，**生病**，她比較喜歡這樣形容，而不是頭殼壞去、腦袋打結或心神喪失，他們白天越睡越晚了。日間看護十點鐘上班時，總是得像叫醒睡眠不足的青少年一樣硬把他們從床上拉起來。

她關上 iPad，拉開窗簾。雨後的海面一片平靜，隨著升起的太陽閃現粉黃相間的光芒，如加勒比海般豐富多彩。彩色燈飾和街燈仍亮著，映照在下方漆黑的人行道路面。美極了。

艾莉絲洗了澡，在屋裡安靜地移動，不想在不必要的時刻提前吵醒任何人。她回到房間，細細地審視自己。她一直沒有時間好好照鏡子。她通常起得太晚，時間只夠她打點好不至於光溜溜地出門，根本無暇細顧。於是她這才意識到，她的髮型近乎怪異。最近一次的挑染手法相當大膽，或者用茱莉當時的形容詞，**一條一條的**。如今，顏色正逐漸褪去露出黑白混雜的髮根。前一天淋的雨更是幫了倒忙。

她擦掉昨天胡亂塗抹的眼線殘影，從梳妝台最上層的抽屜中撈出她通常只會在特殊場合使用的化妝包。她對自己說，這麼做只是因為剛好有時間，和工作室裡的帥哥無關。她把一頭亂髮抓成髮髻，換上乾淨的牛仔褲，一件略為貼身但貼合胸部輪廓的格子襯衫，還有她最喜歡的耳環，綠藍色寶石與她眼睛的顏色相互輝映。

艾莉絲是經常被男人形容為性感的女人。還有，邋遢。她從來不刻意打扮。沒考慮過緊身洋裝和高跟鞋會更好（儘管當她真的這麼嘗試時效果還不賴）。一般來說，艾莉絲不在乎這種事。但出於某個莫名的原因，今天早上不一樣。

蘿美出現在她臥室門口，金色捲髮亂糟糟，針織睡衣鬆垮地垂到褲襠下方。她們和格里夫一起躡手躡腳地走下通往走廊的狹長階梯。其他的狗兒們咧唇微笑，尾巴拍打著石頭地板，安靜地迎接她們。走進廚房時，艾莉絲隱約屏住了呼吸，她意識到後門外是什麼，對即將到來的未知感到緊張。她在狗碗裡裝滿了肉，幫蘿美烤了一個花生醬貝果，再幫自己泡了一大杯茶和一碗穀片。她不停注意著後門的動靜。猜測。不安。

但是直到八點三十分，凱和茱莉坐上校車，她帶著狗和蘿美出門，依舊毫無動靜。工作室一片寂靜，彷彿一個人都沒有。

黛莉好奇地打量著她，管理員才剛打開學校大門。「妳今天好早到，」她說。「而且……」她更仔細地盯著她，「……化了妝。」

「是啦。」艾莉絲說。

「怎麼回事？」

「那個人進來了，」蘿美說。「海灘上那個濕濕的人。」

艾莉絲翻了個白眼。「他不是自己跑進來，」她糾正。「是我請他進屋裡。把身體弄乾。洗個澡，吃點東西。我很確定他已經離開。」

然而，當她在四十分鐘後回到家時，工作室的窗簾拉開了，裡面有動靜。她拿了條舊毛巾擦掉狗身上濺到的髒水污漬，迅速地檢視了一下鏡中的自己，然後打開了水壺。

——

昨晚的夢很驚人。對一個好幾個小時以來一片空白，腦袋空空，突然不著邊際地置身於陌生的人事物當中的人來說，實在是令人振奮的現象。當他快醒過來時，他緊緊抓住那些逐漸消失的夢境的殘影，他知道那裡面可能有些什麼，也許是讓他想起自己的一絲線索。但它們消逝於無形，令人絕望地徒勞。

他從床上坐起來，用力地揉了揉臉。房間的薄窗簾透進窗外雨後清晨特有的靛藍光線。他聽到房門外有腳步聲，從窗簾縫外對上了一隻狗漆黑的眼睛。狗看起來彷彿在微笑，但隨後嘴巴往後咧開，露出牙齒和齒齦，咆哮了起來，他放下窗簾。他想著，至少他還記得自己現在在哪裡。還記得熱水瓶裡的茶和廚房裡的披薩，那個金髮濃密的長腿女士，在發霉的舊浴室裡洗的熱水澡。也還記得昨晚那個金色捲髮小女孩幫他取的名字，**法蘭克**。

他想上廁所，還有刷牙，但門外那隻狗叫得很瘋狂，他不確定是不是只會叫不會咬人的那種狗。它應該是……他思索著狗品種的名稱，即使他是知道的，現在也想不起來。總之是猛漢會養的那一種。肌肉發達，有著寬闊方正的下顎。

他拉開窗簾，盯著那條狗。狗叫得更響了。接著，艾莉絲從那棟屋子後方的小門走了出來。她瞪著那條狗喊了幾句，一把抓住了項圈；然後她注意到他，向他走來。

「你想起來你是誰嗎？」她問，一隻手遞給他一杯茶，另一隻手仍拉著狗。

他接過杯子說，「沒有。想不起來。做了很多奇怪的夢，但我一個都記不起來。」他聳了聳肩，把杯子放在門邊的桌子上。

「好吧，」她說，「梳洗好就進屋裡來吧。我會把門開著。如果你餓了，我可以做早餐。剛好有新鮮雞蛋。」

過了一會兒，他低著頭穿過後門，屋裡很安靜。小孩都不在家。艾莉絲正看著 **iPad**，嘆著氣。

「大家都去哪兒了？」他問。

她用一副他問了傻問題的表情看著他，然後說，「學校。」

「噢，對。當然了。」

她關掉 **iPad** 闔上外殼。「你覺得你有小孩嗎？」

「老天。」他沒有想過。「我不知道。可能。說不定我是有家累的人。我甚至不知道自己幾歲。妳覺得呢？」

她用帶著灰藍綠色的眼睛審視著他的臉。「我估計是落在三十五到四十五歲之間。」

他點點頭。「妳幾歲？」

「這並不是一個適合問一位淑女的問題。」

「對不起。」

「不要緊。我也稱不上什麼淑女。我四十一歲。」

「妳的孩子們，」他說。「她們的爸爸呢？」

「呃，」她說，「是爸爸們。我沒能為孩子們提供傳統概念中的家庭組成。茉莉來自一段在巴西的假日戀情。我回家兩週後才知道懷孕了，根本不知道該去哪裡找他。凱的爸爸是我住在布里克斯頓時的隔壁鄰居。我們是——請原諒我的用語——炮友。在凱大約五歲時，他消失了。隔壁搬進了新的家庭。就這樣不了了之。蘿美的爸爸是我一生摯愛，但是……」她停了一會兒。「他瘋了。做了些壞事。現在住在澳大利亞。以上。」她嘆了口氣。

他一陣子沒開口，試著想找個聽起來不會冒犯她的說法。「妳從來沒結過婚嗎？」

她冷笑。「沒有。從來沒有設法綁住任何一個男人。」

他再次沉默，低頭看著自己的手。「我沒有戴結婚戒指。」

「對，你沒有。但不代表你還沒結婚。你可能只是那些拒絕戴戒指的混蛋之一。」

「是的，」他含糊地說。「也許。」

她嘆氣，將格子襯衫的袖子推到手臂上。她的手腕和前臂間的肉很明顯，讓他想起了某人。

就是這個！突然間，記憶湧上來。是他媽媽。他媽媽的手也是這樣。還有他昨天在艾莉絲身上注意到的，肘間的小坨皺褶。他有媽媽。他想起他媽媽的手！他微笑著說，「我剛想起了一件事！我想起我媽媽的手。」

「哦，」她說，臉色一亮。「很好。你還記得關於她的哪些事？」

他喪氣地搖搖頭。

「聽著，」她說。「昨晚我上網搜索你的症狀。顯然，除非這是出於什麼不可逆的腦部創傷，否則你應該是正處於所謂的『解離』狀態。」

「嗯。」

「你知道那是什麼意思嗎？」

「不知道。」

「好吧。」她伸手撫過額頭。「這樣說吧。這是一種失憶症，但不是由頭部外傷、酒精或藥物之類所引起。主要起因於心理創傷。或是受到過大的衝擊。通常是因為看到或想起某些過去可能一直受到壓抑的事件所觸發。出於自我保護，大腦會自行關機，人們就會有像你這樣的情況。出現在陌生的地方，不記得自己是誰、來自哪裡，或者到底在那裡做什麼。確實會令人相當迷惘。」

「其他人都怎麼辦？我的意思是，會好起來嗎？」

「嗯，好消息。應該說，還算讓人安心。他們都恢復了。大部分在幾小時內，通常是幾天，有時會持續數週。但這是暫時的。你會恢復記憶的。」

「喔，」他說，緩緩點頭。他沒有什麼感覺。他知道他應該高興。但在他並不記得自己是誰的狀況下，很難理解想起自己是誰是個什麼概念。

「而且，看哪，」她繼續說，「你剛剛想起了你媽媽的手。我的意思是，雖然算不上是一大啟發。但這表示記憶是存在的，只是等待解鎖。所以，最大的問題是：現在該怎麼辦？」

「什麼意思？」現在怎麼辦。這句話對他來說毫無意義。

「我在想，也許我們應該帶你去警察局，不是嗎？」

他發自內心地對這個建議起了反應。全身肌肉收縮，雙手緊握成拳，呼吸急促，脈搏加快。這是他兩天前發現自己置身於陌生海灘以來最強烈的感受。

「不，」他盡量緩和語氣，但他能聽出……那是什麼？一股憤怒？恐懼？藏在迴音中。他隱約看到自己推了某人一把，用力地推向牆面。灼熱的氣息拂向他的臉頰。「不，」他再次說，聲音更加輕柔。「我不想這麼做。我在想……我可以在這裡多住一晚嗎？也許我會先恢復記憶。之後再看看要不要去警察局。如果……」

艾莉絲點點頭，他感覺她有些猶豫。「當然，」她停頓片刻之後說。「再一個晚上。沒問題。不過如果你還是想不起自己是誰，你知道我們得怎麼做。因為我通常會把那個房間租出去，賺些額外收入，所以……」

「我明白。再一個晚上。」

她不確定地笑了笑。「好吧。與此同時，請努力把它們找回來，那些記憶。」她起身伸手拿那盒雞蛋，新鮮到紙盒外還黏了雞毛。「煎蛋？」她說。「還是炒蛋？」

「我沒想法，」他說。「妳決定吧。」

6

莉莉坐在警察局的等候區。她抓著一個手提包，裡面裝著婚紗照的小本相簿和卡爾的護照。她翻遍了他的抽屜和文件箱。一無所獲。什麼都沒有。沒有小時候的照片。沒有出生證明，沒有任何身分證件。有一個抽屜上了鎖，但她從上方抽屜縫隙伸手進去摸索，裡面似乎是空的。這實在很奇怪，她想著。也許東西都在他媽媽家裡。卡爾很愛乾淨，也是個極簡主義者。可以理解他不會想在漂亮的全新公寓裡堆滿用不著的東西。

她的一隻手拿著一杯咖啡。她不應該買的；她的錢包裡只剩三十八英鎊，戶頭裡已經沒錢。卡爾負責所有開銷。他幫她開了一個銀行戶頭，每個月固定存錢進去，直到她完成會計課程。她將不得不請她媽媽金援。但她知道她媽媽會需要一點時間籌錢。所以，只剩三十八英鎊。她不應該買大杯咖啡。但她需要它。她這兩天根本沒睡。

名叫貝佛莉的大塊頭女警帶著淡淡的微笑出現了。「早安，蒙羅斯夫人。麻煩妳跟我來好嗎？我幫我們找到一個可以說話的房間。」

莉莉跟著她穿過走廊，走進一間散發著陳年蛋糕氣味的小房間。

「那麼，」女警在兩人落座之後說。「我猜想，還是沒有蒙羅斯先生的消息？」

「沒有。當然。否則我就不會在這裡。」

「這只是一種詢問的方式，蒙羅斯夫人。」

「是的，」莉莉說。「我明白。」

貝佛莉無奈地笑了笑。「那麼，妳想要正式報案失蹤。」她壓出筆尖，翻開筆記本。

「對。麻煩妳。」

「蒙羅斯夫人，昨天我在系統上查了妳先生的名字。什麼都沒出現。他不在倫敦任何一家醫院；各站點也沒有相關回報。」

莉莉不知道什麼是「站點」，但她還是點點頭，因為她很確定這個女人認為她是個白痴。「警察局呢？」她說。「妳也查過了嗎？」

貝佛莉奇怪地看了她一眼。「是的，」她說。「我剛剛說了。各警局也沒有。」

莉莉再次點頭。「總之，」她說，「我把公寓翻了一遍，看看能否找到任何線索。妳知道的，這間公寓很新。我們才剛搬進來。我在想，他可能把文件都留在他媽媽那邊。」

「妳和他媽媽有聯絡嗎？」

「沒有。我不知道她住在哪裡。她的電話號碼存在卡爾的手機裡。沒有在其他地方記下。」

「她叫什麼？」

「瑪麗亞。或類似的名字。」

「好吧，瑪麗亞．蒙羅斯？」在寫下之前，她看著莉莉確認。

「她住在哪裡？」

「不知道。西區某處。史開頭的地方。」

貝佛莉做了個鬼臉。「史勞？」她提示。「史雲頓？」
「我不知道，」莉莉聳了聳肩說。「有可能。」
「好。其他家人呢？有兄弟姐妹？」
「他有一個姐姐，好像叫蘇珊娜之類的。也住在那一區。」
「已婚？」
「不確定。是吧。我想。好像有個侄子。」
「好，可能叫蘇珊娜．蒙羅斯。也可能不是？」她寫下這個名字。
莉莉把手提包放在腿上，摸出那本護照。「我找到這個。」她說，把它放在貝佛莉面前。
貝佛莉翻了翻說，「是最新的。好現象。至少我們可以排除他跑出國的可能性。」
莉莉哼了一聲。「他當然沒有。」
她看到貝佛莉稍稍翻了白眼，不耐煩地倒吸了一口氣。「我需要留下這個，」她說，摸著那本護照，「好在系統中檢查看看。」
「當然。還有這個。」莉莉將相簿滑過桌面給貝佛莉。「裡面有照得比較好的照片。從他微笑的那幾張，妳可以更了解他是個什麼樣的人。妳能看出來他很幸福，他不會想離開我。」
她看著貝佛莉翻閱相簿。「這是在……？」
「基輔。是的。他想在我的家鄉舉行婚禮，讓身邊環繞我的家人和朋友。他希望我快樂並且安心。而非身處陌生的環境，身邊沒有熟識的人。他是全世界最好的人。他是我的朋友，我的長輩，我的愛人，我的先生。一切。」她發現自己的拳頭緊抓著胸口，眼裡滿是淚水。「抱歉，我很激動。」她說。

「別這麼說，」貝佛莉說。「妳有這種感覺是可以理解的。妳可以打電話給誰嗎？在這裡有沒有親戚？有誰可以陪妳一會兒？照顧妳？」

「沒有。」她的雙手在膝上交疊。「沒有。我在這裡沒有親人。」

「噢，」貝佛莉說。「真是遺憾。好吧，也許妳可以請家人過來陪妳一段時間？」

「是的。或許吧。」

稍後走上通往她公寓的樓梯時，莉莉突然湧上一股既激動又憂慮的情緒。說不定他在那裡，她想著，就在門的另一邊？穿著皺巴巴的襯衫和領帶坐著，準備分享他的悲慘經歷？

但隨著每往上踏一階，她知道他並不會出現。她推開門，走進一片孤寂。寂靜很嚇人。她從來沒有獨自一個人過。從未。她站了一會兒，身體微微顫動，彷佛空虛抓住她搖晃，試圖讓她面對現實。她聽見一滴水落在廚房水槽底部，冰箱發出隆隆聲，樓下大門打開又被關上。然後電話鈴響，驚醒了她。

她跑過去接起電話。「喂。」

「嗨，我是警察崔維斯。請問是蒙羅斯夫人嗎？」

「是的。我是。」

「我打電話來是因為……嗯，很奇怪，但我們在系統上查了妳先生的護照，呃，用直接一點的說法是，蒙羅斯夫人，技術上來說，妳先生並不存在。」

「什麼？」

「他的護照是假的，蒙羅斯夫人。沒有卡爾．約翰．羅伯特．蒙羅斯這個人。」

第二部

7

一九九三年

他們每年都租同一間房子。位於東約克夏郡萊丁豪斯灣鎮上，一間陳舊雜亂的度假小屋。嚴格說來，這棟小屋遠遠比不上他們位於克羅伊登(Croydon)的家，那裡現代而乾淨，有間白得發亮的浴室、鋪著乳白色地毯和雙層玻璃窗。

這個名叫兔子小屋的房子很潮濕，陳設簡陋。小小的廚房漆了米白色的牆。廚房旁邊有一間小臥室，頂樓有兩間更小的房間。床墊凹凸不平，所有寢具都破舊不堪。屋頂一下雨就會漏水，屋裡有股怪味：既鹹又腥，帶點瓦斯和煙燻的味道。格雷和柯絲蒂的父母不知為何對這個地方很著迷。他們說是因為這裡的氣氛跟人，更別提周遭的景色、空氣、步道和魚群。格雷和柯絲蒂小時候很喜歡來這裡，可以套上雨靴抓螃蟹，還有遊樂場和薯條。但柯絲蒂十五歲、格雷十七歲了，兔子小屋基本上是他們最不想去的地方。他們在七月一個濕熱的午後，開上高速公路，悶悶不樂地花了感覺比之前更久的時間才抵達這裡，他們的父親東尼不讓他們在旅途中放自己想聽的音樂，而是一如以往，不斷調整頻道收聽當地的廣播電台，好了解最新路況。

自他們幾年前第一次來到萊丁豪斯灣，停車規定已經有了改變。之前你可以直接把車停在房子外面，在成群遊客面前一次卸下所有行李。現在你得將車停在小鎮邊緣的停車場再走進去。所以他們現在就在這兒，卸下裝滿早餐穀片和保久乳、衛生紙和湯包的紙箱，拉著行李箱，夾著捲起的毛巾和羽絨被，艱難地上坡走進鎮上。他們走路的時候，夏日的細雨落在他們身上，等到他們終於搬完車上的東西，走進兔子小屋關上門時，他們全身就像紐約的人行道一樣熱氣蒸騰，各個都有點暴躁。

「天哪，」格雷說，他把一個紙箱放在廚房裡鋪了美耐板的桌子上，四處張望。「他們真的重新粉刷了兔子小屋？」牆上確實已經看不到原來的塗層，而且好幾處都貼著「禁止吸菸」的標誌，這是以前沒有的。

他提著背包走上狹窄的樓梯，放在單人床上（待鋪的床單和毯子疊成一疊擺在床腳）。他的房間可以俯瞰大海。他父母喜歡後面的房間，因為比較安靜；夏天的這幾個月，外面可能會很嘈雜：光這條路上就有三家酒吧，更別提每年夏天都會到鎮上的樂園市集，響亮的簧風琴樂聲乘著輕拂的微風飄向海岸。

格雷不介意噪音。相較於他們克羅伊登家外街道的一片寂靜，這是個不錯的改變，每年這個時候，那裡只有割草機的轟隆聲和蜜蜂的嗡嗡聲。他喜歡聽醉醺醺的人們互相嚷嚷，喜歡踩在鵝卵石路面上，在深夜裡餘音繚繞的腳步聲。

他們會在這裡待兩個星期。格雷曾試圖說服他父母讓他提前一週回家。他想參加一個派對，他喜歡的女孩會去。而且從天氣預報看來，相較之下，南方的天氣很棒。但他們說，「不。」他們說：「明年。等你十八歲再說。」柯絲蒂也用滿是熱切和懇求的眼神看著他，那個眼神在說：**不，拜託不要把我一個人留在這裡**。

他們兄妹的感情很好。她從小就跟他處得很好；會在碰傷膝蓋、鞋帶鬆了的時候去找他；他想獨處的時候，她也會聽話離開。他們以一種有點黏又不會太黏的方式互相照應，就像是懷抱善意但保持距離的隔壁鄰居。所以，他答應留下來待上整整兩個星期，希望自己喜歡的那個女孩在他回去前沒有被追走。

格雷的爸爸正在樓下生火，他媽媽正將食物分別收進有著破舊的美耐板門板的櫥櫃。穿著廉價針織衫的柯絲蒂縮著瘦長的四肢，窩在沙發上看雜誌。屋外，雨水仍打著玻璃窗，但地平線那端出現充滿希望的亮光，在雲層之間撐出了一道縫隙。

「我要出去，」格雷說。

「去哪兒？」他爸爸問。

「去海濱散步。」

「在這種天氣？」他爸爸指著滿是雨水的窗戶。

「我的衣服有防水。而且，天空看起來正在變亮。」

柯絲蒂從手中的雜誌抬起頭來。「我可以跟嗎？」

「好啊，當然可以。」

她跑到前門，穿上運動鞋，從衣帽掛勾上拿起一件連帽風衣。

「不要去太久，」媽媽在廚房裡喊。「我正在煮一壺茶，還有準備蛋糕。」

離開待在兔子小屋裡讓他產生的幽閉恐懼，格雷覺得他整個人放鬆了，表情也柔和下來，涼爽的雨水讓他因旅途而疲憊的皮膚變得清新。他妹妹現在幾乎和他一樣高，長髮長腿，看得出來就快長成一名窈窕淑女。他希望他們兩人之間的相似處夠明顯，看得出來他和身邊這個穿著濕漉漉的連帽風衣、印花圖案的套頭衫和刷色牛仔寬褲，高挑、笨拙、有些不修邊幅的女孩之間不是戀愛關係。她對自己是個大女孩的意識發展得比較慢。直到最近，她才把頭髮編成辮子放下來垂在背上，也還沒開始化妝。但她忽然變得頗有吸引力，他看得出來，青澀新生如一朵半開的花充滿盎然生機，事實上，美得令人有些尷尬。他突然感到一股巨大的恐懼，還有一種混合了厭惡和欣慰的奇怪感覺。厭惡自己是個男人，厭惡自己對女孩子所想過的壞念頭，厭惡自己的原始本能，厭惡自己低層次的生理衝動，掠奪性的需求，骯髒的思想，厭惡這種種的一切。厭惡自己知道跟他一樣的男人，現在開始會看著他妹妹，想著、感受著，再深自懺悔。而欣慰則是因為她不會知道這些。

他們默默地走了一會兒，格雷消化著腦中的想法。雨勢漸漸變小，一抹陽光終於出現在他們腳下。

「你身上有錢嗎？」柯絲蒂問。

他摸了摸口袋裡的硬幣，掏出一英鎊和一些零錢。「有幾英鎊吧。怎麼了？」

「買糖果？」

他翻了個白眼，但將硬幣放在她攤開的手掌上。她幾週前摘了牙套，一直在吃硬的、耐嚼的糖果當作慶祝。他看著她拖著腳走進一家禮品店，店門口掛著錐形袋裝的棉花糖、擺著明信片的旋轉架、勾在鐵網上的水桶和鏟子。他轉過身，太陽透過海面上幾道錯落的雲層，光芒由金色轉銀色，海面隨之閃閃發光。再往遠處，他看到了那座樂園市集。空蕩蕩的；沒有人會在雨中去遊樂場——椅面都是濕的。

柯絲蒂回來了，遞給他一袋可樂糖和找回的硬幣。他吃了一顆糖。她把手放在額頭上，遮擋刺眼的陽光。「兩個星期。」她嘆了口氣說。

「是啊。」

「要不要去電影院看看有沒有放什麼好看的電影？」

格雷點點頭，跟著她離開海濱，往大街走去。電影院位於大街外側一座潮濕、砌著透氣花磚的單層圓頂建築裡。一次放映一部電影，可容納一百人。

《巔峰戰士》(Cliffhanger)，他看著外面的海報。「可惜。我看過了。」

柯絲蒂不以為意。「我沒有。」

「嗯，我不想再看一次。看電影的樂趣就在於不知道結局。」

格雷仔細地研究著放映表，想知道接下來兩週內會不會換檔。他妹妹站在他身後，一隻手插在連帽風衣的口袋裡，吃著可樂糖，完全沒有注意到站在對街的年輕人，他的目光首先被她的長腿所吸引，然後是她的棕髮濕漉漉地貼在臉龐的模樣，凸顯出立體的顴骨和細長的棕色眼睛，好看的嘴巴正使勁地吮著糖果，她的眼神平和、寧靜而溫柔。

柯絲蒂跟著格雷走在大街上，他一直盯著柯絲蒂看。當他們轉過街角時，他已經看清楚了她的一切。她有雙大腳，微微內翻。她的胸部比他想的大，藏在寬鬆的毛衣下面。她的臉，素顏、自然，不同於她這個年紀的很多女孩。她沒戴耳環。提著一袋糖果。她跟在那個男孩後面時走得挺彆扭（那是她的兄弟？長得有點像，而且她似乎沒有特別想跟他靠得很近)。

柯絲蒂和格雷繼續往前走,那個人想著是否要跟上去,但在這麼小的城鎮,他們一定會再相遇,於是他走開,嘴角勾起一抹淡淡的微笑,彷彿在享受跟自己開的秘密玩笑。

8

艾莉絲待在樓頂自己的房間裡,感覺很奇怪。昨天一整天,她覺得怪是因為那個男人在雨中坐在沙灘上。現在,她感覺怪是因為那個男人就在她後院的工作室裡。他的出現似乎並無惡意,但不知何故令人不安。他的茫然。所有那些空白和失落的記憶。更重要的是,他原始的男性氣息。不知何故,他不知道自己是誰這件事讓他只留下一種純粹原始男性本質的氣息。他確實是個男人,而艾莉絲……嗯,艾莉絲已經很久、很久沒有做愛了,艾莉絲是一個享受性愛的女人。她的性慾形塑了——事實上差不多毀了她的整個人生。

她戴上老花眼鏡,把一張聖特羅佩的地圖放在檯燈下方。她已經畫出一片片玫瑰花瓣的輪廓,現在她用刀片熟練地慢慢割出花瓣。聖特羅佩讓她想到水池邊的涼椅和冰鎮香檳,穿著白色亞麻衫的服務員和穿泳褲的黝黑男人,令她心神蕩漾。她幾乎可以聽到背景裡的喃喃低語,感覺某個不知名情人的手正幫她的肩膀擦著乳液,很快地,那隻不知名的手變成了工作室裡那個男人的手，艾莉絲想著，那雙手毫不費力地用刀切開了她稍早時為他做的那條厚實的傳統吐司。好看的手。好看的手腕。她腦中想的都是他，乾淨乾爽，穿著凱的連帽衫，讓她留下印象深刻的身影。他不會太高，只比她高一、兩英吋左右，但很結實。體格毫無缺陷。還有他淡褐色的眼睛，因需要和困惑而顯得溫柔。

除了那一刻，當她建議帶他去警察局的時候。那時她看到他出現完全不同的模樣。那是一陣恐懼和憤怒，她還來不及看清楚就消失了，讓她懷疑是不是自己想像出來的。

她停止想著他的事。男人不再是她關切的重點。孩子們才是她的首要任務。她的孩子和她的工作。她從地圖上裁切下花瓣狀的紙片，將它們並排放置。坎比爾大道、雷斯塔涅路、卡瓦永街，這些街道上滿是棕櫚樹和敞篷汽車、條紋傘面的遮陽篷和代客泊車的酒店。不，她不應該感到嫉妒。她在這裡已經擁有很多。海灣的另一邊也看得到棕櫚樹。兩者都是專屬於她的風景。

樓下前門上方響起了銅鈴聲，讓她微微嚇了一跳。緊接著是狗爪子敲著木頭樓梯的咔嗒聲和響亮的吠叫聲。她扶著桌面看向窗外下方，是黛莉獨特的棕紅色武士頭髮型。

「來了！」她喊。她得用力將門前的狗拉開，才有辦法開門，還得拉住牠們以免撞倒黛莉。

「妳好啊，我的朋友，」她說。「今天怎麼會大駕光臨？」

黛莉正不太符合社交禮儀地越過艾莉絲的肩頭往屋裡探頭探腦。「我剛遇到茱莉，」她說。「她跟我說那個男人在妳家裡。」

艾莉絲嘆了口氣，將頭髮撥到耳後。她很氣自己沒有要孩子們對法蘭克的事保密。她不介意黛莉知道，但如果是其他人……。

「他不在我家裡，」她帶著怒氣地說。「他在後院的工作室裡。」

她把門打開，把狗往後拉，好讓黛莉進屋。

「妳瘋了，」黛莉說著走進客廳，一邊左看右看。「茉莉說他失憶耶。」

她轉身，對於「這個男人」不在客廳感到滿意，然後往廚房走。

艾莉絲再次嘆氣，跟在她身後。「沒有聽起來那麼糟糕。」

「我告訴過妳不要這樣做，」黛莉說。「妳說妳不會。」她從後門上的窗戶望向後院小屋。「天啊，艾莉絲，萬一被學校發現怎麼辦？如果……」她停下來，嘆了口氣。「拜託。在發生去年的事之後，妳不能就這樣把陌生人帶進家裡。」

艾莉絲完全了解黛莉的意思，但她沒心情聽。「我說了。他不在我家裡。他住在工作室。我們昨晚把後門的兩個鎖都鎖上了。」

「這不是重點。這一切真的不太對勁。什麼『喪失記憶』這些，聽起來就像是一個騙局。」

現在換艾莉絲不以為然。「喔，看在老天爺的份上。才不是什麼騙局。妳真是個陰謀論者。」

「他現在在外面嗎？」她問道，從掛鉤上拿起兩個馬克杯，打開了水壺。

「應該是，」艾莉絲說。「我沒有聽到他離開的聲音。」

「請他進來，」黛莉說，將一個綠茶茶包丟進她的杯子裡，再把一個伯爵茶包丟進艾莉絲的杯子裡。

艾莉絲沒動。

「去吧，」黛莉說。「跟他說水燒好了。」

「妳知道現在是我工作的時間，對吧？」

「晚一點，」她說，「妳可以稍後再工作。這不會花很長時間。」

艾莉絲沒有爭辯。她與黛莉的友誼立基於黛莉永遠是對的。

在打開後門之前，她摸了摸自己的頭髮，確定頭髮沒有亂。她把手放在嘴上吹了口氣；然後做了個鬼臉，茶的味道。工作室裡的窗簾是拉開的，她輕輕敲了敲門。「法蘭克，」她說，「是我。艾莉絲。工作到一半想休息一下，也許你願意進來喝杯茶。」

沒人回應，她又敲了敲門。「法蘭克？」她推開門，從縫隙往裡看。床鋪好了，凱的連帽衫和運動褲整齊地疊在床尾。房裡空無一人。

「好吧，」她一會兒後對黛莉說，「看來妳不用擔心。他走了。」

「走了，不見了？」

「我不知道。」她說。她環顧廚房，注意到她之前為他泡茶的杯子，倒扣在瀝水板上。她尋找某種痕跡，但什麼也沒有。她驀地感到悲傷；因失望而覺得四肢乏力。然後她開始擔心，一陣憂慮恐懼。她想起他淡褐色的眼睛和毛躁的學生頭，他是如此脆弱。她無法想像他一個人在外面流浪。完全無法想像。

「好吧，」黛莉說，「希望如此。他不是妳現在需要關心的事。」

「是的，」艾莉絲說，「大概吧。」

他感覺自己好像在輸送帶上，被外力牽著走。像被沿街拖行的一袋垃圾。他看到前面有一張長凳，轉向它走去，差點被一個騎自行車的女人撞倒，她的車籃裡裝滿了水果。她疑惑地看著他，他開始懷疑自己看起來是不是和他現在的感覺一樣瘋狂。

今天早餐後，當他躺在艾莉絲家工作室的床上時，他沒有感受到記憶，而是一股強烈的感覺，就像艾莉絲建議帶他去警察局時出現的那種感覺。可怕的黑暗厄運。在某個地方，有某樣東西被嚴重損壞而他無能修復。不只如此，還出現亮白的閃光，就像汽車經過時車窗反射的陽光一樣，眩目地令人失去平衡，閃光背後有些影像，他知道那是組成記憶的拼圖，但是他看不清楚。

他得繼續走。他得找出是什麼把他帶到這個北方的濱海小鎮。當他站起身時，又是一陣白光閃過，他往後跌坐在長凳上。他緊閉雙眼，拼命辨認隱藏的影像。他看到了。一根扭紋長桿，一匹淡色的馬，一個棕髮的少女；她隨著馬上下起伏，微笑揮手，然後就消失了。

經過這麼多小時徒勞的努力，他忍不住笑了。「該死！」他對自己說。「真要命！」

他從長凳上跳起來，感覺自己被拉向馬路對面的海濱。他低頭看著月牙形的海灘，在微涼的四月天裡空蕩蕩的，他試圖從眼前的海景看出些別的，一些和他剛剛想起的那一刻相關的事物。毫無所獲，他走下海堤邊的台階。他的手沿著塗漆的金屬扶手滑下；幾片剝落的油漆從他的手中脫落。他小心地踩著狹窄的台階，呼吸著魚內臟和鹹海水的氣味。他以前來過這裡嗎？有可能嗎？如果他來過，那是為了什麼？什麼時候？那個在旋轉木馬上的女孩是誰，那個帶著微笑，棕色頭髮的美麗女孩，沉浸在她的快樂時光，無視他目光的女孩？

一想到那個女孩，他再次感覺不太舒服。他的身體似乎不再受他控制，忍不住把艾莉絲早上幫他做的雞蛋吐司都吐了出來。他的腳步不穩，感覺全身虛弱。他回到他剛抵達萊丁豪斯灣時所在的位置，在海灘上坐了下來，凝視著大海，彷彿在等待大海為他帶來答案。

9

一九九三年

在假期一開始的潮濕天氣後，接下來是三天的溫暖陽光。陽光意味著適合海灘活動。兔子小屋下方是狹長的碎石沙灘，滿是波光粼粼的岩池和漁船。從孩提時代開始，他們就常在那裡待上一整天，穿著雨鞋、戴著防水帽，踩在黏糊糊的岩石上。但現在他們長大了，更喜歡帶上毛巾和防曬乳、防風外套和折疊椅，步行約四分之一英里，穿過城鎮到大街下方更寬闊的沙灘。這裡有一家在懸崖壁上鑿出來的咖啡館，供應速食、冰淇淋和用塑膠杯裝的啤酒。這裡有淋浴間、救生員以及適合小孩子的各種遊樂設施。雖然比不上海灘主題樂園，但對於萊丁豪斯灣這樣的小鎮來說已經不錯。所以他們今天又來到這裡。這天是星期二早上，天氣還太冷不適合穿泳裝，爸爸東尼穿著一件短袖襯衫，沒有扣釦子，搭配牛仔短褲。媽媽潘穿了自行車短褲和一件前面印著一隻卡通狗的寬鬆T恤。格雷身上是夏威夷印花灰色衝浪短褲，柯絲蒂則是黑色露背比基尼上衣加牛仔裙。那個人也在。就在那裡。那個傢伙。格雷不覺得他稱得上是「男人」。他看起來大約十八歲，格雷猜想。與格雷不同的是，他沒有跟家人一起。

他星期天有來，昨天也是：獨自一人，穿著黑色泳褲，戴著黑色太陽眼鏡，躺在一條白毛巾上，拿著一本平裝小說，聽著隨身聽。他會時不時坐起來，兩手環住雙腿，憂鬱地凝視著大海。他坐的位置不遠，格雷看得到毛巾在他背部皮膚上留下的凹痕，也近到只要風一吹，就會飄來鬍後水的氣味，還可以稍稍聽見他耳機裡《墓園三人組》(Cypress Hill)的節拍。他與他們家的私人空間之間距離不遠，格雷全身上下每一寸纖維都能感受到他的存在，如手臂上清晰的捏痕。

男人這時候站起身來，背對著他們，故意張開雙臂，讓每一塊勻稱的肌肉依次伸展。然後，他假裝漫不經地揉了揉下巴上的短鬍渣，彷彿只有像他這樣擁有足夠的睪丸激素，才能長出如此粗硬的鬍鬚。他慢慢地從他們身邊走過，走向海濱咖啡館，買了一小瓶啤酒，站著喝了起來，手肘靠在吧檯上，雙腿交叉，目光毫不掩飾地盯著柯絲蒂。

「妳的仰慕者又來了，」東尼從《每日快報》後探出頭說。

柯絲蒂無奈地聳了聳肩，看著腳邊的沙。「他不是我的仰慕者，」她毫無說服力地說。

東尼笑了笑，繼續看他的報紙。

「他長得很好看，柯絲蒂，」潘說，柯絲蒂不悅地對她噓了一聲。

「他聽不到，」潘說。「他在酒吧那裡。」

「我覺得他看起來像變態，」格雷說。

潘警告地看著他。「沒必要把什麼事都看得很嚴重，格雷。」

「我沒有『看得很嚴重』。我只是發表意見。我覺得他是個變態。就是這樣。」

格雷的眼角餘光看到他把空啤酒杯在掌心揉成一團，讓它掉進垃圾桶，再次展示他分泌旺盛的雄性賀爾蒙。他長得很好看，格雷承認。身材又好。他只比格雷大一歲，生理成熟度卻遠超過格雷。但格雷不得不質疑他的動機。為什麼是柯絲蒂？海灘上有很多女孩子，很多跟他一樣好看且具吸引力的女孩，穿了漂亮的比基尼、上了妝、戴著大耳環，塗著粉色唇膏的女孩。很多沒有父母或哥哥隨侍在側，正用牙籤插著塑膠杯裡的蛤蜊吃的女孩。

男人慢慢走回他的白毛巾，幾乎是貼著柯絲蒂身邊經過，格雷努力控制伸出腳絆倒他的衝動。事實上，他光想像就覺得很開心，在腦中一遍又一遍重播，努力地憋笑。

「怎麼了？」柯絲蒂說。

「哦，沒什麼。」

不，格雷並不是嫉妒。格雷為什麼要嫉妒？他很高，長相是帶點孩子氣的那種好看，介於苗條和一般之間的體格。女孩們說他很可愛。女孩們會跟他分享各種各樣的事情，主要是關於其他男孩，但這不是重點。重點是她們信任他。女孩喜歡格雷，他也喜歡她們。有時可能不是女孩以為的方式。有時可能以一種稍微隱晦的方式，在他晚上獨自一人的時候。不過，格雷估計這傢伙這輩子就這樣了，他不知道怎麼跟女孩子說話。格雷不確定他有沒有辦法說完一整句話。他看起來像是那種會支支吾吾、手足無措，逼不得已才開口的人。

就在格雷腦中閃過這個想法的那一刻，這傢伙轉過身來，看著他，看著柯絲蒂，看著他們的父母，用像是從龐德電影裡走出來的人物的聲音說：「有陽光的天氣很棒，不是嗎？」

他們家每個人都因為這出乎意料的搭話如受驚嚇的動物般轉過頭。他媽媽的手按在鎖骨處，用格雷從未聽過的聲音說，「嗄，是啊，確實是。」

格雷看到柯絲蒂對他媽媽使了個可怕的眼神後往下看著地面，整個臉都紅了。

「你們是來度假的嗎？」他問，有點多餘的問題。

東尼點點頭。「我們從薩里 (Surrey) 那一帶來的，」他說，這是他爸爸婉轉不明確提到克羅伊登的方式。「你呢？」

「哈羅蓋特 (Harrogate)。我來陪我姑媽。她先生剛過世，她無法承受獨自前來度假。」

「哦，」潘說，她的手撫著胸口，「可憐的姑媽。你能這麼做真好。很少有年輕男孩會為親人犧牲暑假。」

「嗯，她是個好人。她一直很照顧我。而且，嗯，她住的地方很棒。」他微笑地指向海灘遠方，小鎮另一端的方向，那裡越往上走房子越大間，他的手指最後停在一間宏偉宅邸：淡色牆面和大面窗戶，周圍環繞著楊樹和紫杉樹。

「哦！」潘說。「我們一直想知道誰住在那裡面，對吧，東尼？」

東尼點點頭。「我以為是達官顯貴。」

「不完全是。我叔叔靠養豬發了財。就是做培根啦。」他笑了。「那只是他們的避暑別墅。你應該看看他們在鄉間的豪宅。」

格雷的父母敬畏地點點頭。

「哦，」男人邊說邊朝他們走來，伸出了手。「對了，我叫馬克。馬克．泰特。」

「很高興認識你，馬克。」東尼從躺椅上探過身去握了下馬克的手，有點喘。「我是安東尼．羅斯——叫我東尼。這是潘，我的妻子；格雷漢，我兒子；還有我女兒柯絲蒂。」

「格雷，」格雷低聲說。「不是格雷漢。是格雷。」

但是那個叫馬克的人沒有聽到。他的目光緊盯著柯絲蒂，臉上帶著格雷看起來像是勝利的微笑表情。彷彿這次「偶然」與他家人進行的對話不只是一次短暫的友好人際互動，而是某個宏大計畫輝煌的首次出擊。

他看著他的父母熱情地和這個年輕人聊天，就好像他其實是來登門拜訪的查爾斯王子，而不是一個完全沒有理由和他們搭話，口音帶著上流腔調的陌生人。然後他看著柯絲蒂。她正在綻放——這真的是格雷唯一能想到的形容。就在他的眼前。彷彿這個男人對她的注意力不知怎地讓她整個人從內而外煥然一新，她的一切變得飽滿，盡情伸展著姿態。她的眼睛似乎帶著露水，眼皮低垂。她在發光。

「對了，」馬克說，「你們應該來房子裡看一看。我姑媽可以烤個蛋糕。」

「哦，我們不該打擾你姑媽，不該在她悲傷的時候叨擾。」潘說。

「噢，她會很高興的。真的。她是很好相處的人，而且她一個人在屋裡也很孤單。事實上，不如你們今天就來吧？四點鐘。」

什麼？格雷想。**什麼？**

他的父母微笑回應：**這樣啊，如果你真的覺得你姑媽不會介意的話**，以及，**我們需要帶些什麼過去拜訪嗎？**

就是這個，這是預謀好的計畫。

格雷簡直不敢相信。

馬克套上一件素T恤和斜紋棉布短褲；用軍事化的動作捲起毛巾，塞進布袋裡。臨走前，他轉向他們，微微鞠躬致意，「下午四點？對嗎？」格雷的家人猛力點著頭說，「對，沒錯，謝謝。」

然後他就離開了。

「嗯哼，」潘說，「真是有趣的轉折。」

「的確是，」東尼說。「但看起來我們有免費的下午茶。」

格雷坐在那裡，臉色緊繃，天下沒有免費的東西，一定得付出某種代價，而他的家人竟傻到看不出來。

10

莉莉的媽媽匯了一百英鎊給她。她花了一部分錢，在星期五下午搭火車到倫敦，她打算去卡爾的辦公室，沿線追尋他的足跡。這是她第一次自己一個人去倫敦。她在售票機前陷入慌亂：這要怎麼操作？於是她改去排隊等著和窗後的男人說話。

「你好，」當終於輪到她時，她說，「我要去倫敦。你能幫我嗎？」

男人沒有笑容。「回程？」

「是的，」她說，「我會回來。晚一點兒。」

男人笑了，她知道她說了笨話。

他拿走她的二十英鎊，印出兩張車票，連同找的錢一起遞給她，然後說，「三號月台。再七分鐘。」

她一把抓起車票和錢說，「好。」

在火車上，她看著她身處的新世界的片段景象快速掠過：無數黃綠相間的方形區塊、工業廠房的後方牆面、一排排的紅磚屋，屋外的狹小草地上都擺了相似的兒童遊樂設施。她不了解這個世界。她只認識卡爾。她用嘴咬著自己兩根手指的指節，好抑制突然其來的傷悲。她不能哭。不能在這裡哭，在火車上的陌生人面前。她凝視著窗外，眼神堅毅。

她以前去過卡爾的辦公室。那是他們在倫敦度過的週末之一，那時兩人還沒結婚。他們住在西區飯店，並在一間可以欣賞首都閃亮景色的高樓餐廳吃晚餐。他說，「要不要看看我工作的地方？」她隨意地說，「好啊。」

那是一棟矮小的建築，造型對稱，正面是黑色玻璃和拉絲鋼。中央是一扇大型電子旋轉門，此外還有一個黑色鉻合金門廳，後面牆上有不銹鋼人造水景。她看了一下她的手錶。四點四十分。還要過二十分鐘才是卡爾下班的時間。她邊玩手機遊戲邊等。

四點五十五分，她想像卡爾關上電腦，拿起椅背上的外套，扣上公事包的金屬扣，向一些同事道別（他會嗎？卡爾會說再見嗎？可能不會。卡爾不是那種會大聲說再見的類型。也許是舉個手示意。或是迅速而有些粗魯的說明天見）。他等電梯，看了下手機，檢查頭髮。她在腦海中數到二十，電梯來了，卡爾走進電梯，電梯經過各層樓時會輕輕地發出砰砰的聲響，他走過一樓大廳，進入旋轉門。她沿著他的路線步行。維多利亞車站就在不遠處，只要兩分鐘。她查看了卡爾的火車班次，是五點零六分開往東格林斯特德的那一班，接著走向四號月台。她看著往同樣方向前進的人們的臉。他們認識他嗎？他們會認出他嗎？每天同一時間同一班火車？

她上車，找了位子坐下。對面是一個男人。她深吸一口氣，從手提包裡拿出卡爾的照片。「不好意思，」她說，聲音比她預想的更加刺耳。「你可以幫幫我嗎？」

他不帶戒心地狐疑地看著她，她知道他以為她是要向他要錢。「這是我先生，」她一邊說，一邊把照片滑過兩人中間的桌面。「他每天都坐這班火車，他失蹤了。」

男人微微往後縮。他還是以為她是想討錢。她忍住了對他大吼的衝動。「他失蹤了，」她繼續說。「我有正式通報警方。」

他挑著眉說，「嗯哼。」

「你認得他嗎？」她冷冷地說。

他看著照片，搖了搖頭。「沒見過。」

「謝謝。」她奪回照片，塞進手提包。她滿臉通紅，感覺頸間正因怒氣而泛起紅斑。她走到下一個座位，旁邊是三個正在喝酒，滿身酒味和菸味的女性朋友。問她們沒用，她們喝醉了，說話又急又大聲，而且她們不是通勤族，通勤族才是她要找的。她右邊是一個穿著西裝的男人。她拿出照片，深吸一口氣。「不好意思，」她快速進入正題，不想讓他有時間先入為主地做出帶有偏見的判斷。「我先生失蹤了。他以前每晚都坐這班火車。你認得他嗎？

男人從外套口袋裡掏出老花眼鏡，拿起照片檢視，然後遞回去給她。「我想我沒見過他。」他的聲音低沉而溫柔。讓她感到放鬆。她熱情地微笑著說謝謝，然後開始在各節車廂間移動，詢問看到的每一位通勤族。每次詢問都給她更大的信心。她發現，人們多半都很友善，而且微笑對英國人似乎很有用。她的個性不會沒事微笑。微笑是給朋友、嬰兒、笑話和家人的。不是對著火車上的陌生人。但她努力保持著笑容，很快地火車開進了奧斯達特站，她問了至少三十個人，這三十個人的回答都是，「沒見過，很抱歉。」一些人甚至還問她，「他叫什麼名字？」、「他是什麼時候失蹤的？」、「祝妳早日找到他，真心祝福妳。」

她試著尋找最後一個可能看到卡爾離開車站的人。剪票口的售票員。沒有人，那裡只有閘門。她嘆了口氣。她原本希望能問到有人知道卡爾的蹤跡。然後她開始踏上漫長的回家路。途中經過一些商店，受到火車上友善乘客給她的鼓舞，她走向一對夫婦，露出笑容，拿出照片提問。啤酒店裡有人認出他，說他以前偶爾會來買酒。「是個帥哥，」他說，莉莉點點頭說，「是的。他是。」

店家漸漸減少，她穿過大馬路，走進有著許多紅色小屋的小路，這些小路如格紋般縱橫交錯，她在當中左轉右繞，然後走到超市和連鎖商店所在的另一條大馬路。以前她一個人在公寓的時候，有時會出來這條路吃午餐。她也會去星巴克看報紙，等卡爾下班回家時可以聊。最後一段路比較安靜。卡爾說那些寬敞低矮的建築叫做平房，附有車道。這裡沒有商店。也沒有人。其中一小段路邊有一個新建案；根據建築工地的外圍檔板上寫的，這裡之後會叫狼丘大道。卡爾每次看到它都會笑。「大道，」他說。「在奧斯達特這種地方？真是胡扯。」

莉莉停下腳步，盯著這個地方。完全沒有人。她搬來這裡之後，沒有看過那裡有人。

她看到新建案第一塊工區的公寓幾乎已經完工。裝好玻璃窗，也已覆上外牆。工程進展到下一塊區域，那裡現在是鋼架和隨風飄動的塑膠板。太陽下山了，傍晚的天空是天鵝絨般的藍色，開著大燈的汽車從她身邊駛過形成一道金色軌跡，而她獨自一人走在這條路上。她突然感覺一股莫名寒意。她再次看向那間新公寓，看到一樓窗戶裡有燈光閃爍。

她轉身，走回家。不知為何，閃爍的燈光讓她感到困擾。她會把這件事告訴那個大塊頭女警。這背後可能代表了什麼；也可能沒什麼。此刻，她只知道那裡有閃爍的燈光。

她一到家就打電話給那位女警。

「你好，請問是崔維斯女士嗎？」

「崔維斯警探。」

「是的。抱歉。崔維斯警探。我是蒙羅斯夫人。卡爾・蒙羅斯的妻子。」

「我知道。實話是，妳可能會通靈吧。因為我正要打電話給妳。我們需要你先生的電腦。他的護照看起來是透過網路交易買來的。我們要檢查他的瀏覽紀錄和電子郵件。」

「我不知道妳在說什麼。」

電話那頭停頓了一會兒，這個女警常常這樣，代表她認為莉莉是個找麻煩的討厭鬼和蠢蛋。

「這些護照是訂製的，所費不貲，得透過網路上某些隱藏的犯罪網絡才做得出來。妳先生一定有和某些黑道往來。而且可能持續過很長一段時間。我們需要找到這些人。我們需要妳先生的電腦好協助查訪。」

「但這些人跟找我先生有什麼關係？」

又是那個停頓。「嗯，實際上，這不是直接的線索，但他們可能知道些什麼。他們甚至有可能涉入他的失蹤案。比如，他欠他們錢或威脅要揭露他們。」

她腦中再次浮現新公寓窗戶裡的閃爍燈光。她感覺身體忽冷忽熱。黑幫、罪犯。她在夜裡從來沒想過這些事情。「嗯，」她說，「這可能沒什麼，但今晚我注意到，我們公寓旁邊的新大樓裡，有一盞燈光。只有一盞，出現在其中一個窗口。但是那裡沒有住人，這讓我想到……」

她停頓了一下。這讓她想到什麼？她不知道。但是讓她覺得很恐怖。就是這樣。讓人感覺很恐怖，混身發冷。

「我也不知道怎麼說，」她繼續說。「看起來很奇怪。」

「這樣啊，」貝佛莉說，很快地跳過莉莉的話，進入下一件事。「妳現在在家嗎？我可以現在過去嗎？把電腦帶回來？」

「好。我在家。當然可以過來。但我沒有他的密碼。」

「我們可以找人處理。那不是問題。」

「嗯，好吧。那麼也許，妳來的時候，我們可以去一下那個工地？去看看那間公寓有燈光的那一間？

「不確定有沒有時間。我會再看看可以怎麼辦。」

貝佛莉帶著一個穿著便衣、戴著大眼鏡、提著文件箱的年輕人過來。他在電腦所在的空房間裡待了很長的時間，莉莉焦急地坐在沙發邊，托著肘，看著牆上的時鐘。「他在裡面做什麼？」她問貝佛莉。

「哦，妳知道，只是一些必要的檢查程序。我們不能直接走進這裡，拔掉插頭就拿走電腦。」

莉莉點點頭。又過了幾分鐘。她聽到抽屜被打開又關上的聲音。然後那個男人出現在門口，看著莉莉。「妳有鑰匙嗎？」他說，「櫃子最下方抽屜的鑰匙？」

「沒有，」她說。「我找了兩天。我想一定在他的鑰匙圈上。」她不在意地聳了聳肩。

「妳介意我鑽個洞把抽屜打開嗎？確定裡面有沒有記憶卡之類的？」

莉莉愣住了。如果卡爾走進公寓，看到他從IKEA買來的全新文件櫃上有個破大洞，他的私人物品都被翻出來，他會怎麼反應。但隨後她想：卡爾對她說謊。她甚至不知道他的真名是什麼。他在他們共有的家裡有一個上鎖的抽屜。連上班也帶著鑰匙出門。這一定有什麼原因。

「不介意，」她說。「好的。但請不要弄得太亂。」

年輕人笑了笑，轉身回到房間。十秒鐘後，她聽到鑽木頭的尖銳聲響。過了不久，他再度出現，手裡拿著一個紙盒。

「好了，」他淡淡地說，好像這裡發生的事情都很常見，「都拿出來了。另外，妳都寫好了嗎……？」他低頭望向之前給她的那張紙，上面列出許多私人的問題：值得紀念的日子、寵物的名字、父母的名字、暱稱、重要的地名。

「是的。」她將那張紙滑過桌面給他，他拿起來，收到盒子裡。

「太棒了，」他說。「都好了。」他對貝佛莉說，貝佛莉慢慢起身。

他們一起走到門口，貝佛莉說，「保持聯繫。」

完全沒有提到那間閃爍燈光的空公寓。

他們走後，莉莉站了一會兒。她環視著公寓，自從星期二晚上卡爾沒有回家之後，她已經看了幾百次。剛開始，她看到的是沒有卡爾的空蕩蕩的家。現在她看到了他的欺騙。

她慢慢走進那間空房，跪在地上，檢查著上鎖的抽屜裡放的東西。

11

「哦，」艾莉絲說，「你回來了。」

接近晚上十點，他穿著巴里的夾克站在門口，路燈的光線從背後照著他，看起來像全世界最疲倦的人。他已經離開了三十六個小時。

「是的，」他說。「如果可以的話。」

「嗯，隨你高興要來就來，不是嗎？你去了哪兒？」她說。

「沙灘上。」

「一直待在那兒？」

「是的，嗯，大部分時間是。我昨晚睡在那裡。」

「你和那片沙灘是怎麼回事？我以為你已經恢復記憶回家了。」

「嗯，這就是問題。」他越過她的肩膀，若有所思地看向屋內。「我想起了一件事。一件重要的事。」他又往屋裡看了一眼，她心軟了，開門讓他進來。她幫他們各自拿了瓶啤酒，並排坐在沙發上，莎蒂在他們腳邊，英雄趴在艾莉絲的腿上，格里夫保持著禮貌的距離。

「孩子們都去睡了？」他問。

「小的睡了，其他兩個也上床了，在滑手機。」說這話時，她的手機跳出訊息。她很快瞥了一眼。茱莉剛才用艾莉絲的手機登入 **Instagram**，沒有登出。某處某個人正對茱莉發布的內容表示喜歡。這意味著艾莉絲的手機在接下來十分鐘左右會不斷跳出訊息，因為茱莉認識的每個人都會表達喜歡她發布的內容。艾莉絲可以想像會有一堆人按讚的愛心符號。她嘆了口氣。

「那是什麼？」法蘭克看著 **iPad** 問。

「那是我父母家的客廳，」她說。「在倫敦。」

他點點頭。好像他懂這是什麼意思似的。

「他們都患有老年癡呆症，」她解釋。「我們請了看護，但不是二十四小時的。而且，相信我，他們需要有人照顧。我姐姐也有相同的視訊設定。希望在我和她跟看護輪流注意之下，我們可以讓他們留在家裡更長時間。因為另一種選擇是，好吧……令人難以想像。」

她苦笑，很難相信不到兩年前，她父母還在規劃要去中國長城旅遊，現在他們連何時該洗澡都搞不清楚。

「我的生活很奇特。」她說。

「我的也是。」他說，他們都笑了。

她不敢相信自己剛才看到他站在她家門口時竟如此令她鬆了一口氣。她非常努力地想讓自己聽起來很嚴厲，同時克制住抱著他說出**感謝上帝，你回來了**的衝動。所以她正試著表現出謹慎和冷靜，這才是她為自己預設的生活方式，而非沒事擁抱別人。

「那麼，」她說。「你都在忙什麼？」

法蘭克微笑著轉動手中的啤酒瓶。「我有一個理論，我來到這個小鎮一定有原因。如妳所知，我買了一張來這裡的車票。我去了那個海灘。這不可能是隨機的。所以我想，如果我四處走走，可能會有什麼東西喚起我的記憶。」

「結果有嗎？」

「是的！」他淡褐色的眼睛亮了起來。「我想起了一個坐在旋轉木馬上的女孩。馬會繞著上下動的那種老式旋轉木馬？」他遲疑地看著她，不確定自己說的是否有道理，她點頭表示鼓勵。

「樂園市集，」她說。「每年夏天都會來這裡。」

「哦！」他似乎很開心。「所以有可能是真的？」

「是的。有可能。那個女孩是誰？」

「我不知道。她的頭髮是棕色的，很年輕，我想應該是個十幾歲的孩子。」

「完全不知道她可能是誰？」

「嗯，不知道，但發生了一件奇怪的事。我沿著上方的大街，往下朝海灘走去，我有一種強烈的感覺，那裡就是我看到騎在旋轉木馬上的女孩的地方……」

「他們確實在那裡。沒錯。」

他笑了。「那個市集？」

「是的，在海灘旁，就在大街下方！那麼，你去那裡時發生了什麼事？」

「我吐了，」他說。

「什麼，真的吐嗎？」

「對。非常突然。在那之後我就動不了了。就像星期三那天一樣。我坐下來望著大海，思緒變得混沌，人們的影像來來去去，而我好像被排除在外。然後，就在剛剛，天黑的時候，我想起了別的事情。我記得……」他的手在發抖。「我記得有一個人，在這裡跳進海裡。絕對是在這裡。天很黑，我可以看到水面上的月光，那個人不停地游、不停地游，我應該要跟他一起跳，但我沒辦法，因為……我也不知道為什麼……」他用左手按著右手腕處。「我就是做不到。」

他抬頭看著艾莉絲，眨著眼，她想起幾年前她看到的那個走進大海的年輕人。「我也看到過，」她說。「三年前。我看見一個人走進海裡。他脫下衣服，整齊地疊成一堆，然後走進大海，一直到他的頭整個都沉進海中。也許……」

「不。」他搖頭。「不一樣。我看到的這個人有穿衣服。他穿著牛仔褲。還有襯衫。他有……他還帶著某個東西，某個似乎很重要的東西，就在他的懷裡。他不是用走的走進海裡。他是跳進去的。像是試著要擺脫某人那樣。」

「擺脫誰？」

「我不知道，」他說，「但感覺很有可能是我。」

12

一九九三年

不管用什麼標準來看，馬克姑媽的房子都是格雷去過最宏偉的私人住宅。他媽媽用「浮華」來稱呼這種裝飾風格，裡面有許多鑲金框的鏡子和放著百合的高聳花瓶。三隻長相各異的小獵犬在門口迎接他們，身後是身穿翻領白襯衫和整潔藍色牛仔褲的馬克。當他們列隊穿過巨大的前門時，他像老朋友一樣熱情地招呼著他們，打著赤腳引導他們穿過圓形走廊，進入一間滿是棕櫚樹的溫室，他稱之為「橘園」，裡面有位很有魅力的中年婦女，一頭時髦金髮，坐在矮桌後面，桌上擺滿了蛋糕和茶杯。

她起身微笑著說：「哈囉！歡迎你們！說真的，我不知道馬克是怎麼說服你們來的！他實在是個有趣的男孩。兩個小時前帶了一袋麵粉和雞蛋回來，說我們來做蛋糕，有客人要來！」

她說話的語調柔和而清晰，和她的侄子一樣，但格雷忍不住注意到，她的表現有點歇斯底里。他很好奇是因為她原本個性就是這樣，還是因為有個曬得烏漆嘛黑的陌生家庭突然出現在她完美的房子裡而產生的反應。

「總之，不管怎樣，」她繼續說，更加深了格雷這樣的印象，「還是歡迎你們來到這裡，請坐吧，請坐。」

她撫平她的百褶裙，坐下來往後靠向椅背。「對了，我叫凱蒂。」她和他們握了握手，聽他們自我介紹。格雷發現她的目光在柯絲蒂身上停留的時間比在其他人身上長一些。她伸出有些顫抖、指甲修剪整齊的手指，拿了一塊海綿蛋糕，詢問有關兔子小屋和他們接下來的假期計劃，格雷在藤椅上坐立不安，透過窗戶望著遠方完美無瑕的花園，想著他們為什麼會在這裡。

「馬克是個好孩子，」凱蒂說。「很可惜，我沒有自己的孩子——」她把手按在她陶瓷般細緻的鎖骨處，「——所以我過去總是顧著馬克和他姐姐。他們就像我自己的孩子，馬克很知道如何照顧我。」她拍了拍他的手，他孩子氣地對她笑著。接著他們陷入之後的對話中也不時出現的令人尷尬的沉默。

「啊，」東尼說，試著找話題。「我必須說，屋裡和外觀一樣讓人讚嘆。」

「謝謝你，東尼，」她說。「這些年來，這裡曾有過許多快樂的時光。」她看起來很傷心，無疑地是想起了她最近去世的丈夫。

「妳擁有這棟房子多久了？」潘問。

「哦——」她用手指撫摸著她的金項鍊，「——大概二十年左右，我想。我們從一位蘿美史小說家手中買下的。事實上，如果妳們出去時經過圖書室，會看到有一個書架專門放她的書。我沒讀過其中任何一本。我對這類書沒興趣。言情小說，一般是這樣稱呼的沒錯吧。」她似乎對這種書不太認同。「那麼，格雷漢。」

「格雷，」他說，「大家都叫我格雷。」

「除了我，」潘說。

「格雷，你幾歲了？」

「十七歲。」

「還在念書？」

「中學六年級。」

「柯絲蒂，妳呢？」

「我十五歲。」

凱蒂挑眉。「好年輕啊。」她漫不經心地說。

柯絲蒂點著頭，臉紅了。

「你呢?馬克。」東尼問。「你多大了?」

「十九歲。」

「你現在在做什麼?」

「我在念大學。商學研究。」

「不錯唷,」潘說。「你之後想成為什麼樣的人?」

「百萬富翁。」

他說這話時故意一臉正經,格雷差點把嘴裡的茶噴出來。

「這樣啊。」潘說。

「很好,」東尼說。「沒有什麼比有企圖心更重要的了。」

凱蒂的嘴抿成一直線,什麼也沒說。

「哦!」潘說著,從椅子上轉身,從溫室的窗戶向外張望。「一隻孔雀!」真的,就在那兒,在草坪上有隻孔雀,如歌舞女郎一般舞動著色彩斑斕的尾羽。

「嗯哼,看起來像戴了頂帽子,」東尼輕輕笑著。「好幾隻孔雀!」

「我知道,」凱蒂厭煩地說。「有點老套,對吧。但那個小說家養了兩隻,我習慣了有牠們在我身邊。後來牠們死了,我又買了兩隻。牠們出乎意料地是很好的陪伴者。我還有養其他動物,」她說。「一頭驢。一匹迷你馬。這地方這麼大,沒理由不在這裡養些什麼。」

凱蒂注意到,一提到驢和小馬,柯絲蒂的臉就亮了起來,於是她說,「馬克,你要不要帶孩子們去看那些動物？」

「呃，不了，謝謝。」格雷說，他對被稱為「孩子」感到震驚。

馬克向他妹妹看了一眼。「柯絲蒂？」

她點點頭，站起來，手握成拳頭縮在袖子裡，一副「小孩子」的模樣。格雷看著馬克帶著他妹妹離開房間，看著他們消失在門口，聽到他們的聲音逐漸成了遙遠的迴聲，直到完全聽不見，強烈的焦慮令他感覺心痛。他看看他媽媽，又看看他爸爸，他們都全神貫注於和一個與他們完全不相同的女人，努力地維持愉快的談話。

他想著，那個人到底是怎麼回事？為什麼自己會對他有強烈的警戒心？一切都跟細節有關，他心想。刻意打赤腳，精心梳理的髮型，與冷淡而悲傷的阿姨之間有點做作的情感表現，早熟地說著要成為百萬富翁。更別提在沙灘上明目張膽地盯著人看，還有莫名其妙地邀他們來喝茶。這一切都兜不起來。格雷從來沒見過同時結合這些特質的人。而格雷其實見過不少怪咖。克羅伊登到處都是怪人。

他再次看向他的父母，然後目光轉向窗外的草坪，他看到他妹妹和馬克的身影漸漸遠去，他們開心地漫步著。馬克在笑，他妹妹也轉過來對他微笑。他們走遠了，孔雀仍站著那裡，穩穩地站著，展示著牠的尾羽，格雷覺得孔雀似乎看透了他的靈魂。

13

啤酒喝得很快。艾莉絲想喝酒，法蘭克似乎也想喝。她又拿了兩瓶出來，喝完這兩瓶，冰箱裡沒啤酒了。她蹲下身子，從抽屜底部拉出一瓶蘇格蘭威士忌。時間已經接近午夜，通常艾莉絲會看著時鐘，想像她寶貴的七小時睡眠時間正逐漸消逝。但今晚她對時間沒有興趣。時間無關緊要。

她伸了個懶腰，伸手去拿杯子。

「媽媽？」

聽到茉莉的聲音，她轉身。

「妳在做什麼？」

「拿酒，」她回答。

「給他喝？」

「給法蘭克，還有我自己。」

茉莉挑起左邊眉毛。「他甚至可能不叫法蘭克。」

「有可能，」她耐心地說，「但總比沒有名字好。」

「他怎麼還在這裡？我以為他走了。」

「是的，嗯，我原本也這樣以為。但他回來了。」

茱莉點點頭，咬著嘴唇忍了一下後說，「希望沒有其他人發現。」

艾莉絲疑惑地看著她。

「凱和蘿美。還有黛莉。或許妳應該不要跟他們提起任何有關法蘭克的事。萬一，妳知道的……」

艾莉絲點了下頭。她現在不想談這個。「不管怎樣，」她說，「已經很晚了。妳應該去睡覺。」

「明天不用上學，」她打著呵欠說。

「是的。但還是該睡覺。時間不早了。」艾莉絲用手指勾著杯子，另一隻手拿著蘇格蘭威士忌。她希望她的女兒現在就去睡覺。「去，」她催促地說。「趕快去睡。」

茱莉表情古怪地盯著她看了半晌，一臉想說些什麼的模樣，她年輕的腦袋裡似乎正盤旋著什麼深不可測的念頭。最後，她搖了搖頭，嘆了口氣說，「媽，晚安。小心點兒。」

艾莉絲拿著蘇格蘭威士忌和酒杯走進客廳時，這句話仍在她腦中迴響。**小心點兒。**她不確定她想這麼做。

英雄在她不在的時候爬到了法蘭克的腿上，這隻重達六英石的鬥牛犬的熱情有些令他驚訝。

「你喜歡狗嗎？」她問。

他微笑說，「看來是這樣。」

「嗯，不用太高興。英雄對誰都很熱情。英雄喜歡引人注意。這隻的話，你就得自己主動靠近。」她指著格里夫，那隻狗正警戒地坐著觀察四周，巧克力色的眼睛在艾莉絲和法蘭克之間來回掃視，彷彿知道有人正在談論他。「他非常難以取悅。你要我把英雄從你腿上抱下來嗎？」

「不用。」他搖搖頭。「這樣挺好的。她的重量……有安穩人心的作用。」

她幫他們倆各自倒了一大杯蘇格蘭威士忌，把其中一杯遞給法蘭克。「乾杯，」她說，舉起杯子。「慶祝你開始想起來了。」

法蘭克帶著笑容和她碰杯。「我也敬妳，」他說。「感謝妳的慷慨。」

「哦，」她說。「我不曉得這算不算是慷慨。比較像是魯莽。」

「也許兩者都有，」他說。

「是啊。我同意。正是我人生的寫照。慷慨而魯莽。」

「嗯哼。」法蘭克喝了一口酒，做了個鬼臉。「既然我們沒辦法聊關於我的事，妳有哪些人生故事可以分享呢？」

「哦，天哪，」她說，「你會希望你沒有提起這個問題。」

「不，」他簡單地說，「請說，跟我說說那些地圖。」

「啊。」她看著她的酒。「那些地圖。」她抬起頭來。「那是我的工作。我在做的事。**我的創作。**」她苦笑著。

「它們很美。」

「謝謝。」

「妳從哪裡得到用地圖創作這個靈感？」

「一切始於擺在汽車裡的一張巨大的旅行地圖，你知道我在說什麼吧。我爸爸有一張。那是全英國的地圖。巨幅尺寸。我在長途旅行中翻看著它，看著所有那些我從未去過的地方。我喜歡不同地區之間對比的紋路，比方倫敦市中心和蘇格蘭高地。倫敦是黑色的，有道路標記。蘇格蘭是白色的。我爸爸在我十八歲的時候把他的舊車給了我，幾年後我賣掉它時，我在置物箱裡找到了這張舊地圖。我把地圖帶回來，再次翻閱。當時我帶著孩子呆在家裡，無聊得要命。我決定用它做點什麼。就是那個東西。」她指著對面牆上一張小茉莉的肖像。

「那是用地圖做的？」

她點頭。

「哇噢，」他說。「它看起來就像一幅畫。太驚人了！」

「是嗎？謝謝你。總之，在那之後，我一有錢就購入舊的地圖集。不誇張，你應該去樓上看看我的房間：真的是大量囤積。當我從倫敦搬到這裡時，我需要一份收入，所以我開始接受委託製作。我開了一家小小的網路商店，兼差銷售客製化的生日賀卡和訂製禮品。現在，我是一名全職專業的地圖藝術創作者，擅長將片片地圖轉化成花朵。」她看著他。「就跟你說我的生活很怪吧，」她說。

「嗯，做為一個**完全稱不上有人生可言**的人，我會說這聽起來很棒。」

「是的。很棒。很怪，但很棒。而且這意味著我可以在孩子們身邊工作，這是最棒的部分。」

「更別提還有這群。」他指那些狗。「還有他們。」他比了比 iPad，螢幕上目前顯示的是帶著陰森光芒的空房間。「妳有很多事要忙。」

「是的，很多。但也不比其他一百萬個女性多。女人真的很了不起，你知道的。」他們相視而笑。

「妳說什麼我就信什麼。因為我其實不記得任何其他女人是怎麼樣。」

「嗯，你才剛認識我，就決定聽信我的話，我真的很了不起。」

他沒有大笑，不過露出了微笑。「好吧。總之妳就是第一號女性。妳將成為我之後遇到的每一位女性的指標。」

「哦，天哪，我變成你老媽了！」

這一次他笑開來了，往後搖晃時，他的腿短暫地壓在艾莉絲的腿上，她感覺到體內那個孤獨和需求的大洞被打開了，過去六年來她一直努力忽視的需求。落地窗外，掛在繩子上的其中一個燈泡發出嘶嘶聲閃爍著。最後完全熄滅，房間突然變暗了一點。她聽到樓上有個孩子去上洗手間，地板吱吱作響。接著神奇的事發生了。一直在房間另一邊看著他們談話的格里夫突然邁著優雅的步伐，向他們走來。艾莉絲原本以為牠是來找她玩的，但那條狗停在了法蘭克面前，將下巴擱在法蘭克膝上。

「哦，」法蘭克說，用手撫著狗的頭。他抬頭看著艾莉絲微笑。

艾莉絲看著她的狗，再看向法蘭克，然後又看向她的狗。她的內心激動。格里夫，不同於莎蒂或英雄，牠是**她的**狗。牠一歲時，她在收容中心選擇了牠。她在倫敦時，在她懷蘿美之前，格里夫就已經陪著她了。牠是世界上最善良、最可愛的狗。但牠不是一隻容易親近的狗。牠會與人保持距離。但現在牠主動走過來，貼近一個陌生人，以某種詩意的方式呼應艾莉絲自己潛在的慾望。

「你一定是個好人，」她說。「狗很清楚。」

「妳覺得是這樣？」

「我覺得是。」她感到內心深處有一種柔軟的感覺，一種曾經溫柔的東西，之前隨著時間推移，在甚至連她自己都沒有察覺到時變得堅硬。她把手覆在法蘭克擺在格里夫圓圓頭頂上的手上方。法蘭克也伸出另一隻手蓋住她的手。就是此刻。一個微妙的時刻，此時任何事都可能發生。**記得嗎？**他們在未來可能會說，**就是那個晚上。我們的第一次接觸？**

樓上某個孩子在此時沖了馬桶，排水管發出聲響。接著是有人走下木樓梯的腳步聲。蘿美一臉迷濛，帶著睡意的眼睛腫腫的，拉著她褪色睡裙的兩邊說，「媽咪。我一直睡不著。」

艾莉絲將手從他手中抽出來，嘆著氣對他說，「我馬上回來。」

但他也跟著開始移動了，他將坐在他腿上的英雄抱下來，放下他的蘇格蘭威士忌酒杯，然後說，「我確實也累了。我可以睡……？」

「只要你願意，想待多久都可以，」她說。「格里夫的朋友就是我的朋友。」

她拉著蘿美的手，帶她上樓。「後門不會上鎖，」她對著樓下的他說。「明天早上見。」

14

一九九三年

那天晚上，他們到外面吃飯。下午臨時約去凱蒂家喝的下午茶有點打亂他們這一天的行程，來不及去買食物回家，於是柯絲蒂說，「不如今天晚上我們去海灘旁的餐廳吃飯？應該會很不錯。」

那天傍晚的天氣很舒服。涼爽，還有金黃燦爛的藍天。東尼建議到小鎮另一端去吃一家口味還不錯的海鮮餐廳，店裡有可以俯瞰海灘的棚架露台。「不過沒有供應前菜，」他先提醒大家。

格雷探頭從手中的菜單上方打量著柯絲蒂，覺得她看起來不太一樣。

「怎麼了？」她說，發現他正盯著她。

「沒什麼，」他說。「妳想吃什麼？」

「炸大蝦。」她說，闔上了菜單。

睫毛膏。就是這個。她塗了睫毛膏。

「你呢？」

「牛排。」他說。

她嘲諷地作勢打了個呵欠。格雷每次都點牛排。

「你們聊了什麼？」他問。「妳和那個怪人？」

「哦，格雷漢，」他媽媽打斷他。「不要這樣說話。」

「嗯，」他回嘴，「他不太正常，不是嗎？」

「嗯，不正常，」東尼說，「但是，有誰正常了？真的有嗎？等你年紀越大就會了解。每個人都有點怪。」

「是這樣沒錯，但不是每個人都會沒事帶你十五歲的女兒去花園深處看『一群驢』。」

「是一頭！」柯絲蒂喊著。

格雷不以為然地嘆了口氣。

「它叫南希。它很美。而且他並不奇怪。他只是比較……浮誇。」

「他既浮誇又怪異。我的意思是，誰會邀請一群完全不認識的人回家一起喝茶？」

「他只是覺得無聊，」柯絲蒂說「他跟我說，他會想來這裡陪他阿姨，是因為他以為他以前的一些朋友可能在這裡，結果他們都不在，現在他被困在這裡，沒有朋友。」

「所以他決定要和從克羅伊登來的羅斯一家人一起玩？」

柯絲蒂不置可否。

女服務生過來幫他們點餐，格雷從露台上低頭看著下面的樂園市集。這個晚上天氣很舒服，海邊到處都是人：各自成群的青少年和家庭。格雷忽然瞥見一頭光滑黑髮，他再仔細一看，視線跟著那顆頭穿過人群。不是他吧，是嗎？是馬克嗎？這人經過碰碰車，停下來買了一個冰淇淋。接著他開始朝遊樂場的這一端走過來，當他走到附近時，他抬起了頭。格雷口中低聲說：「老天。」

「你說什麼？」柯絲蒂說。

馬克的視線與格雷相交，對著格雷舉起了他手上的冰淇淋。

「**我的老天。**」他再次嘀咕，舉起一隻手回禮。

「怎麼了？」柯絲蒂從座位上站起來，過來看看他在看什麼。「噢！」她說。「是馬克！」她揮揮手，馬克也向她揮手，然後潘也加入了揮手的行列。格雷雙臂抱在胸前，嘆了口氣。

「下來找我，」他聽到馬克喊。「等妳吃完晚餐，我會等妳！」

柯絲蒂滿臉通紅地坐回椅子上。

「妳不會去吧，對吧？」他難以置信地問。

「為什麼不去？」

「因為妳十五歲！因為他十九歲！老媽，老爸，你們不會同意她去，對吧？」

潘和東尼互相看了看，然後看著格雷，潘說，「我想不出有什麼理由不讓她去？你呢？」她再次看向東尼。

東尼搖搖頭。「十點以前到家就好。」

接下來的餐點對格雷來說食不知味。他時不時從露台上偷偷向下瞄，看著馬克那頭不自然地發光的髮型。誰會一個人去遊樂場？花一個小時間等一個十幾歲的女孩吃完晚飯？

他的牛排又硬又難嚼，薯條太油膩，番茄醬不是亨氏的。吃到一半，他就放下刀叉不吃了。他發現柯絲蒂正趕著吃完晚餐，一次將兩隻蝦放進嘴裡。她把刀叉並排放在餐盤旁，大口喝完剩下的可樂，從她父親那裡拿了一張五英鎊的鈔票，然後離開。

格雷轉頭看著他妹妹，突然間，她的腳顯得沒那麼內八字了，步態也沒那麼笨拙，她大步走下台階，走向在餐廳入口等她的馬克。馬克輕輕地擁抱並吻了她的臉頰來迎接她，並將手搭在她的肩上，對她微笑。接著馬克扶著柯絲蒂的手肘，風度翩翩地帶著她走到人群中。

格雷想到了睫毛膏，他知道這一切都是預先計劃好的。他們去看驢子的時候就計畫好了。他在腦中想像他們的對話：馬克帶著密謀的微笑說，「八點鐘。想辦法出門。」而他的妹妹，他那漂亮、愚蠢、未曾接吻過的妹妹則說：「到時候見！」宛如迪士尼頻道某個愚蠢節目的一幕。

他站起來對他父母說，「我去散個步，等等小屋見。」

「你不吃布丁嗎？」他媽媽問。

「不了。」他揉著肚子。「我有點不舒服，可能是因為下午的蛋糕。」

「哦。」他媽媽對他做了個**可憐的孩子**的表情，摸摸他的手。「好吧，你去呼吸一下新鮮空氣，待會見。」

他對他們笑了笑，離開餐廳後走向樂園市集。他在靠市集上方處的一道牆找到了好位置，他拿下墨鏡，坐在牆上開始監視馬克和他妹妹。

15

莉莉坐在床上，那張她與丈夫共眠的床。那位現在並不在場的丈夫。那位實際上並不存在，可能不過是個虛構人物的丈夫。就像電影院裡會放上那種真人大小的電影明星立牌，營造出名人環繞的錯覺。床上仍然有著他的氣味和他們的味道，殘存著兩人身體交纏摩擦的光澤，呼出的熱氣和歡愉氣息。她上次碰觸他已經是三天前。距離上回在被單下纏綿已經過了三個晚上。這些氣味很快就會消失。她會需要清洗發臭的床單。一旦氣味消失，所餘一切事物也將如假象，包括為了佯裝高級住家而特別設計的仿木質地板、單薄隔間和廉價的組合家具，日漸鬆脫的門把和插座，以及失去光澤的電鍍水龍頭。

她低頭看著在女警和鑑識蒐證的那個男孩離開後，她在鎖上的抽屜裡發現的東西。兩枚金戒指，其中一枚鑲了顆大鑽石。一個鑰匙圈，上面掛著三把鑰匙。一大疊鈔票：整整八百九十英鎊。她現在有錢了。但依舊沒有答案。

戒指的尺寸很小。也許來自他母親？鑰匙圈的吊飾是個黃銅製的圓球，拿在手裡沉甸甸地。那疊鈔票主要是二十英鎊和五十英鎊的紙鈔，都是舊鈔，但堆得整整齊齊，像是剛從銀行取出來一般。就這樣了。他瞞著她的事物。也沒多大不了。沒有什麼其他男人不會鎖在抽屜裡好保守秘密的東西。

電話響了，她跳了起來。可能是那位女警，將要為她帶來更多震撼的消息。也許是要告訴她，她的先生曾經是個女人。他真正的名字其實叫卡拉。哈。她對自己冷笑，拿起了床頭的電話。

「請問是莉莉嗎？」一個男人問，他的語氣溫和，幾乎顯得柔弱。

「是的。」

「哦，嗨，莉莉。我們之前沒說過話。我叫洛斯。我是妳老公卡爾的朋友，妳聽過我的名字？」

莉莉坐直了身子，更用力地握著電話。「是的？」

「是這樣的，我過去幾天一直試著找他。他的手機不通。稍早前我打到辦公室去，他們說他從星期二以後就沒有去上班了。我實在很不願意打到家裡打擾妳們，但我想要和他談談。」他停下來，她聽到他舔嘴唇的聲音。「如果他在家的話？」

「不，」她說。「他不在。」

「噢，好吧。那麼他什麼時候會在家呢？」

「我不知道。他失蹤了。」

她聽見他似乎暫停了呼吸。

「他從星期二晚上就沒有回家。而我從那天早上之後就沒有再見過他。我已經報警了。」

他呼吸急促。「哇，」他說，「**失蹤**。那是……我不知道該說什麼。我是說……妳的意思是妳完全沒有見到他？」

「是的。他星期二早上出門。星期二晚上下班時發了簡訊給我。但他沒有回家。而現在已經是星期五晚上。所以，是的，就是我說的意思。」

「見鬼了。老天啊。這聽起來不像他。我是說，我知道我們已經有一段時間沒碰面了，但就我所知，他完全為妳著迷。整個人為此欣喜若狂。妳懂吧。」

「他就像是世界上最幸福的人。」她停下來，低頭看著身旁床墊上的戒指和鑰匙。「洛斯，你認識卡爾多久了？」

「天哪，我不知道。我猜有幾年了。我們之前在巴洛美公司共事過。幾乎是在同一個時間進公司的：二〇一〇年吧？應該是？」

「在那之前，他在哪裡上班？」

「這個嘛，我不確定。我想是另一家金融服務公司。他可能有提過，但我不記得了。」

「你見過他的家人嗎？」

「沒有。我的天啊，沒有。我從未見過他的任何熟人。通常是我剛好有來城裡，就約他碰面喝一兩杯，就我們兩個。我一直想著要約妳們一起來家裡吃頓飯，妳明白的，帶著孩子出門聚會實在太困難了。但感覺他並不喜歡和一個尖叫的嬰兒共度一晚。」他緊張地笑了笑。「總之是一堆藉口。就這麼一次拖過一次，我至少有一年沒見過他了。」

「洛斯，你住在哪裡？」

「普特尼（**Putney**）。」

「普特尼在哪裡？」

「倫敦南部。沿著河岸。」

「我想去找你。我有些問題想問，拜託。」

「喔。當然。可以。但我們明天很忙，得去和喬的父母吃午餐。」

「我可以早點到。我睡不著，我可以隨時出發。」

「我懂。不過我們家裡一早很忙亂，得顧嬰兒和有的沒的事兒。」

「半小時。我只需要半小時。」

「好吧。我和喬談談。請稍等……」他用手捂住電話，聲音變得模糊，她聽到他大聲說著話。「卡爾的老婆……失蹤……一大早……半小時。」然後有個女人的聲音，「不過不要來家裡。約外面。」

他回到線上。「好的，沒問題。我家轉角有間名叫安東尼奧的小餐館，有賣一些吃的。我可以跟妳約九點鐘在那裡碰面。給我電話號碼，我把地址傳給妳。」

她把號碼唸給他聽，然後說，「那麼，我要怎麼認你？」

「哦，我看起來很普通，」他帶著歉意地說。「一般身高。正常體格。棕色頭髮。戴了眼鏡。妳呢？」

「我長得像綺拉．奈特莉，」她說。「不過沒那麼瘦。」

「啊，」洛斯說。「很好。這樣很好認。明天見。」

「好的，」莉莉說。「明天見。」

16

法蘭克拉開窗簾，再次接收狗兒以咆哮表示歡迎之意。那隻狗昨晚躺在他腿上，展現對他無比的愛。他對那隻狗微笑，牠停止咆哮，搖著粗短的尾巴。他不知道現在幾點了，太陽還掛很低的位置，艾莉絲家後方的燈仍暗著。他打開門，狗衝進屋裡，直接跳到床上。

「早安，女孩。」他說，搓了搓牠的下巴下方。牠翻過來露出肚皮。法蘭克坐在牠旁邊，揉著牠的肚子，回想著前一晚。他不應該把自己此時的無助與對艾莉絲的情感混為一談。就像剛出生的嬰兒愛上眼前第一個給予善意的人。但事情就是這樣。她身上有某種特質，不斷吸引著他。每當他和她在一起時，他都會發現自己被拉向她，彷彿她周邊帶著弧形的氣場。不是因為她充滿自信和生理上的魅力。而是她充滿韌性的個性、她的藝術氣息、她的慷慨大度讓他神迷。艾莉絲昨晚告訴他關於那幾隻狗的故事，英雄被某一任房客遺棄，而艾莉絲不假思索地收留了牠。當她的父母病得太重無法照顧莎蒂時，她也是這麼收留下來。如今他在這裡，擠進她狹窄的工作室，又一個人得顧，又一張嘴要餵。但她似乎真的不介意。

「英雄！」院子裡傳來一個細小的聲音。「英雄！」

狗從床上跳下來，緩步走出門外。是那個小女孩。蘿美。

她看到他站在門邊，停下了腳步。

「妳起得好早。」他說。

「我知道，」她帶著濃重的約克夏口音說。「媽咪要我再回去睡，但我睡不著。」

「而且妳昨晚很晚睡。妳應該很累了。」

她聳了聳肩，雙臂環住英雄的粗脖子。「我從來就不會累。」

「哦，好吧，真幸運。」

她再次聳聳肩，親吻英雄的頭。

「那麼，妳現在要做什麼？」

「我想我會再去試著叫醒媽咪。」

這個選項讓他開始思考。他想起艾莉絲藍綠色雙眸下的陰影，想起她雙手抓著頭髮往兩旁拉開，彷彿試圖讓自己清醒過來。今天是星期六。現在還很早。

「不如我幫妳做早餐，然後我們可以開電視看，或是做點其他事？」

「好吧，」她說。「我早餐要吃烤貝果。抹花生醬。你會做嗎？」

法蘭克試圖回想什麼是貝果。他知道這個詞，但很難找到與之對應的形象。他眼前冒出一隻垂著耳朵的狗。肯定不對。那是要放進烤麵包機裡的。應該是麵包之類的玩意兒。

「如果妳告訴我東西都放在哪裡，我相信我會做。」

「嗯，好吧。」

他跟著她走進狹窄的廚房。微波爐上的時鐘顯示著五點五十八分。

「這兒，」她說，掀開一個木製麵包箱的蓋子，拿出一個長條袋——是啦，貝果！他現在想起來了。「花生醬放在上面，」她指著架子的上層。

「也要抹奶油嗎？」

她搖頭。

「很好。」他拍了拍手。「來吧。」

他從木製層架上拿出一個盤子，找到一把刀。蘿美坐在廚房餐桌旁的椅子上，看著他試圖把貝果直接塞進烤麵包機。

「不對啦！」她笑著說。「你要把它切成兩半！」

「噢，妳說得對，」他說。「我真傻！」

「你真傻！」

他把貝果切成兩半，都放進烤麵包機裡。

「為什麼你什麼都不記得了？」

「我也不知道，」法蘭克說。「妳媽媽認為我可能受到很大的衝擊。由於過度震驚，以至於抹去了所有記憶。」

「像是被電到那樣？」

「不是。比較像是生活上的衝擊。妳懂吧。就像發生了什麼可怕的事。」

「你的意思是，像我爸爸把我偷走那樣的事。」

法蘭克轉身看著蘿美。「發生了這種事嗎？」

「是的。但警察來了，後來就沒事了。」

「哇。那一定很嚇人。妳那時候幾歲？」

「我很小。三歲。我的記憶似乎起了不同作用。因為我不太記得我三歲時做了什麼，但我記得這件事。」

「妳還會看到妳爸爸嗎？」

「不常見。只有當他來英國的時候。他現在住在澳洲，來的次數不多。但我不能單獨和他出門，以防他再犯。」她突然在椅子上往前傾身，盯著烤麵包機。「好了！」她喊道。「我不喜歡烤太焦！」

「我要如何……？」

「那個按鈕！那裡！快！」

貝果彈了出來。幾乎沒有改變顏色。「可以嗎？」他示意給她看。

「可以。」她看起來鬆了口氣。

「妳爸爸為什麼要把妳偷走？發生了什麼事？」

「媽咪在我還是嬰兒的時候搬到這裡，他很生氣，因為他住在倫敦，他希望能更常見到我。而媽咪說他不可以，因為……嗯，**很多事**。他真的很生氣，一直大吼大叫，有一次我去倫敦時，他偷偷把我帶去藏在某個地方。我想那是，嗯，飯店之類的吧。儘管他對我很好，買了很多禮物和糖果給我，但我知道這是不對的，我很害怕。後來警察出現，過程真的很恐怖。我記得這一切。**每一個細節。**」他把貝果放在她面前，她轉身面向桌子。

法蘭克不知道該說什麼。許多故事，他心想，這個世界充滿了故事。但他真正需要知道的那個故事被埋藏在內心深處的某個地方，他害怕自己永遠也無法揭曉。

「哦！」艾莉絲有些驚訝地看到蘿美窩在沙發上，夾在英雄和法蘭克中間。電視開著，他們正在看《蜘蛛人》。

「早安，」法蘭克說。「我們想讓妳再多睡一會兒。」

快九點了，艾莉絲記不得上一次睡到這麼晚是什麼時候。「真是棒透了，」她說，俯身向格里夫打招呼。「光這一點就值一晚的房租。」

她瞥了一眼蘿美。她是個很容易親近的孩子，完全不像她姐姐，對任何與她沒有直接關係的人持以令人心寒的輕蔑態度。即便如此，看到她和一個陌生男人相處得如此自在也很奇怪。不只是個「陌生人」，還是個不知道自己是誰的人。艾莉絲突然覺得自己實在太不小心，她走到沙發前，將蘿美的頭湊近嘴邊，吻著她的頭頂。「妳餓了嗎？」她說。

「不餓，」蘿美說，「法蘭克幫我烤了貝果。他完全沒切就想塞進烤麵包機耶。太好笑了！」

「笨蛋法蘭克。」法蘭克說。

凱出現在半開的門邊。一臉睡眼惺忪，帶著微慍怒氣。當他看到沙發上的法蘭克時，立即朝他媽媽看了一眼，那眼神在說，**他媽的他在這裡做什麼？**

艾莉絲選擇忽略這個表情，對他說，「早安，帥哥，你怎麼這麼早起床？」

「我聽到聲音，」他說。「一個男人的聲音。」

「是的，」她說，「法蘭克昨天很晚才睡。他開始回想起一些事了！」

凱顯然不在乎法蘭克失去的記憶，他拖著腳步走回樓上。

「對不起，」法蘭克說。「我想任何青少年發現家裡多了個陌生人時都會很彆扭。」

「老實說，法蘭克，他們習慣了。我們家裡經常有外人。還有比你更奇怪的傢伙。」

「還記得巴里嗎？」蘿美說。

「我當然記得。」

「他跑了，」蘿美說。「留下所有的東西和他的狗，還欠了媽咪一大筆錢，就這麼消失了。」

「他是個討厭鬼。」

「沒錯，」蘿美同意。「很討人厭。不過他總是帶漫畫給我。還有巧克力。」

「那是他偷的，蘿美。」她轉向法蘭克。「他拿偷來的巧克力給小女孩。你能相信有這種人嗎？」

「天啊，好吧，我希望我不會發現我其實是一個會偷巧克力來送小女孩的壞男人。」

「不會的，」蘿美說，挨近他身邊。「你絕對不是壞人。你是個好人。」

艾莉絲看著她的女兒，看著嬌小的她緊貼著大個子的法蘭克。過去她曾讓蘿美受傷。她曾將孩子們的安全置於險地，差一點兒就要為此付出代價。此刻她搜尋著腦中是否出現警告或感受到恐懼。沒有，除了暖意一無其他。

她說，「我在想，你昨天想起了一些事，也許我應該帶你去鎮上繞繞。看看你是否還記得別的。

「我也可以去嗎？」蘿美說。

「妳一起來，」她回答。「還有，法蘭克，我們得幫你買一套新衣服。可能還要幾件新內褲。」

她注意到一提到內褲，他臉紅了。

「你的內褲沒有問題啦。我相信它們很好。只是有一件備用總是好的。」

「但我沒有錢。」

「看哪，」她說，「你穿的是無印良品的襯衫，Gap的長褲，腳上的鞋是瓊斯牌，牙齒打理得很好，口音清晰，髮型也很好看。我得說，等你回想起一切的時候，你絕對都付得起這些。」

「如果我不是呢？妳已經有這些——」他朝房間裡比劃著，「——得花錢。妳有三個孩子要養。我實在無法忍受自己還要妳為我從口袋裡掏錢。」

「這個讓我來操心。我是個大人，我可以自己承擔。如果能讓你感覺好一點，我們可以去紅十字會的二手商店。當然啦，內褲除外。」

「噁，」蘿美說。「二手內褲。噁！」

17

那個叫洛斯的男人確實如他自己所描述的那樣。平凡無奇，臉色和善，打扮毫無時尚感。當她走進那間小巧的餐廳時，他看來有些訝異。今天早上她精心打扮了一番。在三天沒洗澡、沒化妝、一頭長髮全紮成馬尾之後，她有股莫名的衝動，想要讓自己亮麗地出現在卡爾的朋友面前。卡爾若答應去洛斯家晚餐，她就會這麼做。她想像著卡爾可能會對洛斯說些什麼。他會告訴洛斯他的新婚妻子美極了。高挑優雅。他是世界上最幸運的人。她不想讓他失望。

「莉莉？」他開口，站了起來。

「是的。」他們握手，她在他對面坐下。

「很高興見到妳，」他邊說邊遞給她一份菜單。手微微發顫。

「是啊，」她說，「謝謝你。」

「我只需要喝咖啡，妳可以點妳想吃的。這裡的培根和雞蛋很不錯。還有新鮮現做的佛卡夏麵包。」

她掃了一眼菜單，意識到自己真的餓了。她已經好幾天沒有感覺到餓。「我要吐司，」她對出現在桌邊的店老闆說。並且記得微笑補充，「麻煩您。不用烤。要附奶油。還要一杯卡布奇諾。跟柳橙汁。謝謝。」

「所以，」洛斯說，「我想，卡爾仍然沒有消息？」

「沒有。我有個感覺，不會再有任何卡爾的消息。」

「妳的意思是，妳認為……」

「我想他已經死了。」

洛斯臉色發白。

「如果他還活著，就算是被鎖進沉在海底的棺材裡，或被斷手斷腳，或者變得又聾又瞎，他都會設法回到我身邊。他一定會。」

「嗯，是啦，但這可能需要花很長的時間……」

她瞪了他一眼以示警告。現在不是開玩笑的時候。「這是一種感覺，我內心深處的直覺。他死了。洛斯，他不僅死了，而且他從未活過。」

洛斯此刻的表情帶著些許害怕。就像前幾天火車上那個人，擔心自己是否誤入騙局。

她壓低聲音，「聽我說，洛斯。我報警說卡爾失蹤時，警察拿走了他的護照。他們在系統裡搜尋後告訴我，他不存在。沒有卡爾・蒙羅斯。他的護照是假的。」她將手壓在桌上，凝重地望著洛斯蒼白的眼眸。「而你是唯一認識他的人。所以，告訴我，這是怎麼回事？」

「假的？」

「對。他跟網路上的某個壞蛋買的。沒有卡爾這個人。他不存在。」

「可是——你們結婚了啊？我的意思是，這些證件肯定是有效的，否則他們不會同意發結婚登記吧？」

她忍住嗤之以鼻的衝動。「聽著，」她說，「一旦有了護照，一切都隨之而來。拿出護照，向人展示，萬事俱備。另外，那裡是基輔耶。你理解我的意思吧？」

他點點頭，盯著咖啡上的泡沫。

「那麼，你能說說你對他的了解嗎？關於我先生？拜託。」

「嗯……」洛斯往後靠，抬起目光望向前方窗戶。餐館老闆端上莉莉的吐司。她塗著奶油，邊聽他說話。

「如妳所知，我是在工作上認識他。大概五年前。還是四年半左右。我們被安排在同一個團隊，我不太記得是什麼任務了。總之，我一直覺得他酷酷的。妳懂吧，對人有點保留，但有吸引人之處。我打定主意要和他做朋友。而我對他最初的發現是，你得往前跨兩步，然後往後退一步。照你的步驟前進，但是給他一些空間。所以每次我們約出去喝一杯，在我下次再提議之前，總會隔個幾週。而當我們碰面時，我會盡量只聊風花雪月。比方足球，或辦公室八卦。如果話題觸及個人，我會拉開話題，這樣他就不會覺得我在打探什麼。說實話，聽起來很不可思議，但我對他幾乎一無所知。」

莉莉點頭贊同。這一點都不誇張。「他的家人呢？他有沒有告訴你任何關於他們的事情？」

洛斯皺起眉頭。「不算有。我的意思是，我知道他有一個家。媽媽跟一個姐姐。我想他父親已經去世了。」

「對，」莉莉說，這與卡爾給她的資訊相符，她鬆了一口氣。「你還記得名字嗎？他媽媽和姐姐？或是她們住在哪裡？」

「不知道，他沒說。只是剛好提到**我媽、我姐**。妳沒見過她們嗎？」

「沒有。我們兩週前才剛度完蜜月。卡爾說以後有很多時間跟家人碰面，但現在是屬於我們的時間。所以囉。」她聳了聳肩。所有在當時感覺如此浪漫、特別的事情，如今都彷彿只是他耍的詭計。「不過，我們結婚那天，我和他媽媽說過話。卡爾把電話拿給我說：我媽媽想打個招呼。很簡短的通話。一分鐘吧，也許更短。她聽起來人很好。」（而且語氣很不確定，她現在回想起來，好像很想趕緊結束談話，很怕說錯話。）「我只希望我能記起她的名字。」

「話雖如此，」洛斯說，「就算妳記得，但她可能不姓蒙羅斯？既然卡爾的真名也不姓蒙羅斯的話。即使妳記得她的名字，我猜不見得會有幫助。」

「這倒是。確實如此。但是想不起來還是讓我覺得怪怪的。這個女人是我的婆婆，我和她說過話，卻不記得她叫什麼。這讓我感覺好像……好像全是一場夢。一切都如此恍惚縹緲。從我遇到他之後。」

「這個嘛，是啊，這就是所謂的戀愛啊。一種化學反應，不是嗎？讓人暈頭轉向。」

「我想是吧。如今沒有他在身邊，我自己一個人，思緒似乎變得清晰。冒出來的就是問題、問題、又一個問題。我應該在他在的時候問的所有問題。」

「嗯哼，事後諸葛是很妙的感覺。」

莉莉苦笑。她不太明白事後諸葛是什麼意思。「聽著，洛斯，坦白說，這情況會讓你驚訝嗎？關於卡爾？」

「嗯，是的，當然。天哪。搞失蹤，還有假身份，不是我們常聽到的嗎？話說回來，卡爾還真的是個悶葫蘆。」

「你為什麼想成為他的朋友，洛斯？他老是神神秘秘的，你為什麼還想靠近他？」

洛斯將咖啡杯輕放回盤子上。「好問題，」他說。「喬總是問我：他到底哪裡吸引你？她不太喜歡他。」他笑著說。

莉莉覺得被冒犯了，立刻討厭起這位「喬」。

「我想我們是種**彼此欣賞**的感覺。我跟他截然不同，但我們能懂得彼此。說到底就是——」他向她傾身，放鬆的肢體語言可以看出他對這個問題的答案已了然於心，「——我想要更像他那樣，我認為，他也想要更像我一些。」他再次向後靠，對歸出這個結論感到滿意。

莉莉無法想像她的卡爾會有哪一點想要變成眼前這個平凡的男人，但她勉強擠出微笑，「是的。我懂。」

「我認為他想要我所擁有的，穩定的關係、一個家、安穩的家庭生活。我則嚮往擁有一些他的自由、魅力和外貌。」他再次笑出聲。

「他住在哪裡？」她開口，繼續問話。「在遇見我之前？」

「我不知道。」他微笑著搖搖頭，彷彿突然感到困惑。「不在南邊，這一點我確定。

我們聚得太晚時，我有時會提議共乘一輛出租車，而他總是說：我要去相反方向。但我從來沒有問過到底是哪裡。」他停頓，抓了抓頭。「是耶，」他說，「此時回想真的很奇特，我和他一起度過那麼多時間，對他的了解卻微乎其微。」

「他有女朋友嗎？在我之前？」

「嗯，有，都沒有很認真交往。不過……」他有點猶豫地看著她。「這麼說有點嚴苛，我會說他是在利用人家。至少，這是我的印象。他只是為了和對方上床。從來沒有提過任何名字，就只有比方**我星期五遇到的這個女孩或我星期六上床的那個女孩**。往來如流水。他用幾乎是……輕視的態度？就像是她們自己要對他投懷送抱。他對她們都很無情。我常想，也許他過去受過傷？那個硬殼，妳懂吧？」他用指尖敲著桌子邊緣，突然顯得有些喪氣。「但後來妳出現了。」他的臉亮起來。「這次情況不同。完全不一樣。他崇拜妳。我想他認為妳會改變一切。現在……」

「他死了，」她替他說完。

「呃，我不認為他已經死了。但他有麻煩了。假身份耶。他一定搞砸了什麼或者惹到了誰。如非必要，沒有人會想改變自己的身份。除非他們很絕望。我想要幫忙——如果妳願意？」

「當然，請，」她說。「麻煩你。我在這個國家不認識任何人。一個都沒有。女警討厭我。沒有人願意幫我。根本沒人在乎。」她發現自己在掉眼淚，生氣地接過洛斯遞給她的餐巾紙，在其他人看到之前用力擦去淚水。「抱歉。」

「不，別感到抱歉。拜託。聽我說，我回家後會和喬談談，看看我們能做些什麼。也許我們可以……」他打住了，顯然想在提出下個想法前再多想想。「總之，我會和她談談。我們會盡我們所能。妳肯定難受得像掉進地獄一樣。」

「是的，」莉莉說，用力點頭。「沒錯。地獄。那就是我所在的地方。我正身處其中。」

18

她們看起來像是美好的一家人：艾莉絲、法蘭克和蘿美。從未有過傳統家庭組成經驗的艾莉絲感覺自己像個騙子。她很想大聲說，他並不是她老公，蘿美不是他的小孩，她才沒那麼正常，她的人生充滿錯誤選擇。

陽光明媚的早晨引出半個小鎮的人潮，熱鬧非凡。廣場上有個法國食品市集，他們停下來買了剛出爐的可頌和濃稠的牛奶咖啡。艾莉絲為她的可愛小鎮感到莫名自豪——而想到她現在認為這地方是**她的小鎮**，瞬間又閃過一絲喜悅。她已經有很長一段時間覺得自己像個局外人。

「跟你說，他們在這裡拍過各種電影，」她說，試圖延長那短暫的歸屬感。「他們曾經為了拍攝《加勒比海盜》將整個地方關閉了兩天。我是認真的。不准我們隨意進出家門。整整四十八個小時。連強尼・戴普的側面都沒見到。」

她看著法蘭克，意識到他不知道《加勒比海盜》是什麼，也不知道強尼・戴普是哪個蔥，她想起他現在基本上是個外星人。他們站在大萊丁豪斯影院外。這是一間小電影院，完全名實不符，以焦石磚製而成，一次只放一部電影。她注意到他正專注地盯著電影院。

「你想起什麼嗎？」她問。

他像點頭，又像搖頭。「我不確定。可能有。那是……」他突然緊抓著頭轉身走開。「我又見到那個女孩了，」他說。「那個棕色頭髮的。我看到她走進去。」他指著厚重的玻璃門。他的手從頭移到胸前，開始揉著心臟。「我覺得……」他說。「不知道。我想吐。我感覺……」他開始冒冷汗，皮膚泛白。艾莉絲將他帶到一張長凳上，坐在他旁邊。她接過他的咖啡杯，放在身旁，然後握住他的手，把裝著可頌的牛皮紙袋遞給他。他扔到一旁。「看著我，法蘭克，」她說。「看著我。我們不希望你又跑去海灘上過夜。試著呼吸。吸氣。」

他緊握住她的手，她感覺到他的呼吸和緩下來。

「就是這樣，」她說。「我在這裡。沒事的。」

蘿美好奇地站在一旁看著。「你要生病了嗎？」

他搖搖頭，勉強笑了笑。

「如果你想吐，可以用那個垃圾箱。」

「不，謝謝。」他的聲音顫抖。「我想沒有必要。」

她們坐了一會兒，等待法蘭克的恐慌症狀消褪。顯然就是恐慌發作。艾莉絲有足夠時間辨別這些跡象。

「好點了嗎？」幾分鐘後，她問。

「沒事。」他露出微笑。她把咖啡遞給他，他從長凳上起身。「好了，」他說，「我們繼續吧。」

「確定？如果你不想這麼做，我們可以之後再找時間過來？」

「不，」他說。「這個狀況已經持續得夠久了。記憶就在某處：我感覺得到。就在那裡，我想把它找出來。我想知道發生了什麼事。我們繼續走吧。」

「很好，」她說。「好吧。」

當她們再次經過電影院時，她看著他，他的目光緊盯著大門。那模樣似乎很害怕，她想著。他看起來心煩意亂。法蘭克到底在鎮上發生了什麼事？他在當中扮演了什麼角色？

19

一九九三年

柯絲蒂和馬克玩得很開心。遊樂場經典場景之一：馬克為她贏得了一個又大又醜的絨毛熊，她緊緊地摟在胸口。他們兩個人手上拿著棉花糖晃蕩：經典場景之二。再來是，馬克拿大木槌用力敲擊那個沉重的沙包，分數一路衝到頂發出了叮噹聲：經典場景之三。而現在，來了，正中紅心，就在格雷幾乎以為不會發生這件事的時候，他們嘴貼著嘴從愛情隧道裡冒出來。**大滿貫。**

格雷無法忍受。

現在是九點半。靛藍色的天空掛著幾道如丁香花瓣紋路的雲彩。他的妹妹正在親吻一個男人。他在立刻衝回家告訴他爸媽發生了什麼事和深怕一離開會發生可怕的事之間左右為難。他思考著，他究竟在擔心什麼可怕的事呢？有點無法形容，但就是哪裡不對，如鯁在喉。不是因為他難以接受他的妹妹談戀愛、和人發生關係、成了大人。不僅止於此，是比那更晦澀的原因。是因為**他**。馬克這個人。他不太對勁。他身上帶著某種陰沉而冷酷的氣息。臉上過多稜角。每個手勢、用詞和動作似乎都經過精心設計。就連他的髮色也過於一致，格雷感覺一旦伸手拉扯，就能把馬克的整張臉都扯下，顯露出真實面貌，就像《史酷比》電影裡的大壞蛋。

他看到他們跨出愛情隧道的車廂，手拉著手走路，那隻醜陋的玩偶夾在馬克的胳膊下。他們現在還打算做什麼？格雷很好奇。他們已經全部玩過一輪，柯絲蒂還不到能進酒吧的年紀，而且天色已暗。他們走向出口；柯絲蒂說了些話，惹得馬克仰頭大笑。格雷想不出會是什麼話題。馬克帶柯絲蒂離開鎮上，靠向海岸邊，格雷心中愈發不安。他從原本坐的棚架上滑下來，跟在他們後面。鎮上的燈光幾乎照不到這一區，露天遊樂場的音樂在這裡成了遙遠、詭異的低語。只有乳白色的月光映照出路面。格雷縮在後方暗影處，試著偷聽他們談話，但是海浪捲上沙灘的拍打聲和嘶嘶聲蓋過了他們的聲音。後來，他們停下腳步，高懸正中的月亮映出他們的輪廓，格雷驚恐地看著他們轉向彼此，開始親吻，起初是溫柔的輕觸，漸漸熱情加溫。他微微別過臉，他不想目睹這一幕，又不能不注意著深怕錯過馬克若對妹妹伸出毒手的那一刻。

但過了幾分鐘，馬克從柯絲蒂身邊退開，雙手捧著她的臉，吻了吻她的鼻尖，然後兩人都轉過身來。「走吧，」格雷聽到他說，「現在很晚了。我應該送妳回家。」

格雷比柯絲蒂早十分鐘到家，一路上跑得上氣不接下氣。

「你去哪兒了？」他媽媽問，從一本泛黃厚實的二手小說中抬起頭來。

「沒去哪裡，」他說。「只是出去走走。」

「今天的晚餐還不錯，不是嗎？」

「還可以。」

「能認識馬克真的很巧。海灘上有這麼多人呢。」

「這不是巧合，媽媽。」

「什麼意思？這當然是啊。」

格雷對她的天真翻了個白眼。「妳不在意嗎？」

「在意什麼？」

「柯絲蒂跟他出門啊。他年紀大這麼多。」

「喔，別鬧了。他才十九歲。我在柯絲蒂這個年紀時交了一個二十歲的男朋友。」

「是啦。但是我們對他還一無所知。」

「我們去過他家呢，格雷漢！我們見過他的姑媽！這比大多數父母在孩子們剛談戀愛時所知道的要多了。」

談戀愛？

他媽媽看了看錶，她正這麼做時，門外傳來了笑聲和郵箱被打開又關上的咔噠聲，格雷的爸爸走去應門，外面是柯絲蒂、馬克和那隻醜陋的熊。

「來！進來吧！」東尼說。

馬克好奇地打量屋內。「可以嗎？」他問。「我之前好幾次經過這間小屋，但從來沒有進來過。」

「當然可以！」東尼把門拉開，向馬克示意。「請進。」

「哇，」馬克說，「好像娃娃屋！好迷你！」

「是啊，」東尼說，「這房子是蓋給身形嬌小的人。你懂吧，回到一六〇〇年這地方建成的時候，我們應該都算是巨人！」

馬克低下頭從一個房間走到另一個房間。格雷好奇地觀察著他。他轉頭看著柯絲蒂。她臉紅起來，一副害羞的模樣。

「樓上是？」馬克問，目光盯著樓梯。

「臥室，」東尼說。「想上去看看嗎？」

馬克轉身微笑。「不，」他說。「這樣就好。」

「我可以請你喝杯啤酒或其他？」

「不了。」馬克看看手錶。「謝謝。我最好趕緊回家。我答應凱蒂在晚餐後幫忙整理廚房。而且我甚至沒有跟她說我要出門！」他笑了起來，笑聲高亢尖利，不太像是他會發出的聲音。「也許我們明天海灘見？天氣預報似乎還不錯。」

「明天可能不會，」東尼說。「我們打算去一日遊。」

馬克的臉色有一度黯淡下來，眼中掠過一絲不悅。隨後又振作起來說，「喔！很棒啊！你們要去哪裡？」

「還沒想好。可能去羅賓漢灣，或是哪座城堡。到時再看看心情。」

馬克聳聳肩，嘆了口氣。「噢，好吧。也許改天再見。」

「好啊，」東尼說，「應該會的。你有辦法回去嗎？」他比著海岸路上的大房子。「要不要送你一程？」

「東尼，」媽媽說。「你最好別開車。你喝了幾杯啤酒。」

「哦，別傻了。我只喝了兩杯半。而且已經過了兩個小時。」

「說真的，我可以自己回去。不管是哪種天氣、哪種時刻，我這麼走過上百萬次了。還是非常感謝這個提議，你們人真的很好。」

過了不久，他在一連串的禮貌道別和頰吻後離去，再次留下因他的出現而如沐風中和躁動不安的他們。

「所以，」第二天早上，格雷在幾碗麥片之後問他的妹妹。「妳們整晚都在聊什麼？妳和那位**馬克**？」

「你為什麼說他的名字是假的？」

他聳了聳肩。「我不知道。他感覺就是個假人。彷彿只是在按劇本演出。」

她對他皺眉。「怪咖，你到底在說什麼？」

「隨便啦，」他說，他知道自己也無法解釋。「總之，妳們聊了什麼？」

「不多，」她說。「一些關於學校和家人之類的。」

「妳喜歡他？」

她漲紅了臉，盯著她的麥片碗。「大概吧。他還不錯。」

「妳應該明白，妳不用一定要再跟他見面。如果他問，妳可以拒絕。」

「我知道，嗯，他也可能不會再約啊。就是這樣。」

「發生什麼事了嗎？」他問，想知道她會不會對他撒謊。「比如接吻什麼的？」

「那跟你有什麼關係？」她生氣地說。

「**我是妳哥。**」他的語氣比自己預期的強烈。

「我是妳哥，」她嘲諷地學他說話，聲音低沉，故意扭動著肩膀。然後她笑了。

「沒錯。總之，我只是不希望妳做出任何蠢事。」

她翻了個白眼，站了起來。「你只是嫉妒，」她說。「因為我吻過某人，而你沒有。」

這只是無心的挖苦。她沒有刻意要傷他的心。但事實確實如此。格雷不明白自己為什麼還沒有初吻經驗，畢竟他和女孩們的相處時間很長。他曾經歷過很多次如電影情節般的魔幻時刻，他似乎就要親吻一個女孩了，結果她們剛好轉過頭去，或是碰巧有人走進來，又或是他突然失去勇氣，半開玩笑帶過。有女孩子喜歡他。別人告訴他的。卻總是他不喜歡的那些女孩。帶著悲傷眼神、有著胖嘟嘟臉頰的那些女孩會在學生餐廳裡絕望地望著他。

他會和女孩們擁抱，讓她們坐在他的腿上。他也會和女孩們牽手，親她們的臉頰，和她們一起笑鬧、閒聊，讓女孩們坐在他的自行車後座。但出於某種原因，他就是跨不過那道身體親密的界限。如果不是因為他清楚地知道自己的性向，他會懷疑自己是否是同性戀。

「滾開，」他對正準備走開的妹妹說。「妳又知道了？」

她沒理他，轉身離開。

在她們花了六個小時參觀完斯萊德米爾之家（Sledmere House）回來時，馬克正坐在兔子小屋外面。他在對面的海堤上，側身對著傍晚的夕陽，身上穿著清爽的白襯衫和刷白牛仔褲。他手裡拿著一束粉紅色的玫瑰。

格雷注意到柯絲蒂見到他時有些僵硬。

「時機正好，」馬克說，向他們走來，「我剛到。」

「嗯，」東尼說，「蠻幸運的。」

「給妳。」馬克把粉紅玫瑰遞給柯絲蒂。「讓妳放在房間，感覺會亮一點。」

「哦，」她有點不自然地說。「謝謝。」

一陣尷尬的沉默，是那種此時應該有人邀請他進屋好填補的空白。但沒有人提出這個邀請。

「你們今天過得好嗎？」馬克問。

「非常棒，」東尼說。「去過一百次了，但都每天都是美好的一天。」

「我從來沒去過啊，」馬克用一種他做夢也想不到的語氣說。

「那麼，」潘說，「你今天都在忙什麼?有去海灘嗎？」

馬克搖搖頭。「沒有，今天沒有。」他一貫輕鬆自在的魅力似乎拋棄了他。從柯絲蒂的肢體語言看得出來，有哪裡出錯了。

格雷轉身走向小屋大門。他有個非常強烈的感覺，不知為何，他妹妹很希望有人能解救她脫離這個情境，而他是必須這麼做的那一個。「鑰匙，爸爸。」他對父親喊著。

東尼把鑰匙遞給他，對馬克微笑。「那麼，也許在沙灘上見?」

馬克看著帶著粉紅色玫瑰離開他的柯絲蒂。「對了……」他說。「柯絲蒂，妳願意和我一起去看場電影嗎?今天晚上?」

柯絲蒂懇求地看著她的父母。但他媽媽忽略了當中的細微差別，並說，「好吧，我想不出有什麼不答應的理由。今晚我們沒有其他計畫。」

「太好了，」馬克說，那些遲疑消失了，他再次換上一貫的自信神采。「我七點鐘來接妳。可以嗎？」

「好，」柯絲蒂盯著地面回答。「沒問題。到時候見。」

20

莉莉將兩枚戒指滑向櫃台那方的珠寶商。「請問，」她開口，「這幾個戒指值多少？」他好奇地打量她。他可能認為這是她偷來的。太明顯了，肯定是她從哪個睡過的已婚男人的床頭櫃摸來的。她試著露出笑容說，「謝謝。」

他把戒指放到一個黑色天鵝絨托盤上，在眼前舉起一個小型放大鏡。「嗯，」過了一會兒他說。「這兩枚戒指應該是成套購買的，戒環都是十八克拉的黃金。有鑲鑽的這枚上面是大約一克拉的鑽石。婚戒價值約八百英鎊。訂婚戒指則落在兩千到三千英鎊之間。妳想賣掉它們嗎？」

「不！」她厲聲說。「當然不。它們來自我的婆婆。是傳家寶！」

男人盯著她看了一會兒。「我懷疑這個說法，」他說。「上面標了二〇〇六年。」

她點頭，好像這並不奇怪。「我知道，」她一邊說，一邊整理著手提包。「謝謝。」她把戒指放進皮夾，拉上拉鍊。「你幫了很大的忙。」

莉莉站在珠寶店外的大街上，把手提包緊緊地抱在胸前。她把戒指拿來鑑定就是因為她懷疑它們並不屬於卡爾的母親。造型太過於現代了。但她很希望她是錯的。如今證實，她的直覺無誤。今早與洛斯談過之後，關於卡爾在一九七五年六月四日出生，直到二〇一〇年開始在那家金融服務公司工作間的三十五年裡到底都在做什麼，對莉莉來說依舊是空白一片。會不會早就結婚成家？洛斯說過卡爾和異性交往只為了上床。莉莉是他第一個想定下來的女人。但洛斯只認識他五年。不管在洛斯或莉莉面前，卡爾的過往都像是本無字天書。也許他之前根本是另一個人，個性迥異。也或許他被另一個女人傷過心，而那女人就是這幾枚戒指原本的主人。

她低頭看著她的左手，看著手指上的婚戒。纖細的白金戒環配上狹長方形切割象徵永恆的鑽石。這是卡爾自己選的求婚戒。她還記得打開絨布盒時的那一絲失望。她一直在期待是一顆單顆鑽石，那種不受任何類型服裝干擾，在光線下閃耀自如的鑽石，那種看起來彷彿蘊含了所有宇宙星辰光芒的鑽石。但她掩飾自己的失望，笑著說：「好漂亮」，同時默默地好奇這枚戒指要花多少錢。

她喜歡這枚戒指，就像喜歡現在收在手提包裡的那枚一樣。那枚可能是她先生為另一個女人買的戒指。

她深吸一口氣，沿街前行，漸漸遠離商店，朝向她那間空蕩蕩的公寓，回去面對一片沉寂和靜默。

門墊上有一小疊信件。她收集起來和卡爾四天前失蹤後收到的其他信件放在一起。她很疲倦，感覺累過頭了。她直接走向臥室。那串鑰匙還擺在床邊。她拿起鑰匙，在掌中滾動著黃銅吊飾，檢視著那幾把鑰匙的凹槽紋路。其中一把有著塑膠鑰匙頭，很特別的雙面鑰匙柄，刻紋複雜。車站旁邊有一間鑰匙店。也許她可以拿去店裡問問，如果明天有開的話。或是等星期一。店裡的人可能看過這種鑰匙。或許能給她一些資訊。這應該會有所幫助。因為，莉莉現在幾乎可以肯定，那幾把鑰匙是用來打開卡爾和那位妻子，她手提包裡那枚戒指的主人，兩人住的地方的鑰匙。

她坐在床邊，脫下今天為了去見卡爾唯一的朋友特別穿的高跟鞋，將頭髮往兩旁向後綁成馬尾。她望向窗外，凝視著後方襯著一片灰白天幕的樹梢。

現在是星期六。她努力回憶上週這個時候她在做什麼。她猛地想起，他們去鄉間一家酒吧午餐。那是一間時髦的酒吧。暗灰色系的裝潢，菜單寫在黑板上，柱子上掛了報紙，桌上的餐具放在木盆裡。卡爾吃了漢堡，而她點了亞洲料理的鮮蝦沙拉配麵條。卡爾喝了一品脫蘋果酒，她叫了一杯氣泡香檳。聊了些什麼呢？她不記得了。工作吧，她猜想，卡爾經常談論工作。或是她的家人。他總是很樂於聽到她家人的最新消息。也可能在聊住的地方。他們一直在計劃要重新裝潢，將灰白牆面改換新色，照明調得柔和一些，以及購置新的百葉窗。「讓這裡留下我們自己的印記，」卡爾說。莉莉並不真的理解在這間公寓已經如此完美的情況下，還要再花更多錢的意義，但她喜歡看到卡爾談論這個話題時臉上放鬆的表情，她喜歡他彷彿整個人活起來的模樣。他們肯定也有聊到食物。卡爾對吃的很著迷。這個國家似乎有很多人沉迷於此。不管白天還是晚上，電視上滿是關於美食的節目，店裡全是遠渡重洋而來的各式料理食材。甚至在這麼一個四周盡是田野和牛羊的鄉下，在應當是以喝酒為主的酒吧裡，也供應金槍魚生魚片。

所以，那天他們很舒服自在地聊天。相視而笑。彼此的雙腳在桌子底下相互碰觸。在上每道菜的中間空檔，隔著桌面牽手。他們就像一對常見的新婚夫婦。然後卡爾開車載兩人回家，途中在洗衣店稍作停留取回幾件襯衫。接著他們在家看了一部電影、喝了些酒、做愛。第二天早上，就和大多數早晨一樣，她醒來，看見卡爾對她微笑。也一如每個早晨那樣，她說，「你在笑什麼？」他用指尖劃著她臉的輪廓，然後說，「妳。」接著他們接吻，再次做愛。他們的生活就是這樣。以緊密而幾乎令人窒息的愛形成的繭。莉莉有時也會想，出門去夜店晃晃或約個晚餐認識一下朋友們也不錯。但就如卡爾本人常說的，他們「還在度蜜月」。之後他們會有大把時間與其他人相處，不會老是黏在一起。於是莉莉很樂意再等一等。

如今，她可以感受當時他們把自己完全孤立起來的後座力。她把羽絨被拉到身上，一直到蓋住頭頂，在一片黑暗又密不透風的被窩裡，把自己縮成一個小小的球。

21

三個小時後，艾莉絲、法蘭克和蘿美回來了，提著一整袋在紅十字會二手商店買的乾淨衣服、在大街上的連鎖服飾店買的三件式組合內褲和一雙新襪子。已經過了午餐時間，每個人都很餓，艾莉絲跟街角那間店買了一堆炸魚薯條，在廚房餐桌上把它們全部倒到盤子裡。

「通常我會煮飯，」艾莉絲說，凱正往薯條上擠了快半瓶番茄醬，然後拿了三根放進嘴裡。「只是現在剛好有點……混亂。」

「對不起，」他說。

「不！你不需要覺得對不起！我只是——我本來就不是很有條理的人，滿容易一受到影響就步調大亂。不過一位意外的房客就足以讓我昏頭。」

「我可以幫妳購物，」他沒有什麼說服力地提議。

「任何東西他們都會要你付錢喔。」

「我知道。我只是想說……」

她捏著他的手笑了笑。「我知道你的意思，這樣很貼心。但我可以派這批傢伙其中一個出去。」她作勢指著凱和茉莉，兩個人都朝她翻了個白眼。「這樣吧，為了證明我不是你想像的那樣，悲慘地靠**失業救濟金**過活，今晚我會為我們煮一頓美味大餐。義大利麵之類的。」

他點點頭。她的提議真誠而溫暖，但他仍然感到內疚。「等我想起來我是誰，我會帶你們去……」他努力思索著想要帶他們去的那個地方。名字的開頭是麗。它會讓人想起繁華輝煌的一九二〇年代。怎麼樣都想不起全名，他嘆了口氣。

艾莉絲看著他笑了起來。「聽起來不錯。但是，說真的，你什麼也不用做。接受我們的好意就好。這就是我們**北部人**做事的方式。」她故意用北部口音說話，她的孩子們也都有北部口音，他們對她嘖了一聲。

「好吧，我會付衣服和房租的錢。」

「沒問題，」她說。她越過蘿美頭上給了他一個微笑。那是一個歷盡風霜的微笑，略顯疲倦，光彩也漸消褪。但它仍然有一種令人興奮的魅力。讓人感覺明亮而令人沉醉。就像一間很古老的豪華飯店，他想著。就像……**麗池大飯店**。

他終於想起這個名字，滿意地對自己笑了笑，他把這個記憶加進收藏：總算從沙灘中挖出的其中一項無價寶藏。

黛莉在大門前，身邊帶著丹尼爾。黛利的表情非常嚴厲。「怎麼回事？」她說，「我聽茱爾絲說她今天早上在鎮上看到妳和那個人一起逛街購物。」

艾莉絲抓住胸口，對黛利丟出一個假裝驚恐萬分的眼神。「真是大醜聞！」她說。

黛莉皺起眉頭。「艾莉絲，給他地方住是一回事，把妳的錢花在他身上是另一回事。」

「天啊，黛莉，我不過是在二手商店花了二十英鎊。」嚴格來說這個數字並不正確。加上內褲和襪子，快四十英鎊。

「他在屋裡嗎？」

艾莉絲嘆氣。「據我所知。他正在後院工作室裡休息。」

黛莉有點喪氣地僵在門口。這就是讓朋友介入生活大小事的壞處。

艾莉絲把門拉開說，「那就進來吧，我們去找他。還有我想聲明，」她一邊跟著她的朋友走進廚房，一邊繼續低聲說，「格里夫喜歡他。蘿美也是。孩子和狗都**懂得看人**。」

「妳呢？」

「我什麼？」

「妳明知道我在問什麼。」

「他人很好，」她小心地說。「妳想要我說什麼？」

丹尼爾在後院找到蘿美一起玩耍，黛莉則立刻開始動手整理著艾莉絲的廚房。黛莉甚至沒有意識到自己的動作。「很好，」她喃喃自語。「嗯哼。我得自己瞧瞧。」她把一團包炸魚薯條的廢紙丟進垃圾桶，洗手後將手擦乾。她從後門上的窗戶看向後院，然後說，「他起來了。」

「起來？」

「對。妳的男人。正和小傢伙們玩。」

艾莉絲也走到後門邊。蘿美和丹尼爾拉著法蘭克玩遊戲，還包括兩個娃娃、一個破舊的狗布偶和一隻變形金剛。他彎著腰，非常嚴肅地聽著指示。

「看，」艾莉絲說。「他是個好人。」

「可能吧，」黛莉說，將艾莉絲的擦手巾掛起來，開始燒水。「但妳對他一無所知。而且從妳過去的經驗來看，我真的覺得妳應該報警。」

艾莉絲搓揉著自己的手肘尖端。她不太想激起黛莉的偏執臆測，但她確實想跟黛莉分享她心裡的想法。「他剛來的時候，我有建議過，」她說。「他一聽到就臉色發白。看起來嚇壞了。」她聳了聳肩。

「嗯哼，」黛莉說。「這顯然不太讓人放心。」

「還有其他的。他開始想起以前發生的事了。他想起看到一個人跳進海裡淹死。他還想起有個十幾歲的女孩在市集的遊樂場裡玩旋轉木馬。」

「那麼，」黛莉說，「妳有上網查一下嗎？」

「查什麼？」

「有人跳進海裡淹死？」

「什麼？不，當然沒有。我甚至不知道那是什麼時候發生的啊。」

黛莉嘆了口氣。「妳的筆記型電腦呢？」

「在我的房間裡。」

「去拿下來。」

艾莉絲照她說的去樓上房間拿筆電。茉莉正坐在她的書桌前，聽到艾莉絲走進房間，轉過了頭，艾莉絲說，「抱歉，親愛的，我需要用電腦。」

「他什麼時候會離開？」茉莉問，同時關上瀏覽器，闔上了螢幕，筆電進入休眠狀態。

「法蘭克？」

「不管他叫什麼名字，是的。」

「我不知道，」她說。「很快吧。等他恢復記憶。」

「如果他一直無法恢復怎麼辦？」

「他會的，親愛的。網路上說，這種失憶是暫時的。」

茱莉起身，扶了扶黑框眼鏡，不以為然地聳聳肩。

「格里夫喜歡他，」她對著茱莉的背影說。

「對，」茱莉說。「他是條狗。」

「很有個性的狗！」她在女兒身後喊著，但她已經走遠了。

男子在萊丁豪斯灣溺水。艾莉絲和黛莉一起坐在筆電前，頭幾乎靠在一起。黛莉按下輸入，兩人一起等待搜尋結果。

搜尋的結果很快就跳了出來，在萊丁豪斯灣溺水身亡的人數令人驚訝。

「我們需要確切的年份。」黛莉說。

「我說過了，」艾莉絲說。「我不知道。」

「妳說他記得有個十幾歲的女孩。所以這起事件也許是發生在他十幾歲的時候。妳猜他幾歲？」

「三十多歲、四十歲左右？」

「好。那麼，假設他當時十八歲。現在四十。那就是二十二年前。大略估算是一九九三年。」

「也太大概了吧，」艾莉絲說。

「總比沒有好。」她在關鍵字中增加了「一九九三」。

「注意一下他們在外面忙什麼？」她指示著艾莉絲去看看。

艾莉絲乖乖地走到後門，再次透過窗戶看著。遊戲還在熱烈進行中，法蘭克正在為破舊的狗布偶配音。蘿美橄欖膚色的手臂自然而然地搭在法蘭克的肩膀上，臀部斜倚著他。他們看起來好像父女。任何看到的人都會這麼認為。

艾莉絲在黛莉旁邊坐下。「他殺了他們倆，」她故意裝得很嚴肅。「把他們剁成一條一條的，和狗一起蹲在地上吃著還有餘溫的肉。」

黛莉用力推了她一把。「噢，閉嘴，」，她說。「快看。」黛莉將螢幕轉向她。「算不上是有一個男人溺水，但時間符合。」

螢幕上是一則來自《萊丁豪斯報》的舊報導。

今日凌晨一點左右，海岸警衛隊接獲報案稱有三人於萊丁豪斯灣旁溺水，警衛隊立刻前往救援。其中兩人尚未發現，可能已溺水身亡。第三人是當地一位名叫安東尼・羅斯的遊客，他被沖上岸不久在海灘上嚴重心臟病發。另一名男子，據了解應是羅斯約十多歲的兒子也被送往醫院，不久後即出院。警方正在調查這起事件。

黛莉再次搜尋著這幾個詞：安東尼・羅斯、萊丁豪斯灣。

沒查到任何東西。

他們聽到後門被推開的咔噠聲，孩子們跑了進來，玩得很開心。法蘭克跟在他們身後，看到黛莉坐在那裡，他害羞地停了下來。

「法蘭克，」艾莉絲說，「這是我最好的朋友，黛莉・戴恩斯。」

「嗨，」她說，如果她不是剛剛讀完有某個青少年的父親死於海灘的報導，她講話的語氣不會這麼柔和。「我是丹尼爾的媽媽。」她指著她的兒子。

「很高興認識妳，」法蘭克說。「他是個好孩子。」

「聽著，」艾莉絲說，與黛莉交換了個眼神，黛莉微微地點了點頭。「我們剛剛在網路上查了一下，搜尋這一帶的溺水事件。我們發現了好幾年前有過一則報導。上面說有兩個人在夏天的某個夜裡溺水。一個男人和他十幾歲的兒子在海灘上被發現，就在這個地方。」她往大門外比了比。「那個男人死於心臟病發。但兒子活了下來。這有讓你想起什麼嗎？一九九三年？安東尼．羅斯？」

她繼續往下說，因為法蘭克沒有任何回應。

「這個時間點也可能完全不對。我們只是亂猜的。你記得吧，你提過一個十幾歲的女孩。我們認為這可能是你十幾歲時發生的事情。當然，前提是真的有發生過什麼……」

他仍然沒有回應，只是倚著廚房的流理台，但當艾莉絲更仔細看著他時，她發現他並不是倚著櫃檯，是整個人靠在上面，而他的身體正在往下滑，他的臉色蒼白，手緊抓著廚房流理台的兩側，指節因用力而泛白。

「法蘭克？」

黛莉跳了起來。「他要昏過去了，」她說。「快、快讓他坐好。來幫我！」

來不及了。他像棵被砍倒的樹，倒在了地板上。

22

一九九三年

兩個小時後，馬克再度出現在小屋前。他穿了西裝外套。一件非常正式的西裝外套。打算穿這樣去萊丁豪斯電影院。

「這一檔放的是哪部片？」來門口送行的東尼問。

「《巔峰戰士》。」馬克回答，他的手輕放在柯絲蒂的背上。

「啊，是唷，應該很刺激。」東尼說。

「聽說是這樣。」馬克說。

柯絲蒂急著出門，一副想趕緊出發的模樣。格雷稍早連番逼問，她聲稱她是真的想去看電影，當格雷指出她看起來似乎沒有之前熱切時，她說那只是格雷自己的想像。

一聽到他們的聲音消失在通往鎮上的街道，他立刻跳起來。他媽媽正在廚房裡煮義大利麵，他把頭湊進去說他要出去買瓶可樂。

「我們還有雪碧。」她說。

「我想喝可樂。」

「好吧，那你去店裡時可以順便帶一塊切達起司回來嗎？」

柯絲蒂和馬克走得很慢，他不用跑就在半途趕上了他們。他們在一家骨董店的櫥窗前停下腳步。正聊著裡面擺的那個陳舊的瓷娃娃看起來多嚇人。馬克再次把手放在柯絲蒂纖細的背上，輕輕地引導她走向電影院。

他在遠處看著馬克為他妹妹推開門，殷勤地請她進去。然後就看不見他們的身影了。

馬克在十點鐘把柯絲蒂送回家。格雷從面街的臥室裡聽得到他們說話。語氣聽來有些凝重，似乎瀕臨爭吵邊緣。他稍微拉開窗簾，往下窺探。他看到馬克試圖吻她，而柯絲蒂避開。

「哦，別這樣，」他聽到馬克說。「整部蠢電影期間沒有半個吻。現在連在門前也不願意給一個小小的親吻嗎?這樣很不好。」

「對不起，」她說，「我真的很累。我只想睡覺。」

「妳很快就能回去睡了，我保證。」他說，噘起的嘴唇再次逼近她。

她又躲開了，然後說，「我是說真的。我累壞了。」

「是嗎?」他完全不相信，格雷聽到他發出不耐煩的吐氣聲。接著開口:「明天呢?」

他聽起來很不高興，幾乎是暴躁。「還是妳們又打算去一日遊?」

這就是讓格雷整個星期都感覺哪裡不對勁的關鍵。馬克似乎認為他們是眼界狹小的鄉巴佬。他覺得自己比他們優越。但他卻不斷追求他妹妹，彷彿她是他一生摯愛。

「我不知道，」他聽到柯絲蒂回答。「我想不會。」

「那麼，我來接妳?我們可以在姑媽家共度一天。我煮午餐給妳吃。」

「我不知道，」她再次回答。「我要問一下爸媽。」

「妳現在能問嗎？」他的語句短促，帶著不耐。

「我明天問。」

「為什麼不是現在？」

「很晚了。而且我累了。」

他又聽到了馬克的嘖嘖聲，然後說，「好吧。明天早上我會打電話來。妳到時再跟我說。」

他妹妹猶豫了一下後回答，「好的。明天見。」

大門在她身後喀地一聲關上了，格雷聽到她和他們的父母輕聲交談，然後直接上床睡覺。透過臥房的窗，格雷看見馬克在小屋外繼續站了幾分鐘，雙手插在口袋裡，面色陰沉地盯著前門，瘦削雙頰的肌肉微微抽搐著。然後他轉身，穿過狹窄的鵝卵石街道，望向大海，下一刻，他突然暴怒地用力踢著海堤，一次、兩次、三次，之後才終於離去，一個瘦弱而憤怒的人影消失在霧濛濛的夏夜中。

23

莉莉從睡夢中驚醒。天是暗的，羽絨被纏在腿上。她看向床邊的鐘：八點九分。一時間，她分不清現在該是白天還是夜晚。然後她想起現在還是星期六晚上。她一直夢到她的家人。夢到她的家。她拿起電話，打給媽媽。

「媽媽，」她說，聲音裡充滿睡意。「他還沒出現。」

「回家吧，」她媽媽說。

「不行。他可能會回來。」

「如果他回來，他會知道妳在哪裡。他會知道要來這裡找妳。」

「那麼他可以打電話，妳就會回去了。」

「如果他受傷了怎麼辦？」

「莉莉啊，那是他自己的國家。如果他受傷了，會有人照顧他。」

「我不確定，媽媽。他們昨天拿走了他的電腦。他們說他持有的假護照來自某個犯罪組織。他可能認識一些危險分子，可能惹到了誰。」

她媽媽驚訝地一時說不出話。「天哪，莉莉。妳必須離開！妳現在一個人在家裡，如果他們找上妳該怎麼辦？如果他要回來找妳，而他們也跟了過來？妳現在根本是個活標靶！」

「我無處可去，媽媽！我不認識任何人！」

「噢，我知道啊。我就知道這一切不對勁。我應該要阻止的。我應該要妳再等一等。」

「但我最後還是會嫁給他，而他依舊會對我撒謊。」

「不。如果有更多時間，妳應該會有所察覺。就像洋蔥。人們總是一次一層地展示自己。這就是為什麼需要等待。等到妳真的接近最底部那一層，通常最可怕的東西就藏在哪兒。假如那件事沒有那麼可怕，**那時**妳就可以嫁。」

「卡爾不是壞人，媽媽！我們什麼都不知道！我找到了幾枚戒指，我想他以前可能結過婚。也許這個女人傷害了他。也許他發生過不好的事。因此他需要用假身分躲著這個女人！一切都還不確定啊。」

她聽到媽媽在嘆息。「我希望妳回家。我來買票。」

莉莉頓住了。她無法否認她現在其實想待在家裡。她想念她媽媽、兄弟們、她的狗、大學同學、酒吧和瘋狂的週末夜。她想對著她自己那間臥室的鏡子梳頭，鏡面上掛著她和好友們的照片。她想和那些朋友牽手在熟悉的街道上晃蕩，說著熟悉的語言，看見熟悉的面孔。她想處在一個她和陌生人說話時不會總被誤解和懷疑的地方。

但是——卡爾是她來到英國的通行證。沒有卡爾，或者不管他的真實身份是誰，她可能不會被允許回來。出於某種原因，儘管她很孤單，也很害怕，但她還是希望能回來。她希望能保留回來的鑰匙，回來這個她已然淺嚐體驗的生活。

「我不回去，」她說，「還不行。除非我搞清楚卡爾發生了什麼事。」

她媽媽嘆了口氣，她聽到她在齒尖咋了咋舌。「妳啊，」她溫柔地說。「我不知道妳哪來的勇氣。妳這堅強的小女子，獨自一人在異國他鄉。既勇敢又傻。但我想我阻止不了妳。」

「對，」她說，「妳不能。」

「我很想妳。我愛妳。」

「我也愛妳。」

「等我完成這份重大合約，我就會盡快過去。好嗎？」

「好。拜託妳來。」

「一個星期吧，最多十天。」

「好的。謝謝。」

「也許那時候，妳已經找到妳先生了。」

「老天啊，希望是的。」

「不管如何，我想他是個好人。」

「他是。是的。我很清楚。」隨著淚水湧出，她說話的句子越來越短。

「愛妳。」

「愛妳。」

電話斷了，房間裡安靜下來，唯一的光線來自浴室門邊的縫隙。莉莉把電話放在腿上，哭了起來。

24

法蘭克睡了整個下午。當他在六點過後醒來時，他覺得自己彷彿是剛從昏死狀態醒覺。外面天色已暗，屋裡的燈關著。隨著眼睛逐漸習慣了黑暗，他看到了艾莉絲小屋後方透出暖色燈光，樓上某個房間傳出響亮的音樂聲和青少年高亢熱烈的談話聲。這些噪音莫名地觸動了他的潛意識，他閉上眼睛，尋找刺痛的根源。什麼都沒有。他想起他在艾莉絲的廚房裡，和艾莉絲跟那個女人，她的朋友。是叫**黛比**嗎？他記得他走進去，她們轉過身看著他，臉上都帶著不安和憂慮的表情。她們告訴他有個叫安東尼·羅斯的人死在海灘上，就在他這星期坐了許久的那個地方。這個名字如子彈般擊中他的頭，然後他就昏過去了。他從行軍床上坐起來，試圖回想這個名字為何會造成如此衝擊。**安東尼·羅斯**，他喃喃自語。**安東尼·羅斯**。什麼都想不起來。

肚子咕咕叫，他試圖忽略。他不能老是走進艾莉絲家，期待有東西可吃。他花了幾分鐘盤算一旦他找回自己的生活後，可以為艾莉絲做些什麼。他會送她們去度假，出門吃大餐。而且，老天為證，如果他真的很有錢，他願意幫她們還清貸款。

過了一會兒，後院亮了起來，有腳步聲嘎吱踩過碎石地面。他本能地順了順頭髮，讓髮絲歸位。

艾莉絲輕敲了敲門。「法蘭克？」

他開門，對她微笑。

「天啊。感謝上帝。你還活著。我真的很擔心。」

「我很好，」他說。「有點昏。但沒事。」

「感謝上帝，」她又說了一次。「總之，給你。」她把一個大提袋遞給他。「我們之前買的東西。我洗過了。慈善商店裡的東西，即使乾淨也還是有股味道。對吧？」

他接過提袋，對她說，「哇。謝謝妳。我沒想到妳會這麼做。」

「我是為自己好，我可不想再來一個臭烘烘的房客。」她笑著說。「聽著，我煮了飯。有肉有菜。要一起吃嗎？」

出於愧疚，他很想拒絕。但他的肚子搶先一步說話。「我很樂意。如果妳確定這樣不會太添麻煩的話。」

「老天，不，反正我得餵飽那麼一大群人，再多一張嘴沒差。大概再十分鐘，」她說完，把手伸進寬大開襟毛衣的口袋裡。「不過你準備好了就可以過來。」

法蘭克從氣味清新的袋子裡拿出一件柔軟的藍襯衫和一條卡其褲，從包裝中扯下一雙全新的襪子。自他失去記憶迄今，穿上這雙襪子彷彿是他身上最文明的象徵。當他在幾分鐘後走向艾莉絲家後門時，他感覺自己幾乎像個正常人了。

屋子裡充斥著食物香氣，廚房的窗戶全都蒙上了水蒸氣。蘿美站在爐灶邊的凳子上攪拌著一鍋肉湯，黛莉正在流理台上切胡蘿蔔，而丹尼爾坐在地板上揉著英雄的肚皮。

「過來這邊，」他聽見艾莉絲在隔壁房間呼喚。「請用。」她遞給他一大杯酒。「你覺得這裡看起來怎麼樣？」她整理了餐桌上成堆的文件、家庭作業、書和手工藝品，擺得整整齊齊。中間是幾根燭光閃爍的蠟燭，橙色餐盤配上折成三角形的紫色亞麻餐巾，以及有著靛藍底座的深裂紋玻璃酒杯。

「很漂亮。」他說。

「沒錯，」她說，自己打量了一番。「很有氣質。我得這麼自誇。」她向他舉杯說，「乾杯。恭喜你活得好好兒的。」

他笑了。「我想是吧。」

「你確定你沒事？你像具死屍一樣倒下去耶。」

「我很確定，」他說，感覺紅酒溫暖了他空空的腹部，愉悅地流進了他冰冷的血管。「一切正常。」

「法蘭克，你一點都不正常，」她說。

他大笑。「這倒是。」

他們沉默了片刻。法蘭克能感覺到艾莉絲還有下一個問題懸在嘴邊。他對她微笑。

「所以，」她說。「安東尼．羅斯？」

「是啊。我明白。這顯然意味著什麼。應該與我有關。我為什麼會來到這裡，以及為什麼會坐在那裡。」他比著海灘方向。「那個在海裡的人到底讓我想起了什麼。這絕對都攸關我的某個部分。我只希望知道到底要怎麼連起來。」

「所以目前什麼都沒有想起來？沒半點印象？」

他滿懷歉意地搖搖頭，意識到他沒記起任何事，讓艾莉絲很失望。

「真可惜，」她說。「我還期待你清醒時會突然回復出廠設置。」

「我也是。」他回答。

「衣服還不錯。」她對著那套服裝點點頭。「你看起來……很清爽。」

他往下打量自己。「謝謝。我發自真心地真的非常、非常感激。」

她阻止他往下說，加滿了彼此的酒杯。一陣喧鬧的笑聲在樓梯間迴盪。她嘖了聲。「恐怕我們已經被攻佔了，」她說。「凱稍後要去參加一個派對，現在鎮上一半以上的十四歲到十五歲的人類正聚在他的房間裡。起碼有三十個吧。他的房間不過才十乘八呎大小。我想都不敢想。」

「**艾莉絲！**」黛莉在廚房裡喊。「**有東西要焦了！**」

「是甘藍菜，」她對法蘭克說。「稍後回來。你自己倒酒吧。」

法蘭克起身，看了會兒桌上閃爍的溫暖燭光。他注意到它們散發出某種香味。他努力想著是什麼味道。應該是花香。他眼前出現一朵白花的影像，含苞待放。然後他注意到身後櫥櫃上的包裝盒。

茉莉和百合。

餐廳低矮的天花板上傳來巨大的砰砰聲，隨之而來的是笑鬧和尖叫。有扇門被打開後關上。「看在老天份上！你們到底他媽的在這裡吵什麼？」然後有一陣輕柔的腳步聲下了樓梯，茉莉走進餐廳，看到他站在那裡時停下了腳步。

「哦。」

「妳媽媽在廚房裡，」他說，想為她避免尷尬。

「好極了，」她說，「謝謝。」

她很嬌小，有著相較於身材有點過大的頭，黑髮在兩邊耳朵上盤成了小髮髻。她穿著一件合身的黑色連身迷你裙，外面套了件垂到小腿肚後方的寬鬆灰色罩衫。

「媽！」他聽到她在抱怨。「他們玩得太誇張了。我是說真的。妳得去阻止他們！」

法蘭克聽不到艾莉絲的反應，但過了一會兒，艾莉絲出現了，茉莉、蘿美和英雄緊緊跟在後面，對著樓梯上大喊：「**有吃的！有食物！**」

不到十五秒鐘，十幾名青少年衝下樓梯，經過大人們身邊時略略放慢了速度，然後衝進廚房在紙盤上堆滿香腸、馬鈴薯泥和燉洋蔥肉湯。再帶著餐盤衝向客廳，關上了門。

法蘭克驚訝地看著艾莉絲。「妳要負責餵飽那些孩子？」

「墊墊肚子而已。不然他們會空腹出去鬼混，吐得到處都是。不過是特價買的便宜香腸。沒什麼大不了的。別擔心，」她繼續說，「我們的話，有好吃的牛肋條。還有**蔬菜**。」

「我可以吃便宜的香腸。」

「是的，我也會吃啊。但過去幾天我們吃了太多有的沒的速食，該是時候吃點正經的食物。再來點酒？」

黛莉拿著兩個冒著熱氣的碗出現，放在餐桌上後又消失在廚房裡。蘿美和茉莉拉出椅子坐下。英雄和莎蒂滿懷期待地坐在桌邊地板上，抽著鼻子。

「我可以做點什麼嗎？」

「別忙，」艾莉絲說。「你夠驚嚇了。坐下吧。我和黛莉處理就好。」

一大塊肉被端上桌，還有一盤混了奶油的馬鈴薯泥，幾罐芥末、山葵和番茄醬。有個男孩捧著一堆用過的紙盤出現，問艾莉絲應該拿去哪裡。

她跟他說了位置，然後在他身後喊著，「那旁邊有奧利奧餅乾。拿幾包過去。」

艾莉絲在酒杯裡倒上更多紅酒，然後派茱莉去廚房拿第二瓶。其中一隻狗發出如遠處汽車警報器一般的低沉嗚嗚聲。

「閉嘴，英雄，」艾莉絲說。

蘿美把一根香腸扔在腳邊，英雄悄悄地撲向它。法蘭克看向艾莉絲，她沒有注意到。

他們聊著艾莉絲的父母，他們透過網路攝影機試圖叫出自己幾個小孩的名字。「就那個『很好看』的孩子啊，我爸爸一直重複。妳懂吧，長得很可愛的女孩。然後我媽媽回，你是說艾莉絲？我爸爸說，不，不是那個。另一個。記得吧？她叫什麼名字？我媽媽只是搖搖頭說，嗯，有兩個吧。我只記得這些了。」

黛莉笑著說，「至少他們還記得他們有孩子。很快就會忘記了。」

法蘭克看著聽著，心裡想著他的母親，那個他記得的母親。她還活著嗎？她還好嗎？很老了嗎？想念他嗎？有任何人會想他嗎？他把肉切開，放進嘴裡。

「牛肉很棒，艾莉絲。」黛莉意味深長地看著法蘭克說。

「嗯，」他嘴裡塞滿食物說。「棒透了。很嫩。」

艾莉絲對他微笑，碰了碰他的手。「很好，」她說。「很高興你喜歡。」

艾莉絲在放開他的手前輕輕捏了一下，現場出現了一陣略為尷尬的沉默。大家都注意到了，而黛莉和茉莉顯然並不認同這個舉動。

「我在想，」他說。「已經過了四天。妳覺得會有什麼消息嗎？關於失蹤人口？我的意思是，感覺我之前過得還不錯。沒有任何人在找我，實在是蠻怪的。不是嗎？」

「我有持續注意，」艾莉絲說。「包括全國新聞和倫敦當地新聞。什麼都沒有。但這並不意味著你沒有被報告失蹤，這只代表這不是一個大事件。如果我們想查明到底是否有人報告你失蹤，唯一方法是去找警方。」

「但我真的……」他的手指擺弄著餐具，一陣手忙腳亂，一股不舒服的感覺竄透全身。「我真的希望能再記起更多。靠自己想起來。關於之前的事，妳懂……？」

「如果你想不起來呢？」茉莉厲聲說，每個人都轉頭看著她。

「茉莉……」艾莉絲說。

「不要阻止我。說真的，如果你什麼都不記得，而可能南邊有一家人正在思念你，想知道你在哪裡，擔心得茶飯不思怎麼辦？這對他們不公平。不是嗎？」

「我不認為有……」他低聲說。「我不知道，但我覺得沒有人。我就是有個感覺……」

「一定有，」茉莉說。「每個人都會有這麼一個人。」

「嗯，不一定。」艾莉絲說。

「這不是重點。妳明知道關鍵不在這兒。」

「那麼妳指的是什麼呢？」艾莉絲說。

「重點是『法蘭克』應該屬於某處，卻沒有人想要去找出那是哪裡。重點是『法蘭克』並不屬於這裡。妳很清楚，如果妳那天在海灘上發現的是一隻流浪狗，妳會竭盡全力尋找牠的主人；妳會帶牠去看獸醫，檢查看看牠是否有植入身分晶片；妳會四處張貼海報。妳不會打從一開始就當成自己的寵物來養。不會在一無所知的情況之下這麼做。」

「茉莉，」艾莉絲再次開口，認真地看著她的女兒，「關於這一點妳必須信任我。我經歷過很長一段奇特的人生，見過足夠的壞胚子，我只要看一眼就能分辨出來。相信我，法蘭克屬於好人那一邊。」她看了法蘭克一眼，給了他一個放心吧的眼神。「我只是想幫助他，好嗎？顯然有某些神秘的原因讓他最後來到了這個海灘，如果他還沒辦法面對他的真實人生，那麼我們需要給他一些時間，讓他把自己準備好。」

「我不是在針對你，」茉莉對法蘭克說，用畫了粗黑眼線的眼睛瞄了他一眼。「我是真心的。我相信你很好。我只是……」

法蘭克微笑。「我明白，」他說。「我真的明白。我也覺得……」他試著找出不會讓他聽起來很忘恩負義的詞彙。「待在這裡讓我很難受。我對於佔用妳們的私人空間感到抱歉。我為妳媽媽在我身上花錢感到抱歉。我對自己活得這麼不真實、讓妳連在自己家裡都不自在感到難過。我很難過我是如此虛弱和需要幫助。我覺得……非常強烈地覺得我不是這樣的人。真正的我不是這樣的人。但現在我沒有力氣也毫無膽量。我就像……就像一塊軟趴趴的抹布。希望這一切會過去，希望罩在我腦中的這塊巨大黑布會掀開，我會記起我是誰，然後我會變得很堅強。我期望這很快就會發生。畢竟——」他轉向艾莉絲，「——妳媽媽今天發現了一些事……」

「我知道，」茱莉說，「她有告訴我。你暈過去了。」

「對。所以，或許，這可能是揭開我的故事的開始。」

茱莉點點頭。「就像我說的，」她說，垂下眼睛。「我沒有要針對你。」

法蘭克吐出一口氣。自從失憶以來，他還試過在這麼短時間說這麼多話。他感到精疲力盡又開心，彷彿自己剛生出了一層新的肌肉。「謝謝妳。」他說。

他注意到黛莉和艾莉絲交換了一個眼神，然後黛莉說，「說到這個，你稍早昏倒之後，艾莉絲和我一直在搜尋資訊。沒有任何其他關於安東尼·羅斯的消息，但我發了電子郵件給編輯，問他們是否有寫這篇文章的人的聯絡方式。或是否知道一些別的線索。」

法蘭克屏住呼吸，等待她繼續往下說。

「還沒有回音。畢竟今天是星期六。也許我們下週會有消息。」

他恢復呼吸。還沒有新消息，但至少可能會有新消息。當餐桌上再次陷入熱絡談話，話題也已經從他身上轉開時，他低頭凝視握著刀叉的雙手，仔細檢視著每個角度和紋路，上頭的黑斑和細毛。他好奇著這雙手曾經出現在哪裡，碰過誰，做過什麼。就在這個念頭掠過腦中那一刻，他突然又感覺到了，壓在某人身上的沉重感，有股灼熱氣息拂過他的臉，而他的手，**這雙手**，正緊緊地扼住了那個人的喉嚨，不斷用力、用力、更用力。他看到了一張模糊的臉，男人的臉。他有一頭濃密黑髮，英俊的臉龐上瞪著一雙深藍色的眼睛。

25

一九九三年

「所以，」格雷說，「昨天晚上發生了什麼事？」

「沒什麼。」柯絲蒂防備地回答。

「妳知道我房間的窗戶就在大門正上方吧？」

「嗯哼。所以？」

「我聽到了。我聽到他對妳很不高興。」

「**不高興？**什麼意思？」

「妳不願意吻他，他整個人臉色發黑氣到發抖。妳進門後，他還去踢牆。踢得超用力。看來昨晚的約會不太像是世紀之戀。」

她聳了聳肩。「我只是沒有那個心情。瞭吧。」

「我的看法是，如果這段剛開始的戀情如此美好，妳們應該巴不得像疹子一樣佈滿對方全身，怎麼樣都捨不得放開手。」

柯絲蒂嘖了一聲，對他揚起眉毛。「你又懂什麼呢？」

「我很清楚年輕人談戀愛時會有什麼綺情幻想，我看過夠多的電影，可以肯定的是，不會是妳們兩個那樣。」

「真實人生可不是電影，格雷。」

他嘆氣。「聽著，柯絲蒂，我沒有要跟妳吵架，我只是想保護妳。這是妳第一個男朋友，但我一直有許多不太妙的感覺。關於他這個人。」

柯絲蒂眨眨眼，瞅著地板。

「總之，妳必須很清楚妳可以說不。沒有法律規定妳非得和誰出去，只因為他們邀請妳。他是一個大人，他可以應付別人的拒絕。他不會有事的。現在他隨時可能再次來試圖說服妳和他出去**消磨一整天**，妳得趕緊決定妳打算如何回應。」

「**我知道了啦。**」她不悅地說，格雷知道他成功了。

「所以？」

「你去跟他說好嗎？」她說。又出現了，那個擦破膝蓋就跑來他身邊求助的小女孩。

「你可以跟他說我病了嗎？」

格雷強忍住勝利的笑容。「當然，」他說。「我可以。」

「我沒有不喜歡他。我喜歡。只是……」

「妳還沒準備好。」

她生氣地瞪著他，然後眼神緩和下來。「大概吧。我想。我的意思是，他對我來說可能有點太老了。而且每件事都表現得過度熱切。也許我應該和比較放鬆自在的人在一起。」

「我同意。全心全意贊成。」

「不過他真的**非常帥**。我忍不住想，我的朋友們如果看到我和他在一起，她們會多麼嫉妒。」

「喔，這個理由不會流於膚淺之類的嗎？」

她皺眉，然後笑了。「對啊。而且她們也不一定能看到我們一起出現。」

「沒錯，」他同意。「我無法想像馬克出現在克羅伊登附近。」

格雷說出這句話的同時，他們都意識到身後有動靜，有個人影掠過正面街道的矮窗。柯絲蒂倒抽一口氣，伸手摀住胸口。是馬克，雙手抵著玻璃，正盯著他們看。當他對上格雷的目光時，臉上露出了冷笑。

「哦，去他媽的。」格雷嘀咕著。他轉向柯絲蒂，她已經以極快的速度躲進桌子底下，正蹲在他腳邊。

「告訴他我病了。」她低聲說。

「但他看到妳了。」

「可能沒有啊。」

「當然有！」

「你去跟他說。求求你。」

格雷嘆了口氣，推開椅子。

馬克站在門口，穿著牛仔褲，頭上戴了棒球帽。那頂棒球帽看起來是臨時加上去的，最後一刻才倉促決定戴上，大概是因為他今天的髮型不夠完美吧。「嗨。」

「呃，嗨。」

「我可以和你妹妹說話嗎？」

「她不舒服。」

「但她不是……」他指著格雷身後右方的餐廳。

「她回去睡覺了。」

「喔，少來……」

「我不知道你還希望我說什麼。她不舒服。她去睡了。」

「你真的認為我會相信這個說法？」

「是的。事情就是這樣。」

一片沉寂，持續了好幾秒鐘。

「她昨天晚上還好好兒的。」

「嗯哼，對，可能是吃壞肚子。」

馬克翻了個白眼，試圖從格雷身旁擠進屋裡。

格雷伸手按住馬克的胸口。「呃，我想你不應該這麼做。」

「我只是想見見她。」馬克說，他的聲音因惱怒而嘶啞。

「她不想見你。」

「你怎麼知道？你有問她嗎？」

「是的。我問了。她說『我不想見他』。」

「我不相信你。柯絲蒂！柯絲蒂！」他又開始推擠格雷的身體。

東尼出現在樓梯底端，裹著毛巾布製的睡袍，頭髮被淋浴弄濕了。「早安，馬克，」他和藹地說。「怎麼了嗎？」

「我想見見柯絲蒂，」馬克說。「你兒子似乎認為她生病了。」

格雷向他爸爸投去警告的目光。

「哦，」東尼說，看起來就是在撒謊，但格雷不在乎。「對。有點喉嚨痛。」

「哦，這樣嘛，」馬克說。「兩分鐘前她還只是不舒服而已。看在老天份上，我不是白痴。」

「聽著，馬克，」格雷說，「柯絲蒂生病與否並不重要。重點是她不想見你。可以嗎？」

馬克往後退了一步，扯下棒球帽，順著他的頭髮。「好吧，隨便你們，」他忿忿地說，手中的棒球帽被捏得變形。「你們要這樣的話，隨便。」他在再往後退一步前，再次走上前說，「請跟她說我打過電話來。告訴她我會在姑媽家等她。如果她**感覺有好一些了**的話。」

「我們會的，」東尼說，依舊保持愉悅的語氣。「很抱歉讓你白跑一趟。」

馬克憤怒地看了他們倆一眼，把帽子戴回頭上，大步離開，嘴裡不停咒罵。

格雷和他爸爸面面相覷。

「看到了嗎？」格雷說。「你現在親眼目睹了吧？」

東尼難以置信地搖著頭。「真是個豬頭。」

柯絲蒂從她藏身的餐桌底下爬出來，他們的媽媽從樓梯上方探出頭。「剛才那是怎麼回事？」

「沒什麼，」格雷說，「馬克無法接受別人說不。他現在離開了。」

他們四個人聚集在大門旁，馬克和他奇異的怒火帶來的後座力，讓他們如柵欄般排排站在那兒靜止了好一會兒。

26

莉莉把屋裡的燈全打開，連廚房裡抽油煙機下方的小燈也開了。一片黑暗令她難以承受。她開了電視，找到一部跟狗有關的電影，然後試著吃點東西。現在接近晚上十點，今早和洛斯吃過早餐後，她什麼都沒吃。麵包箱裡的麵包已經發霉，於是她把一包印度香米扔進微波爐加熱，拌上奶油。她看了一會兒狗電影，裡面的情侶讓她觸景傷情，便轉開找了個熱鬧的約會實境節目。接著，她幫自己倒了一杯酒，準備好進行在被告知她先生的身分有問題之後，她早就該做的事。她將卡爾的信擺整齊，望著那疊信看了一會兒。然後拿起第一封，拆開信件。

房仲寄來的廣告信。

第二封是他往來帳戶的對帳單。她快速地瀏覽。上面每一筆消費紀錄對她來說都有跡可循。基輔餐廳的餐費，新婚之夜那間飯店住宿費，還有在巴里島喝的酒，幾筆花在機場免稅商店、車站旁的酒商、瑪莎百貨、搭乘鐵路、乾洗店跟上週末中午去的那間鄉村酒吧上的消費。其餘則是許多當地零星支出，最後一筆是星期二下午在維多利亞區一家咖啡店二點二英鎊的非接觸式支付款項。沒有了。之後沒有其他支出。下面一條分隔線顯示完結。

所以，她思考著，把對帳單放在腿上，伸手拿了酒杯。就是這個。他已經死了的證明。不然他要怎麼生活？都不需要花錢嗎？

她又拆了兩封信，都是廣告信。再來是電力公司的帳單和襯衫製造公司的聲明，他每件襯衫都是跟那家公司買的。她打開最後一封，那是手機通訊帳單。上面列出了每一筆通話的號碼和時間。她深吸一口氣，開始閱讀。

並不令人意外地，幾乎每通電話和訊息都是發給她的手機號碼。她想找的是婚禮當天，他們在基輔她媽媽家中時，卡爾打給他母親的電話。就是這個：三月二十一日，下午四點四十六分。通話時間三分五秒。她拿起一支筆，在那筆紀錄上劃線標記。然後她看了看時間。快十點半了。打電話給別人似乎太晚。但如果是為了通知一位女士她的兒子失蹤了，應該還好吧？她按下號碼，屏住呼吸。想像著現在某處，倫敦東部或西部，也許在哪個古堡或舊公寓裡，電話正在響。在某個地方，有位女士聽見電話鈴聲，但出於某種原因，沒有接聽。也許她在睡覺？還是出門了？也許她把卡爾的號碼設成拒接來電並選擇忽略。響了二十聲後，莉莉掛斷了電話。她決定明天早上再試一次。

27

銀灰色海霧罷罩著夜空。跑在前面的格里夫和英雄已消失在幽暗夜色裡。艾莉絲和法蘭克緩步跟在後方。濱海步道上方，準備下半夜狂歡的人們穿梭在酒吧間，唱歌、說笑、互相大聲嚷嚷。黛莉和丹尼爾一小時前回家了，那群十幾歲的孩子們也終於在十分鐘前動身前往他們的派對。他們讓蘿美和茉莉、莎蒂一起待在家裡，帶年輕的兩隻狗出去走走。小屋裡剛剛擠滿了人，加上持續加熱了好幾個小時的烤箱、火爐上燒得紅通通的木柴，離開那些熱氣後，戶外濕涼的新鮮空氣令人精神一振。

在他們出門後，事實上，從晚餐中途開始，法蘭克就不太說話。

「我為茉莉說的話感到抱歉，」艾莉絲說。「這實在很不像她。」

法蘭克似乎有點困惑，然後搖搖頭說，「不，不，別這麼說。那沒什麼。真要說起來，這樣讓我感覺比較好一點，提醒我別只沉溺在自己的思考裡。總比其實很惹人厭，大家卻客氣地什麼都不說。」

「你沒有被討厭。」

「嗯，至少妳沒有吧。」

他說完後再次陷入沉默，他們靜靜地走了一會兒。

狗兒們似乎注意到前方海岸邊有些什麼。兩隻狗加速往前衝，很快就拐過海灣轉角處，消失無蹤。

「喔，老天爺，」艾莉絲說。「天啊，他們到底在鬧什麼？格里夫！」她圈著雙手大吼。「**英雄！**」

她加快步伐，跟著跑過海灘。當他們拐過彎時，立刻明白兩隻狗是被什麼吸引了注意力。有隻小狐狸站在通往濱海步道的石階上，低頭瞅著狗兒們，一副趾高氣昂的勝利模樣。兩隻狗抬頭看著他，大口喘著氣，互望著彼此彷彿在說：**現在打算怎樣？**

「你們這些傻瓜，」艾莉絲說，帶著牽繩靠近。但他們現在玩上癮了。月亮高懸空中，今天接近滿月。幾隻海鷗俯衝而下，正在潮汐漲退的岩石間覓食。狗兒們再次暴衝。艾莉絲轉向法蘭克，大喊著，「真是抱歉。如果你想的話，可以先回小屋去。」

他微笑著跟著她。海鷗感覺到兩隻大狗接近，飛了起來，月光映照出他們滑翔時露出的蒼白腹部。狗兒們不放棄地跑著。艾莉絲對著他們大吼大叫，用她爸爸教的那一招，用兩根手指吹口哨。他們最後在海灘最遠那一端停了下來，在夏季那幾個月，這裡是市集設攤和遊客們曬日光浴的地點。堤防上的咖啡館關了，孩子們的遊樂設施被蓋住上了鎖。更遠處傳來遊樂場的鏗鏘聲。法蘭克說他星期四在那裡坐了一整天，他記得旋轉木馬上的女孩和有個跳海的男人。

艾莉絲重新綁上牽繩，這些狗坐在她腳邊喘氣。「好吧，」她說，「我想我們已經消耗完那頓豐盛的晚餐。」她轉身對法蘭克微笑，但他沒有看她。他正望著蜿蜒在海灘盡頭的那道懸崖。臉上又出現了那個表情，她已經可以辨認出這種表情的意義，於是本能地走到他身邊。「怎麼了？」

他依然凝視著遠方。「那棟屋子，」他說，「那兒。」他指著懸崖邊的那座旁邊種了紫杉，有著扁平屋頂的大宅。「誰住在那裡？」

他緊緊地靠在他身邊，她幾乎支撐了他的所有重量。「大的那一棟？在最後面的那間？」

「就是那棟。」他又指了指那個方向。

「我不知道現在誰住在那裡，但黛莉說有位著名的小說家住過。已經很久以前了。」

他搖搖頭，似乎認為她說錯了。

「那裡有隻孔雀，」他說。

艾莉絲微笑。「嗯，是的，可能有吧，我想。」

他轉身看著她。他全身汗涔涔，乳白月光在他身上投下一道幽微光芒。「不。是真的有。我記得。我想……」他把雙手舉到嘴邊，下意識地咬著指節。當他再次看著她時，眼裡充滿了淚水。「今天吃晚飯的時候我想起來了——我想，我傷害了某個人，艾莉絲。我想我甚至可能殺了人。」

她能感覺到他靠著她的身體在顫抖。

「我受不了了，艾莉絲。我真的沒辦法。還有那棟屋子。」他再次抬起頭，恐懼地看著遠方。「我知道那個地方。我對那棟屋子瞭若指掌。我想我曾經住在那裡。」

28

一九九三年

馬克在星期四早上怒氣沖沖地離開了格雷一家的度假小屋後後，他們有三天沒見到他。格雷一家繼續過他們的日子，儘管還是有些緊張。馬克已經證明他有辦法知道他們何時會出現在何處，悄悄地突然現身。懸崖上那棟純白的大房子如警示般矗立著，孔雀怪異的叫聲偶爾會沿著海岸吹到海灘上。但是沒有馬克的蹤跡。

星期天下午，東尼一家在海灘上他們慣常的地點坐著，東尼問起，「他會不會回哈羅蓋特去了？」這天的天氣不太適合海灘活動。那天早上下了雨，沙灘還濕濕的，但太陽很快就把沙子曬乾了，人潮慢慢湧向海灘。

「我也這樣想」，媽媽說。「如果他喜歡的女孩對他不感興趣，他真的沒有理由留在這裡。」

「他可能也覺得很尷尬。」東尼說。

格雷抬頭看著那棟大房子，微微搖頭。「我想他在屋裡，」他說。「計劃他的下一步。」

「不要再說了，」柯絲蒂說。「你嚇到我了。」她轉身看了一眼他們身後的海灘咖啡館。每隔幾分鐘就看一次。

「妳沒有做錯，」格雷對她說。「沒什麼好擔心的。」

「我覺得我很糟糕。」她說。

「糟糕？」

「對。我覺得好像是我誤導他了。」

「哦，拜託，妳才沒有。他根本是個跟蹤狂！」

「我知道。」她扯了扯手提包上磨損的流蘇。「但是，你知道的，他花錢帶我去看電影。還有……」她聳了聳肩。

「還有什麼？」

「嗯，我不知道。也許我讓他以為我真的很喜歡他。」

「妳喜歡他嗎？」

「我不知道。一點點吧，我猜。一開始確實挺喜歡他。」

「柯絲蒂，事情就是這樣，」媽媽說。「妳遇到某個讓妳感覺很有吸引力的人，相處一段時間之後，有時妳會意識到這種吸引力只是表面的。於是妳放下這個人，繼續妳的人生。」

柯絲蒂睜大眼睛看著他們。「他告訴我他愛我，」她說。

格雷嗤之以鼻地說，「真是個爛人。」

「然後……我告訴他我也愛他。」

格雷再次哼了一聲。「我的天啊，柯絲蒂。妳是在開玩笑吧。」

她難過地點了點頭。「那時候我不知道該怎麼做。他說完那句話，然後看著我，似乎希望我也這麼說。我就說了。」

「天啊。這是什麼時候的事？」

「在海灘上，」她說。「遊樂場後面。」

「妳這個白痴。」格雷說。

柯絲蒂打了他一下。「那是我的初吻，」她生氣地說。「我怎麼知道該怎麼做？」

「至少妳應該很清楚地知道不要說謊。」

她低頭看著地上。「我不想讓他傷心，」她說。「我不想讓他尷尬。」

「好吧，」媽媽說，結束這個話題。「都結束了。他知道妳的想法，離開了。柯絲蒂學到寶貴的一課。現在讓我們好好放鬆，享受假期的最後幾天。好嗎？」

柯絲蒂可憐兮兮地看了格雷一眼，格雷失望地搖了搖頭。

海灣另一頭又傳來了孔雀的悲鳴。

——

那天晚上他們去一家酒吧吃飯，原本是一家很古老的走私客驛站，就在海灣旁邊，礫石灘上有五顏六色的漁船底朝上地放著。狹窄的燈火小巷在房屋之間蜿蜒地向上延伸。星期天晚上通常有現場音樂表演：不是鎮上其他酒吧那種穿著閃亮襯衫、老掉牙的老歌演唱，而是很有質感的演出——佛朗明哥吉他手、爵士鋼琴家或輕歌劇歌手。今晚的表演者是一個年輕女孩，名叫伊茲，唱她自己的歌，另一個年輕的女孩負責鋼琴伴奏。

他們的桌子就在舞台旁邊，格雷離得很近，近到看得到伊茲金色頭髮上用來固定髮髻的髮夾，她右眼下方眼線的輕微暈染，還有她鞋面腳趾處的磨損。近到他感覺伊茲是在為他一個人演唱。格雷被她迷住了。她的年紀一定沒大他多少，但她如此沉著，如此有才華。格雷幾乎沒動他的牛排，他不好意思在這位女神面前咀嚼食物。

「非常感謝大家。」伊茲對著麥克風說。

「荷莉和我現在要休息一下。我們很快就會回來，還有更多的音樂表演。在此期間……」她快速地屈身拿起一個小罐子，格雷稍微瞥見她晚禮服下不甚豐滿的胸部。「……如果你們喜歡我們的演出，可以將手邊多餘的零錢丟進來，也很歡迎給我們沒那麼多餘的紙鈔，我們會非常感謝。」觀眾都笑了，伊茲和荷莉走下表演台。

「這裡。」格雷叫她過來。

他指著罐子，在他把一張五英鎊鈔票放進罐子裡時，她微笑著說，「非常謝謝你。」

「妳很棒。」他說。

「天哪。哇！真的太謝謝你了。」她走開了，格雷的家人驚訝地盯著他。

「五英鎊？」他爸爸說。

格雷漲紅了臉。「是啊。嗯，她真的很有才華。你看得出來。」

「是的，」爸爸說，揉著下巴。「很有天分。」他笑了。「趕緊吃你的晚餐吧。」

格雷吃著他的牛排，完全沒有辦法好好品嚐味道。他可以敏銳地感受到伊茲在這個小空間裡的一舉一動。微微低沉的女孩聲音從他身後傳來，不斷說著，「非常感謝。你真慷慨。謝謝。」

過了一會兒，等他終於敢轉身時，他看到她站在吧檯邊喝著半品脫的酒，身邊是她的鋼琴家朋友和兩個年輕人。他忽然厭惡地意識到，其中一個是馬克。

「哦，天啊，」他喃喃地說。「真不敢相信。」

他的家人跟著轉頭，然後全都立刻把頭轉回來。

「他就像個該死的病毒，那個男孩。」東尼說。

柯絲蒂的臉整個泛紅。

「親愛的，妳還好嗎？」媽媽說，捏著她的手臂。「要我先帶妳回家嗎？」

「這樣吧，」東尼說，「不早了。不如我們都回去吧？」

「不！」格雷說。「我還沒吃完晚餐！」

他爸爸吃驚地看著他。「別鬧了，」他說，「現在應該已經又硬又冷了？」

「沒關係，」他含糊地說。「你們走吧。我留下來吃完。真的。待會見。」

「你不會跑去做什麼吧，會嗎？」柯絲蒂問。

「我要做什麼？」

「你知道我的意思，你不會對馬克怎樣，對吧？」

「妳在跟我開玩笑嗎？我只想吃完我的晚餐。也許再聽幾首歌。再喝一杯。」

「答應我？」

他朝她翻了個白眼，然後嘆氣。「快走吧，」他說。「我很快就回家了。」

他看著他爸爸在吧檯結帳。他爸爸與馬克的目光短暫接觸，微微揚眉，點了點頭。他們離開了，馬克的目光尾隨著越過房間走向門口的柯絲蒂，接著轉身繼續和他的朋友更大聲地笑鬧著。

格雷慢慢地吃完了飯。他能感覺到馬克的眼神直盯著他的後腦勺。

他伸手越過桌子去拿他爸爸沒喝完的啤酒。迅速下肚。然後再喝完他媽媽剩下的琴湯尼。他從後方口袋掏出錢包。給了那位歌手五英鎊後，裡面什麼都沒有了。他摸了摸口袋裡的硬幣，猜想一點二英鎊可以買到什麼。

格雷緩緩起身，走向吧檯。他和馬克之間隔著一片人海，但他能從這裡聽到馬克的聲音：他強烈的自我展現，他說的每一句話都引得女孩子們大笑。對格雷來說，眼前這個景象還比較能理解。一個時髦的帥哥和他時髦、打扮入時的朋友在波西米亞風格的酒吧裡大聲談笑。比馬克跑去纏著他少不更事的妹妹要合理得多。

「我有一點二英鎊，」他對吧檯的女服務生說。「可以點什麼？」

她皺了皺眉，聳聳肩。「一品脫苦啤酒一點一九英鎊。一品脫淡啤酒一點二九英鎊。」

他再次翻著口袋找零錢。只找出三便士，他嘆了口氣。「給我一品脫苦啤酒，謝謝。」

他說話的時候，有什麼東西從他身邊掠過，落在吧檯上。他低頭一看，是十便士。他看向右邊。馬克得意地對著他笑。

他沒有理會那枚硬幣，對滿臉疑問地看著它的女服務生搖了搖頭。「苦啤酒。謝謝。」

他擠出微笑說。

他在等啤酒時回頭看了馬克一眼。馬克做勢邀請他過去。他思考著是不是要當作沒看到，但一想到這是名正言順地與伊茲說話的機會，實在難以抗拒。他拿著酒和那枚十便士的硬幣朝他們走過去，心怦怦狂跳。

「還給你，」他說，把硬幣遞過去。「不管怎樣，謝了。」

「格雷漢，」馬克說，一隻手搭在他的肩膀上，力道有點過度地捏了一下。「真高興見到你。」

「叫我格雷。不是格雷漢。」

「是的。我老是忘記。讓我幫你介紹。」他終於鬆開了格雷的肩膀，格雷的肩上留下了指印。「這是艾力克斯，我的朋友，來自哈羅蓋特。這是荷莉，他的妹妹。還有這位，如你所見，才華橫溢的伊茲，她同樣來自哈羅蓋特，她是艾力克斯跟荷莉的親戚。這位是格雷。我上週在海灘上認識的，是個男人。」

他們都笑了，露出一排排完美的牙齒。「哦，馬克，」伊茲說，「你真搞怪。格雷，很高興見到你。」她伸出溫暖而柔軟的手跟他握手。「聽著，我們該回去表演了。但馬克待會兒邀請了一些朋友去他姑媽家——你應該一起來。」

「對啊！」馬克過分熱情地說。「你應該來。把你妹妹也帶來。」

「她才十五歲。」格雷說。

「有什麼關係呢。」伊茲笑了。「我們又不會吃了她！」

我擔心的不是妳，格雷很想這麼說。

他看著伊茲，她眼中帶著鼓勵的眼神，於是他說，「什麼時候？」

「我們會直接從這裡出發，」馬克說。「十點左右？你要不要留下來？我們可以一起走過去。」

「我得先跟我爸媽報備。」

「沒關係，」馬克說。「我們在去的路上可以去敲你家的門，順道問問柯絲蒂要不要加入。」

「她不會想的，」他說，「我可以跟你保證。」

然後他看著伊茲，她正對他微笑。她眨了眨眼，格雷的脈搏加快了。她應該是曾和他說過話的女孩中最好看的一個。不僅如此，她很有才華又性感。而她正在對他拋媚眼。他原本想參加的那個遠在家鄉的派對早已結束。他妹妹比他還早獲得初吻經驗。這份苦澀影響了他的判斷力，因為他發現自己正點著頭並說，「好啊，好吧。」

「哦，**太好了。**」伊茲用她纖細的手指輕碰他的手臂。「晚點見。」她轉頭往舞台走，但隨後停下轉身。「哦，還有，感謝你之前的好心。我有注意到剛才在吧檯發生的小插曲。真的很感謝你之前的慷慨。」她微笑著，他知道這是一個代表承諾和希望的笑容。

「那是妳該賺的，」他說，一說出口便意識到這句話聽起來很無禮，臉紅了起來。「我的意思是說……」但她已經走遠了。

「好啦，」馬克雙手合十地說。「來杯龍舌蘭酒？」

他的朋友艾力克斯發出怪異的尖銳歡呼聲，他們互相擊掌。

格雷轉身面對著舞台，目光鎖定在正唱著優美歌曲的酷酷金髮女郎身上，盡量不去想他接下來要做什麼。

29

今天是星期天。莉莉希望星期天趕緊過去，這樣才能到星期一，她可以去找女警、鑰匙店和卡爾辦公室的人談談。她今天唯一能做的，是試著撥打卡爾母親的電話號碼。電話鈴聲響了又響、響了又響。電話那頭沒有設定答錄機好打斷不間斷的鈴聲。只得一路響，直到全部響完，才咔噠一聲斷線，彷彿很不耐煩地在說：**老天，現在沒有人，妳不懂這暗示嗎？**

莉莉坐著，把話筒塞在下巴固定，不斷按著重撥、重撥、重撥，腦中想像著那位遲遲沒有接聽電話的女士的形象。她和卡爾一樣有一頭黑髮，如雕刻般立體的顴骨；看起來比實際年齡要年輕，身上穿著絲質襯衫和訂製褲。她再次想起，她為什麼會不知道她先生的母親長什麼樣子？為什麼從來不問？為什麼這間公寓裡沒有任何照片？她嫁的這個男人是誰？她在這裡做什麼？

在盤腿坐在床上持續撥打卡爾母親的電話一個小時後，莉莉感覺體內湧出一股怒氣。和她的眼淚源出同處：她脆弱的內心深處。她把電話扔過房間，看著它撞到牆上，裂成兩半，一塊塑膠碎片掉出來滾進了沙發床底下。她沮喪地低吼了聲，跪在地上，將手指伸進新鋪的厚地毯和床底之間的狹窄縫隙。找不到。於是她把沙發推開，直到露出底下的地面。除了那塊塑膠，還有別的。卡爾用的其中一顆精巧的絲綢結型袖扣，深綠色和酒紅色相間。她把它捧在手掌心上盯著看。她看到卡爾站在那裡，就像他每天早上那樣，放下乾淨的襯衫袖口，把袖扣的結扣進鈕扣孔裡，低頭對她微笑。她還記得那時的感受：為眼前這個穿著正式襯衫，英俊好看的成熟男人感到驕傲。

她將絲綢袖扣放在卡爾那邊的床頭櫃上，開始專注地修理該死的電話。這塊塑膠似乎是從哪兒斷掉彈出來的——她也搞不清楚是哪個地方——裂成兩半的電話少了這塊塑膠就卡不起來。她用鬆緊髮帶把電話綁在一起，試圖重撥，沒有任何訊號。

她把電話弄壞了。她把它扔在床上，發出哀號。所有可能會打電話給卡爾的人——他媽媽、他姐姐、辦公室同事、洛斯——全都是打這支電話。

她去洗了個澡，洗了頭，換好衣服。然後拿起手機，傳簡訊給洛斯：**我把家裡的電話弄壞了。這是我的手機。如果你需要找我，請打這個號碼。謝謝你。莉莉。**

接著，她在手機上輸入卡爾母親的電話號碼，等待不間斷的鈴聲再次響起。但這次，響了不到三聲，傳來一聲咔噠聲，然後是一個女人的聲音，微弱而不確定地說，「喂？」

30

清晨六點十八分。屋內一片寂靜。艾莉絲試圖繼續睡，但根本不可能。她正沉醉在與另一個人十指交纏地醒來的狂喜中，身旁靠著令人安心的溫暖身體：不是穿著寬鬆睡衣的小女孩，不是骨瘦如柴的老灰狗，而是一個男人，體格健美、肌肉堅實，從頭到腳地填滿了整張床。晨光讓他的髮色偏向深棕色調，五天沒刮的鬍渣隱約折射光芒。他的胸前有一小片淡紅色雀斑，一層柔軟的赤褐色胸毛，雙臂光滑，背部中央有一道深深的凹陷，那裡有更多的雀斑。他聞起來有海水和她用的衣物柔軟精的味道。他身上有他們兩個人的味道。

她回想著昨晚發展到這一步的過程，在他自承他認為他可能殺了人之後，他們沿著海灘安靜地走回小屋，他顯得很緊張。艾莉絲心裡直接本能地確定他錯了，那雙寬大柔軟的手不可能傷害任何人，她讓他進入他們家絕對沒有錯。為了讓自己安心，她伸手握住他的手，他望著她：驚訝、感動和憂慮。他輕輕地捏了捏她的手，然後拉到嘴邊親吻。又親又聞。他一直微微發抖，就像格里夫有時在奇怪的聲音讓他不安時那樣。於是她把他拉向她，他把臉埋在她的頸間，雙臂緊緊摟著她的腰，他們就以這個姿勢輕輕搖擺了一會兒。此時距離她的房間已經沒有幾步路。

「你得回工作室，」她開口，「我不能讓孩子們走進來看到你。」

「我知道，」他說。「當然。」而不知怎地，這似乎讓他再次開始吻她。她不記得她何時睡著了。也不知道有沒有人在他們睡覺時進來過。她沒有聽到凱回家的聲音，她懷疑他根本徹夜未歸。窗外的天空透過薄窗簾呈現著淡粉色，她聽見房間外面有爪子禮貌地敲著門：是格里夫，正耐心地等待她放他進門。這是星期天早上。她應該叫醒法蘭克，要他在蘿美起床前離開。但他溫暖的身體實在很誘人。她踮起腳尖下床，拉了一把椅子抵在房門把手下方。清晨冷冽的空氣拂過她赤裸的肌膚，她急忙往回走，縮回仍有餘溫的床上。

「快點，」她在法蘭克耳邊低語。「你得出去。」

他醒了過來，皺著臉說，「靠。當然。真抱歉。現在幾點了？」

「現在是快點的時間，」她說，把他拉到自己身上，把羽絨被蓋在他們交疊的身體上，以防有不速之客闖進來。「你得非常、非常安靜。」

他吻了她，嘴裡帶些晨起的氣味，她也回吻了他，彷彿她的生命全然倚靠於此，彷彿這是她生命中的最後一個吻。

蘿美七點十五分起床時，法蘭克已經順利地回到工作室。艾莉絲躺在空蕩蕩的床上，心滿意足而疲憊，格里夫滿意地蜷縮在她的腳邊。

那天早上的氣氛難以言喻。凱宿醉，蘿美一臉疲憊，茉莉很暴躁，法蘭克坐立難安。與此同時，艾莉絲滿腦子性事餘韻，混身性致盎然。她已經徹底洗過澡，卻似乎還聞得到絲絲餘味。她不斷回想著昨晚的片段：凝望她雙眼的淡褐色眼睛，緊按著她臀骨的拇指，他用手指溫柔地從她濕潤的唇上撥開一根散亂的髮絲，一手有力地托著她的頭，將她的臉拉近身旁，在她耳邊呢喃著她的名字，透進窗簾的銀白月光急速升溫。

她站在爐子旁，幫鍋裡的培根翻面，拿水壺煮水，用舊毛巾擦著手，對孩子們說話，同一時間，昨晚那些畫面在她心中輪番上演，鮮明、火熱、令人悸動。她瞄了瞄茉莉。她知道嗎？她有聽到什麼嗎？她能感受到那股氣息嗎？是否就如她已被多次告誡的那樣，這真不是個好媽媽該有的行為？

「我要去看看那棟屋子。」法蘭克說，他把用過的咖啡杯拿到水槽清洗。

「懸崖上那間？」她回答。

「是的。」

「我很確定它現在沒人住。」

「我知道。妳說過了。但這很重要，我真的這麼認為。」

「我跟你一起去。」

她看到茉莉挑了挑眉。

「妳不需要這麼做的。」

「我真的很想去。」這句話仿如呻吟，顯示著她仍對他充滿渴望。

她無視茉莉身上散發的強烈不滿，一把抓起包包和外套。「我們大概一個小時回來，」她說，沒有讓任何人有開口機會，也沒有讓狗兒們有時間意識到可以跟著去散步。「回程時我會帶些新鮮麵包。掰囉。」

快十點了，但仍帶著早晨的清新氣息；金屬欄杆上掛著露水，地平線那端的月亮像是抹上了層凡士林，有些隱晦模糊。艾莉絲想牽法蘭克的手，前一晚的大膽和無所畏懼此刻卻煙消雲散，她感到脆弱和不確定，並想起了她為什麼討厭這種事。他們各走各地走了一會兒，吸進清冷空氣，然後呼出一朵雲霧。她帶他走遠離海邊的後方小路，沿著鵝卵石鋪面和蜿蜒巷弄來到通往城外的主要道路。他們經過鎮上最古老的酒吧「希望之錨」，打從一六五一年就屹立於此的走私客驛站。法蘭克停下腳步。

「我來過這家酒吧。」他說。

她關心地看著他。

「我來過這家酒吧。」他又說了一次。

「好吧，」她說，「那麼，我們改天來這裡吃午餐。好嗎?他們的早午餐很豐盛。約克夏布丁的尺寸跟足球相差無幾。我可沒有開玩笑。」

他茫然地看著她。

「你不知道什麼是約克夏布丁，對嗎？」

他瞇起眼睛。「和太妃糖有關嗎？」

「我的老天唷。」她笑了起來，尷尬消失了，他笑著牽起她的手，他們就這麼一直走向懸崖上的房子。

法蘭克想吐：睡眠不足，加上前一天晚上喝了太多紅酒，今天早上又喝了太多濃咖啡，最重要的是，繞著回憶打轉令人反胃。當他們一起爬上城外的小山時，唯一讓他感到安穩的是手裡握著艾莉絲的手，以及她在身旁帶給他的那股強大的力量。他是如此需要這個女人，這一點讓他感到震驚。他以前會這樣嗎？他很想知道。以前的「他」會對眼前略顯憔悴、有著眼袋和肚皮鬆垮的女人感興趣嗎？在他來到艾莉絲的海灘之前，那起碼二十年左右的成年人生活裡，也許他是個花花公子。可能有個年輕女友——也許不只一個年輕女友？也許他只喜歡某種類型的女人？說不定「真正的」他光想到要「想像」自己和一個四十多歲還生過三個小孩的媽滾床單就笑翻了？

又或許他是處男？

不，他想著，回想起昨天晚上，不，肯定不是初體驗。

這一切到底會走向何處？他很確定他應該殺了人。如果是，總會被發現。這是不可避免的。會有屍體出現，或者有失蹤人口。以及目擊證人。警察會來抓他。然後會找到他的妻子，或女朋友，可能還有個孩子，甚至是一條狗。接著是他生活的公寓或小屋，還有他有張辦公桌每天去上班的地方。還可能會出現他的父母和兄弟姐妹。他最後會面對法院審判，入監服刑。那麼，他和艾莉絲之間這段至關重要又甜美的經歷將會如何？會導向什麼結局？

他伸出手臂摟住艾莉絲的腰，把她拉近一點，臉頰抵著她的頭。她沒有反抗；他們緊貼著彼此，同步向前。

那棟屋子不算太荒廢。外表看起來很髒亂；去年秋天的落葉覆蓋在碎石車道上，周圍樹籬到處掛著閃閃發亮的蜘蛛網。乳白石雕上布滿綠苔和泛黃水紋。但是窗戶上有窗簾，床邊有花。它看起來像是被漫不經心地閒置了，而非被刻意遺棄。

法蘭克在門口站了一會兒。車道兩側中間掛了道生鏽鐵鏈。他跨過其中一側，雙腳踩在碎石上嘎吱作響。艾莉絲跟著他。

「這屋子很漂亮。」她說。

確實很漂亮。建築比例對稱方正，有著大面窗戶，人造大理石柱上有著精緻柱頭刻飾，前門上方掛了盞半車輪狀的扇形燈。

法蘭克試著尋找昨晚他們在海灘上時閃過的他曾住在這裡的那絲記憶。他可以感覺有股電流在他的大腦中嘶嘶作響，試圖重新連結通路，就像接觸不良的燈泡，閃現光芒然後又熄滅。再次亮起。接著又杳無聲息。他感到生氣，用鞋尖踢著碎石。

「你還好嗎？」

「我受夠了，」他說。「真他媽受夠了。」

「想不起來？」

「對，」他的語氣緩和下來，「對。完全想不起來。我昨天晚上很確定。但現在……」

「來吧。」她輕拉著他的手臂。「我們進去看看。不然你怎麼能確定呢。門可能沒鎖。也許進到屋裡能讓你想起一些什麼。」

他跟著她沿著車道，走到大門前。他將雙腳牢牢地踩在石階上，想將自己深深地與這地方的能量相連，彷彿那些石階有記憶，會記得他的腳。他抓著大門中央的六角形黃銅門環，靜靜地握了一會兒。他閉上眼睛。然後他看到了：花瓶裡枯萎的百合；一個穿著鮮紅晚禮服的美麗女孩，金色秀髮在後頸盤成髮髻。她對他微笑，伸手拉著他穿過了這扇門。

31

一九九三年

東尼打開小屋的大門，望著外面站的那幾個醉醺醺的人。

「爸爸，」格雷說，「我要去馬克的姑媽家。參加一個派對。還是什麼的。」

「不是派對，」馬克插話，對於喝了整整一小時龍舌蘭酒的人來說，他聽起來很清醒。「只是個小聚會。跟幾個朋友聚聚。」

東尼一臉疑惑地看了格雷一眼。他看了看馬克，又看了看格雷，接著望向剛出現在他身後的格雷的母親。

「怎麼回事？」格雷媽媽說。

「格雷想去參加派對。和馬克一起。」

「不是派對，洛斯夫人。是個小聚會。只有我們。一些家鄉的老朋友。我姑媽會在場。」

東尼難以置信地盯著格雷。格雷堅定地回望著他，一臉堅毅的表情。就算要他的命，他也要去參加這場聚會。

伊茲插嘴說，「您女兒也願意來嗎？能再有一個女孩子參加就太好了。」

柯絲蒂突然出現在爸爸和媽媽身後，對格雷丟了個疑慮的眼神。

「啊，她在那兒，」馬克說。「我們要帶妳哥哥去參加一個小聚會。在我家。伊茲希望妳也來。」

「呃……」柯絲蒂比了比身上的睡衣。「我不這麼認為。」

但格雷可以看到她越過他的肩頭，看著那兩個穿著高級晚禮服的亮眼女孩，以及和馬克一樣英俊的男伴，半開的襯衫露出西班牙人的深棕色肌膚。他們這幾個人形成了令人印象深刻的組合。

「來吧，」伊茲說。「一定會很好玩。」

柯絲蒂咬著柔軟的嘴唇。「但是已經很晚了，」她說。

「才十點。還早呢。快來嘛。」

「我不確定。」

東尼和潘互看了一眼。

「拜託！」伊茲說。「我們可以等妳換衣服。真的會很好玩的。」

東尼神色嚴峻地看著格雷。格雷聳了聳肩。柯絲蒂如果想來，就讓她自己決定。他不打算說服她。但他也不會勸阻她。他現在只想趕緊出發，到馬克家，繼續喝酒，繼續剛剛在酒吧裡和伊茲之間的對話，他們說話時，伊茲的目光幾乎沒有離開過他，他們的肩膀和膝蓋好幾次不經意地碰觸，但她完全沒有避開，她還說他既「可愛」又「迷人」。

「好吧。」柯絲蒂說。

東尼和潘驚慌地看著她。

「怎麼了？」她說。「沒問題的。」然後她轉身對著那群人。「給我兩分鐘。這樣吧，一分鐘就夠了。」

「我們會讓她早點回家的。」伊茲說。

「而且安全返家。」馬克說。

「格雷，」他爸爸說，「你們兩個要在午夜十二點前回到這裡。午夜十二點之前，」他強調。

格雷不滿地哼了聲。柯絲蒂不跟的話，門禁會寬一些。「好吧，」他說。

「如果你們沒有出現，我會直接找去那間屋子讓你難堪。可以吧？」

「老天，」他嘟囔著說，「知道了。好的。」

柯絲蒂出現了，她穿了粉色T恤、連帽外套和牛仔褲，頭髮亮麗滑順，塗了粉紅唇蜜。「要走了嗎？」

格雷看到她和馬克交換了一個古怪的眼神。然後馬克看著他，露出笑容。

「走吧，」格雷說，「出發。」

走廊裡的百合都快謝了。白色花朵沉重地垂著頭，留下落在純白磁磚的黃色花粉和一股枯萎腐敗的氣息。沒有跑上前迎接他們的狗。屋子裡靜悄悄的。

「你姑媽呢？」格雷說。

「什麼？」馬克心不在焉地回答。

「你的姑媽。她人呢？」

「天哪，」他說，「我不知道。」

「你說她在家啊。」

「嗯，應該吧，」他回嘴。「可能在睡覺。」

他們跟著馬克走向屋子後方。那裡有一個方形小房間，裡面有開放式壁爐、一張沙發和兩張大扶手椅，角落設置了設備齊全的紅木吧檯。馬克俯身，掀開吧檯上的一個隔板，按下開關，整個吧檯亮了起來。牆上擺著幾瓶烈酒，發亮的雞尾酒調酒瓶，好幾排玻璃酒杯，一桶吸管和玻璃調酒棒，一個附帶銀色夾子的冰桶，一個小水槽，塞滿啤酒和葡萄酒的小冰箱，還有三張包著紅色皮革的酒吧高凳座位。

「好啦，」馬克說，站在吧檯後面，雙手合在胸前。「想喝什麼？」

女孩們要了琴東尼；艾利克斯點了威士忌酸調酒；格雷喝啤酒。

「柯絲蒂，妳呢？」

「有可樂(Coke)嗎？」

馬克笑了。「哇，小傢伙，這時間要嗑古柯鹼還有點早！」

「我的意思是，呃——不是那個，我是在說可口可樂。」

「我知道妳的意思，」他說，縱容地對她笑了笑。他把一張 CD 塞進吧檯下方的播放器中，按下另一個開關。房間裡頓時充滿《探索一族》(A Tribe Called Quest) 樂團的饒舌音樂。格雷環顧四周，天花板每個角落都裝了揚聲器，總共有四個。馬克調重低音，節奏震動地板，流過腳邊。他用綁在吧檯邊的開瓶器打開啤酒瓶蓋，遞給格雷。格雷快速喝著。馬克幫伊茲和荷莉調琴東尼時，她們坐在吧檯高凳上，在彼此耳邊竊竊私語和咯咯笑。柯絲蒂站在格雷身邊，用吸管喝著她的可樂，隨著音樂節拍微微擺動。

「妳為什麼要來？」樂聲震耳欲聾，他在她耳邊用她聽得見的音量小聲說。

「因為我想來。」她低聲回答。

「嗯，但為什麼呢？」

「不知道。大概是不想讓你明天早上坐在那裡，跟我炫耀你度過了多棒的一晚。不想當那個穿著睡衣宅在家的失敗者。」她眼神銳利地看著他。「你又為什麼要來？」

他瞥了眼伊茲，伊茲剛好正把目光從荷莉身上移開，瞥了他一眼。

柯絲蒂理解地點點頭。「她跟你完全是不同掛的人。」

「我可不確定。」他說。

「我是認真的。看看她的樣子。而且，她比你老。」

「只大一點。幾個月吧。」

她質疑地看著他。

「一年，」他說。「這不算什麼。」

「她住在哪裡？」

「哈羅蓋特，」他說。「跟馬克一樣。他們都是有錢人。在打馬球之類的時候認識彼此。」

柯絲蒂翻了個白眼。「嗯哼，」她說，「祝你好運。」

「我想她覺得我很特別。」

「嗯，當然會這麼覺得。」

「聽著，我們又不是什麼見鬼的在路上行乞的乞丐，妳懂吧。我們和他們沒有那麼不同。」

柯絲蒂比了比挑高的房間、明亮的吧檯、名牌沙發、鑲了皮革的牆面和頭頂上那座黃銅大吊燈。

「我的意思是，本質上，」格雷說。「我們本質上沒什麼不同。我們住的房子很不錯，我們上的算是高級的學校，我們家會去度假，開的是挺像樣的車。我們的爸媽也會喝酒。」

「是的，但這當中有著巨大的差異。」

「隨便，」他說，「我只是認為這不重要。當人們彼此……**心意相通**的時候。」

柯絲蒂不置可否。

「乾杯。」馬克把酒分給大家時，每個人都這麼說著。格雷轉身用啤酒瓶輕觸伊茲的酒杯。她凝視著他，微微一笑，然後移開了視線。他順著她的目光看向馬克，馬克正把一排白色小藥丸擺在吧檯桌面上。

伊茲搓了搓雙手說，「哦！好極了！」

格雷忍住了那聲慘叫。他早就應該猜到了。時髦的年輕人總少不了毒品。

「不用，謝謝。」當馬克用指尖將一顆藥丸推向他時，他說。

馬克不以為然地看著他。「哦，來吧。」他說。

「不，真的。我喝啤酒就好。」

伊茲推了推他。「試試嘛，」她說。「只是搖頭丸而已。你也可以跟我一起分一顆。」

「我是認真的，我不吃這玩意兒。」

「噢，格雷。你真可愛。」

這一次，他不覺得「可愛」是種稱讚。

「我可以跟你分。」柯絲蒂說，她輕碰著他的手臂。

「什麼！不可以！妳才十五歲！我不可能讓妳帶著毒品的味道回去爸媽身邊。」

「這樣吧，」馬克說，手肘撐著吧檯，「你們兩個一起分半顆。一人吃四分之一。這樣就幾乎看不出來，等到家時，你們早就恢復正常了。」

「那還吃幹嘛？」

「創造意識模糊的空間啊。你懂吧。讓世界看起來更美妙一點。」

「哦，拜託，格雷。」伊茲拉著他的手臂，把他拉近她身邊，貼著他的臉：讓他感受她的髮香，柔軟的肌膚，她赤裸的手臂摟著他的腰。「好嘛。」

「說真的，」馬克說，「就像你的人生多出了一個小時，過沒多久你就可以安全地躺在床上了。」

格雷聳聳肩，他知道自己正在輸掉這場戰鬥，他體內有某個他不太熟悉的自己也正在告訴他，這確實說不定會很有趣，也許在藥物的推助下，他終於可以跨過所謂的「可愛」，成為伊茲可能會想親吻的男人。

他點頭，馬克微笑著把一顆藥丸掰成兩半，一半給了伊茲，另一半分成兩塊給了柯絲蒂和格雷。

「妳確定嗎？」格雷對柯絲蒂說。她朝他點點頭，他們吞下藥丸碎片。

馬克又遞給格雷一瓶啤酒，也給了柯絲蒂一罐可樂，然後把音樂調得更大聲，關上燈，房間裡只剩下吧檯的光線和他們身後咖啡桌上祈禱用蠟燭的燭光。

格雷和柯絲蒂盯著其他人看了一會兒，他們說話的模樣彷彿是戲劇表演，彼此呼來喊去，不斷說著笑話和彼此戲弄。格雷開始認為他和伊茲之間的相互吸引只是他自己的想像，此時伊茲的堂妹突然對著他說：「嘿，格雷，你有女朋友嗎？在克羅伊登？」

伊茲輕輕撞著荷莉身側，裝出一副驚嚇的表情。「荷莉！」

「怎麼？」荷莉說。「只是隨口問問。」

「沒有，」柯絲蒂插嘴，「他沒有女朋友。事實上，他沒交過女朋友——」

格雷用手摀住妹妹的嘴，把她推倒在地上。她掙扎反擊，擋住格雷的手臂，重新露出頭來說，「除了我媽，他甚至沒親過任何人。」

他再次把柯絲蒂壓制在地上，然後說，「這是騙人的。我是說真的，她這麼說只是因為她討厭我。」

「你知道嗎?我想我直到十七歲才第一次和女孩接吻，」那個不太說話，有點鬥雞眼，名叫艾力克斯的男孩說。「還是十六歲?也可能是十三歲吧。我不確定。不管怎樣，我記得我確實感覺等了很長一段時間。」

「我會吻你。」伊茲轉向格雷說。

格雷放開柯絲蒂，眨了眨眼。「什麼?聽著，我說了這不是真的，所以妳不需要因為同情而吻我。」

「哦，格雷，我向你保證，這與同情無關。」

他還沒來得及決定是否要繼續抗議，她在所有人面前吻了他：她的手臂緊摟著他的脖子，她的舌頭伸進他的嘴裡，小巧的乳房緊貼著他的胸膛。

他在她的懷抱中略略掙扎，但很快地，音樂聲、泛著昏黃光線的黑暗、充滿原始氣息的氛圍、剛喝的龍舌蘭酒和啤酒、搖頭丸，以及這個女孩，他懷裡的這個女孩，她嘴裡那來自於她和他彼此真實渴望的味道，這一切的組合讓他進入了一種忘我的狀態，就像是全世界只剩下他們兩個存在。他腦中浮現萬花筒般的圖案，不斷變化、挪移、發散又聚集，隨著音樂節奏變換跳動，他突然意識到那是開展如扇的孔雀尾巴。那尾巴的幅度巨大，帶著碧綠、靛藍和艷紫的多彩色層，在他腦中舞動著、搖曳著。他一度沉浸在這美妙的感受中，完全沒有意識到他正在親吻伊茲，她的手正插在他的髮間，旁邊的人正看著起鬨，又尖叫又鼓掌，也完全忘了這多誇張，正在發生的事是多麼瘋狂。當他們終於分開時，他看著她的眼睛，裡面有孔雀的紋路，就映在她的眼球上，他靠向她耳邊說，「妳好美。」她也對著他耳語，「你也是。」

在吧檯那頭，馬克從口袋裡拿出一個小袋子，擺上了另一排藥丸。他再次把其中一顆掰成兩半。他將一半推向格雷，另一半推向伊茲。

這一次，格雷不需要被說服。

32

「喂？」莉莉用幾乎是悄悄話的音量說。「請問是蒙羅斯夫人嗎？」

「不是，」語氣輕柔的那位女士說，「妳可能撥錯電話了。」

「不，抱歉，我知道妳真正的名字可能不是這個。當然了。我是莉莉。幾週前我跟您通過話，在我和您兒子結婚之後。」

一陣短暫而緊張的沉默。「抱歉，」女士說，「我真的認為妳打錯了。我沒有兒子。我也不認識任何叫莉莉的人。」

「但是這個號碼沒錯。我先生的通話明細上就是這個號碼。這是我和他母親通話時他撥打的號碼。就在我們的婚禮之後。就是**妳**。」

「可能是搞錯了，」這位女士說。「列印錯誤之類的。我沒有兒子。我根本沒有孩子。」

「但我認得妳的聲音！」

「不，」她含糊其辭，「不會的，我不這麼認為。」

莉莉聽到她的聲音越來越遠，似乎正將電話移開耳邊。她大喊，「妳就是他媽媽！妳為什麼要說謊？」她停下來，控制自己的脾氣。「他失蹤了，妳知道嗎？他已經失蹤五天了。拜託，掛上電話後，妳可以立刻記下我的號碼嗎？把它記在某個安全的地方。拜託妳。如果妳有他的消息，務必讓我知道。」

線路發出嗡嗡聲，然後斷線了。那位女士掛了電話。

33

屋子的門是鎖著的。艾莉絲和法蘭克走向屋子另一側通往花園的邊門。一樣上了鎖，掛了個生鏽的鎖頭，門上方有著捲曲的鐵絲網。他們回到前門，圈著雙手從兩側窗戶往裡看。有一道鋪著磁磚的曲折長廊，寬敞的樓梯連接沐浴在陽光下的半開放式樓梯平台。一扇大大的雙邊門往兩側敞開，樓梯後方還有更多道門。法蘭克嘆了口氣。

「還好嗎？」艾莉絲說。

「嗯，」他說。「沒事。」

「有想起更多事嗎？」

「還沒有。」

他們爬過左側窗外的花壇，以詭異的姿勢設法探看裡面的空間。那是一間餐廳，一張長桌上擺滿了書和成堆文件，有盞黃銅大吊燈，壁爐兩旁分別擺了張成套的皮製扶手椅，其他套在防塵布下的家具則無法辨識。他們到屋子右側重複同樣動作。這邊是個大客廳，裡面放了三張蓋著防塵布的U形沙發，豪華壁爐上方有一面鍍金的鏡子，此外是更多的防塵布和紙箱。看起來裡面住的人在離開時，似乎正搬家搬到一半。

艾莉絲聽到附近響起了電話鈴聲，於是拿出了她的手機。她看著螢幕，沒有動靜。她把手機放回口袋，再次響起的鈴聲令她有些訝異。她再次從口袋裡拿出手機，看著毫無動靜的螢幕。鈴聲持續響著，一聲又一聲。她看著法蘭克。

「那是哪裡的鈴聲？」她問。

他將耳朵朝向屋子的方向。「聽起來像是從裡面傳來的。」

他們動也不動地在花壇裡站了一會兒，靜靜地聽著電話鈴聲。鈴聲終於停止；過了一會兒，再度響起。

艾莉絲打了個冷顫，焦慮地看著法蘭克。他應該很清楚這間空屋裡響起的那通電話有多重要。法蘭克來到萊丁豪斯灣好幾天，幾個小時前剛回想起他曾經待在這棟屋子裡，而此時有通電話在上鎖的門後響了又響。這不可能毫無關聯。

他們按著門鈴，一次、兩次、三次。然後兩人往後退了幾步，抬頭望向樓上的窗戶。試著尋找任何鬼祟的動靜，顯示裡面有人的跡象。什麼都沒有。窗簾低垂，玻璃漆黑一片。無人接聽的電話鈴聲讓人發毛，彷彿打算一路響到天荒地老。

「走吧，」艾莉絲說，扶著法蘭克的肩膀，「我們回去吧。」

他僵在原地，似乎很不願意移動腳步。但隨後他放鬆下來，轉向艾莉絲，微笑著說，「嗯。好的。」

「我們隨時能再來一趟。」

「是的。我們可以。」

他們走過嘎吱作響的碎石車道，電話仍在響著，等他們跨過生鏽鐵鍊時，那絕望的堅持逐漸消褪為遙遠的雜音，當他們走回到街邊，就隨即被來往車輛的轟隆聲淹沒。

他們不發一語地走了一段路。不知道該對此發表什麼看法。

「有什麼想法嗎？」等轉過彎，可以看見下方令人安心的熱鬧城鎮後，艾莉絲試著開啟討論。

法蘭克一臉還在驚嚇中的茫然。他搖頭。

她繼續嘗試。「看來有人真的很想和那棟屋子裡的人說話。」

他面無表情地點點頭。然後他突然轉向艾莉絲，神情驚恐萬分，他說，「我認為我們應該去報警。現在就去。我是認真的。」

「什麼！」

「我待在這裡越久，就越清楚我一定做了什麼很可怕的事。那通電話——是關於我的。我知道是的。有人因為我而打那通電話。某個認為我會在那裡的人。也許是愛我的人。又或者，是有人想殺了我。也可能是某個我傷害過的人。總之他們打電話到這裡來了。而這裡離妳很近。在不知道我自己到底是誰的情況下，我不能再待在妳家。因為我真的開始覺得，艾莉絲，真的，我真的這麼想，我是個壞人。艾莉絲，現在就帶我去。去警局，把我留在那裡。讓警察去解決問題。我是認真的。我真的想這麼做。」

艾莉絲深吸了一口氣。她覺得肚子像被踢了一腳，還有點想吐。

她與法蘭克四目相接，盯著他看了一會兒。他看起來真的很害怕。她想抱一抱他，但她感覺到他不想被抱，他只想避開。她輕輕地嘆了口氣說，「這裡沒有警局。最近的警局在八英里外。星期天沒開。我可以先打電話報警，但我不確定該對他們說什麼，難道要說：**你好，我家裡有個男人認為他可能在某個地方，對某人做了某件事。請馬上來抓他。**」她的笑容有些僵硬，她迫切希望這輩子她總有一次看對了人，她希望能留住法蘭克，向自己和世界證明這並不是一個錯誤。就算他說對了，他殺了人，一定也有什麼不得已的充分理由；她知道一定是這樣的。「聽我說，再等一晚。拜託。再住一個晚上，等星期一早上我送蘿美上學後，我就帶你去警局。好嗎？」

他似乎不太想接受這個安排。

「而且你還記得吧，」她繼續說，「那家酒吧？我們打算去吃午餐的那間？要去試試他們著名的太妃糖口味約克夏布丁，看看你能不能想起什麼？對吧？」

他微微低下頭，點了點頭。

「那就去吧。我們回程經過時順道訂位。那家店星期天生意很好，我們又有這麼多人。」她輕撫著他的手肘，開始引導他走向城鎮。「我們帶莎蒂去就好，沒有其他兩隻跳樑小丑在，她可以清靜一點。如果我們夠幸運的話，可能會有現場演奏。他們經常有現場演奏。我很想知道你喜歡哪種類型的音樂，法蘭克。獨立吉他樂團吧，我猜，你看起來應該喜歡這種。」她故意滔滔不絕地說話，不想給法蘭克思考或說話的機會，不想讓他想起他不應該再待下去的念頭。因為艾莉絲真的非常不願意讓法蘭克離開。她不想把他帶去警局，幾天後接到他滿心歡喜地來電說，**謝謝妳所做的一切——我和我的妻子衷心地感謝妳。**或者警察打來說，**他是個斧頭殺人魔。我們得帶妳回來問話。**

她只想要這輩子接下來每一天早上都能在他懷裡醒來，其他什麼都不想要。

「肘，」他含混地說。

「什麼？」

「肘。」他重複一次，用更確定的語氣。

她疑惑地看著他的手肘。「怎麼了？你要說……？」

「我喜歡的音樂。我喜歡肘樂團（Elbow）。他們確實存在嗎？他們是真的樂團吧？」

「是的，」她笑著說。「沒錯，他們是。他們是很棒的樂團。」

「我們之後可以找時間聽聽他們的音樂嗎？」

「當然，」艾莉絲說，伸手握住他的手。「當然，沒問題。」

「哇喔！」他說，整個人亮了起來。「真不敢相信我竟然記得這件事。」

艾莉絲握緊他的手，對他微笑。「麵糊，」她說。

「什麼？」

「約克夏布丁。它們是用麵糊做的。金黃色的大團麵糊。」

「啊，」他說。「我想我記得。我知道。」

他伸出手臂搭著她的肩，將她拉到自己身邊，他們一起走向鎮中心，懸崖上那棟屋子的黑影逐漸消失在他們身後。

34

一九九三年

十一點左右，有更多剛從「希望之錨」酒吧過來聚會的人抵達。馬克打開前門，他們陸續走進屋子。格雷站在一旁隔間的門邊看著。他不確定自己是否喜歡這些人的樣子。他們年紀比較大，一臉世故滄桑，不修邊幅。當中大多數人都喝醉了。馬克看來並不介意他們的到來。

「進來，進來！」他喊著，一邊和來客擊掌，握拳互碰，接過裝滿啤酒的提袋。「派對請往那邊走。」他指了指格雷站著的門口。新到達的人群在進入房子時四處張望，看著挑高的天花板和閃閃發亮的水晶吊燈。有個頭髮往後紮成馬尾的小個子似乎負責把每個人都帶到這棟房子來。「希望你不介意，」他越過他前面的人的肩膀對馬克喊著，「我們順道在路上帶來幾個落單的人。」

「不，不會，當然不介意，」馬克說，緊抓住那個男人的手，然後做了個複雜的花式握手。「人越多越好。真的。快進來吧，進來。」他示意最後幾個人進門。總共約二十個人，大部分是男人，幾個看起來年紀比較輕的女孩，還有一個五十歲左右，繡了眉毛的光頭女人。

新客人進來時，三個女孩好奇地環顧四周。艾力克斯手腳很快地站起來招呼，「晚安，各位女士、各位先生！歡迎！」

他們在吧檯前排隊，等馬克為他們每個人端上飲料。格雷站在房間一側盯著他們。那個馬尾男正在吧檯上製作大麻菸捲。光頭女人抽著她剛剛自己做好的一根大麻菸。兩個年輕人正在跟伊茲還有荷莉調情，她們似乎沒有不高興。他轉身看柯絲蒂在做什麼，她正靠在壁爐的圍欄上凝視著爐火餘燼。

「走吧，」他走到她旁邊說，「我們回家吧。」

她轉頭看他，他立刻就看出有些不對勁。她充滿感情地對著他笑，眼中閃爍著光芒。

「我好看的哥哥啊，」她說，把他往自己身邊拉過來，然後用手掌捧住他的臉。「看看你。

看看你好看的臉。你真是個好人。長得這麼**好看**。」她把他拉向自己，緊緊地抱住他。

他掙脫開來，看著她的眼睛。「天啊，柯絲蒂。妳後來有吃更多搖頭丸？」他質問她。

「有啊，」她說，把頭靠在他的頸間。「我吃了。」

「哦，見鬼了。柯絲蒂！現在我要怎麼帶妳回家？我不能這樣帶妳回去。哦，媽的！妳吃了多少？」

「只吃了一個。」

「一個是什麼意思？四分之一？還是一半？」

「一整顆，」她說。

「妳吃了一整顆！加上剛剛的四分之一顆！」

「老天，我算不清楚。管他的呢？一切是這麼美妙。這棟房子。這些人。還有你，格雷。我好看的哥哥。我帶你去看孔雀！來吧！」

她起身，他低頭看著她。「好吧，」他說，心裡想著也許確實需要一些新鮮空氣。「我們去看孔雀。我幫妳倒杯咖啡，再灌一瓶水，然後再帶妳回家。真是見鬼了，柯絲蒂，妳得跟我保證妳不會再吃更多顆搖頭丸。我是說真的。很危險。」

「不危險，我好看的哥哥啊。怎麼會危險？看看剛剛發生了什麼！你吻了那個女孩耶！真的，格雷！都是因為吃了這個啊！」

他轉身看著伊茲，她坐著，雙腳擱在從酒吧來的一個男人的腿上，玩弄著荷莉的頭髮。荷莉則把頭靠在伊茲的腿上。酒吧來的男人看起來像是被嚇得動彈不得，連呼吸都不敢。與此同時，馬克把啤酒和雞尾酒滑過櫃檯，給出越來越多的白色藥丸，音樂越來越大聲，喋喋不休的歌聲越來越響亮，整個房間裡煙霧瀰漫，交錯著人們跳舞的影子，格雷現在十分確信馬克的姑媽並不在家。

「走吧，」他說，「我們去找孔雀。」

外面的空氣冰涼清新，比較像十月而不是八月的第一天。天空中飄著淡淡的霧氣，沐浴在月光下的花園泛著銀光。音樂的低音節奏在這裡仍然響亮，節拍持續而狂野，柯絲蒂在他前面旋轉著跳著舞。格雷深吸一口氣，試著讓腦袋清醒一些。搖頭丸的效果並沒有持續很久，事實上，除了半小時前他和伊茲親吻的狂喜之外，他不確定它是否還在作用。

他四處環視花園，尋找孔雀，在遠處瞥見了一絲微光和騷動，一聲刺耳鳴叫和突然的移動。「在那兒，」他對柯絲蒂說。「牠在那裡。」

柯絲蒂把手放在嘴邊，低聲說，「喔，看哪。看看牠。快看，格雷！」

他們躡手躡腳地穿過柔軟的草地，並排坐在離孔雀幾英尺遠的地方觀看。柯絲蒂將她的頭靠在格雷頸間，他心中感到一陣溫暖。她以前從來沒有對他展現過親近的舉動。他們之間總是保持著禮貌的疏遠距離，但現在她在這裡，對他毫無保留，緊緊抱住他，表達對這個哥哥的感情。他摟住她的腰，將她拉近身邊，在她耳邊輕聲說，「愛妳啊，我的小妹。」她低聲回應，「我也是，哥哥。」

在他們面前，孔雀突然轉頭看向房子透出的燈光，然後轉向牠的觀眾，尾羽開啟如扇，隨著音樂搖晃，柯絲蒂驚訝地張大了嘴說，「哇！他在跳舞！孔雀在跳舞！」

「他在跳舞！」格雷大笑。「真的在跳舞！」

他說這話的時候，有一束光落在草地上，一個男人的影子在他們面前延伸開來。他們轉過身，看到馬克手上拿著幾瓶啤酒朝他們走來。

「哈囉，你們兩個，」他大聲說。

格雷忍住厭惡不發一語。

「你們在外面做什麼？」

「在看孔雀，」柯絲蒂說。「孔雀在跳舞！」

馬克坐在他們旁邊，遞給他們每人一瓶啤酒。「跳舞的孔雀，嗯？」

「是啊，看哪！」

孔雀不見了。

「噢。」柯絲蒂說。

「所以，」馬克看著格雷說，顯然對跳舞的孔雀不感興趣，「你似乎已經失去了伊茲，輸給了在地粗人的魅力。」

格雷無所謂地聳肩。「她本來就不是我的。」

「剛剛看起來很像啊。」

「那只是因為藥物的影響，不是嗎？那並不是真的。」

馬克點點頭。「你喜歡跳舞的孔雀？」

格雷沒有理他的問題。「裡面的人到底都是**哪裡**來的？」

「當地人。你懂吧。一年四季都住在這裡的人。我的天哪。想像一下這種生活。」

「你認識他們？」

「當然，我認識其中一部分。你記得吧，我這輩子來過這裡非常多次了。我還小的時候就來過。」

接下來是一陣漫長的沉默，只有屋裡傳來的一陣陣尖笑聲。

「所以，」過了一會兒，馬克說，「前幾天早上。到底是怎麼回事？」

「什麼意思？」

「你知道我在說什麼。我在說我算是被你和你父母狠狠地拒絕，就在你家**門外**。這麼做很不禮貌。」

他們誰也沒說話。

「我的意思是，我猜想這就表示？是嗎？我被甩了？」

格雷把柯絲蒂抱得更近一些。「她只是不太舒服。沒心情出門。」

「那麼，妳和我，柯絲蒂。我們可以繼續？」

柯絲蒂沒有回答，只是更貼向格雷身邊。

「妳現在感覺好些了嗎？」他不放棄。「明天晚上可以跟我一起出去？」

他一邊說話，一邊用手指拔著草地上的草。他說話的聲音很刺耳。有種狂暴的氣息。

「我不知道，」柯絲蒂說。「我不確定。」

「這是什麼意思？妳喜歡我，還是不喜歡。想和我出去，還是不想。我們要繼續，還是結束。」

柯絲蒂沒有說話。

「到底怎樣？」

「聽著，馬克，已經很晚了。她累了。我得送她回家。我們改天再談這件事好嗎？等我們的情緒都沒有因為藥物作用顯得那麼……**張揚**。」

「你看不出來嗎？這正是為什麼我們應該現在來談這件事。現在我們所有的情緒都被彰顯出來了。所有情感如實呈現。」

「馬克，」格雷嘆了口氣，「這並不真實。」

「當然真實。如假包換。無論你感受到什麼，無論你看到什麼，它都是真實的。它來自那裡。」他指著格雷的頭。「它來自這裡。」他指著自己的心臟。「只需要一小把鑰匙來打開它，像搖頭丸和酒這樣的小鑰匙。所以——」他猛地轉向柯絲蒂，離她的臉只有幾英吋，「——我現在問妳，柯絲蒂，我要問妳：是怎麼回事？嗯？」

格雷站起來，把柯絲蒂也拉起來。「真的，兄弟，現在時間不對，地點也不對。讓我帶她回家，好嗎？」

馬克抓住柯絲蒂的手臂，把她拉向草地。她重重地摔到了地上，屁股著地。

格雷推著馬克的肩膀，「滾開，離她遠一點！」

他試著把柯絲蒂拉起來，馬克突然撲向格雷的腿，把他撲倒在草地上，半趴著壓在他身上。格雷的上半身撞到柯絲蒂，她痛得叫出聲。格雷站起身朝馬克揮拳，馬克用手抓住他的拳頭，再用另一隻手把柯絲蒂拖到自己身旁，勒住她的脖子。格雷試著拉住柯絲蒂的手臂，但這只是讓馬克將她的喉嚨勒得更緊，於是他抓住馬克的手腕，想將他的手臂拉開。馬克用右腳的腳後跟用力踢向格雷的雙腿之間，差點踢到格雷的下體。格雷往後倒，又重新坐了起來，正要對馬克發起另一次攻擊，彈簧刀反射出銀色月光，他停下了動作。

那把刀抵著柯絲蒂的喉嚨。馬克大口喘著氣，瞪大了眼睛，舔著嘴唇。

「好好看著，」他對格雷說。「看看你逼我做出了什麼事。」

35

莉莉洗了澡換了衣服。牛仔褲鬆垮垮地掛在腰間。她真的得吃點東西。廚房裡已經沒有什麼食物，她決定出門採買。

今天的太陽沒有很大，但如果剛好照到早晨的陽光，會感覺有些暖意。她拿下太陽眼鏡，露出臉龐享受沐浴在陽光下的感覺。經過隔壁的建築工地時，她抬頭看了看每晚燈光閃爍的窗戶。在大白天裡，這棟建築看起來如此無害。她很難想像自己前幾天竟然會感到害怕。她邁開大步走著，吸氣、吐氣，吸氣、吐氣，陽光拂過肌膚，步伐堅定地踩著人行道。有好一陣子，她什麼都沒有想，也完全沒想起過去五天的憂慮。卡爾失蹤前，她每天過得像遊魂，守著手機簡訊、掛念著火車班次，幾乎快要窒息，直到他走進家門。此刻，是她來到這個國家之後，頭一次感覺自己真的在此生活。不是只活在那間公寓裡。不是只窩在卡爾懷裡。她在這裡。在這個國家。

她大步走向市中心，臉頰微微泛紅，感覺體內充滿活力。她在大街上的超市入口處抓起一個購物籃，輕快地巡著走道揀選物品：一盒原味高纖穀片、幾包湯、冷凍比薩、麵包、一盒甜甜圈、牛奶、衛生紙、餅乾、巧克力醬、火腿跟奶酪、沐浴乳和洗髮精。沒拿沙拉，也沒選健康飲品或蔬菜。她不想吃這些。她只選擇必需品，以及她想都不用想就知道能滿足此刻飢餓感的食物。

結帳時，她對幫她結帳的女孩微笑說，「今天天氣真不錯，不是嗎？」

女孩回以熱情的笑容，「希望好天氣能持續到我今天值班結束。這絕對是適合啤酒花園的天氣！」

莉莉不太清楚啤酒花園該有怎麼樣的天氣，不過不難猜到，她笑著說，「我也這麼希望！」

她從結帳櫃檯上提起購物袋，準備回家。但她立刻發現隔兩個店面有一家服裝店，她之前從來沒注意過。櫥窗裡是一件綠色的絲綢裙裝。短袖配上長裙。她以前不會看這種款式。太成熟了。但她突然想到，她沒有夏天的衣服。她來到這個國家時是冬季尾聲，她只帶了牛仔褲、套頭衫和晚上穿的輕薄私密衣物。今天的天氣提醒了她，五月很快就要到了。而她皮包裡帶了些卡爾藏的錢。

她停在服裝店門口，手擺在門上。

然後她想到之後的生活。卡爾很可能已經死了，她得獨自過活，她可能要靠這筆錢撐上很長一段日子。剛剛的光明與平靜瞬間離她而去，再次回歸黑暗的現實處境。她提著沉重的購物袋，慢慢地走回家，聚集的烏雲遮掩了陽光。

她迅速地整理好剛買回來的東西。吃了甜甜圈，配上可樂。然後把每個沙發靠墊拍得鼓鼓的，接著端坐在沙發邊上，打電話給洛斯。

「莉莉，」他說，顯然已經把她的號碼輸入手機，「妳好嗎？」

「不太好。」

「還是沒有他的消息？」

「沒有。完全沒有。」

「沒有，」他重複她的話，「完全沒有啊。」然後說，「有其他線索？」

「嗯，有。我和他媽媽通過話。就在今天早上。」

「哇！嗯，這是一大進展！」

「不，不幸的是，並非如此。她假裝不是他媽媽。她說她沒有小孩。」

「啊，」他說，「我懂了。」

「我想請你打給她。幫我打電話給她。假裝你要檢查天然氣，你懂吧，或是有線電視的維修人員。」她今天早上走在大街上時，突然靈光一閃。現在她在這個國家有認識的人了，她可以請他們幫忙。「隨便問她幾個問題。或許能問出她的名字。拜託。」

電話那端短暫地沉默。

「老天。」

「請。」

他沒說話。她讓他思考。

然後，他開口，「把電話號碼給我。我先上網搜尋看看會找到什麼。再回妳電話。」

「很好，」她說，雖然這樣並沒有很好。如果他完全照她說的做就好了。她把那位女士的電話號碼給了洛斯，開始等待。她覺得胃痛，大概是因為焦慮和三天來只吃麵包和飯導致醣類過高。

過了一會兒，電話響起。

「好極了，」他說，「我上網查了這個號碼，取得了完整的地址。」

「什麼？」

「那個號碼出現在某個物品交易網站。有人出售一座平臺型鋼琴，上面留了地址。已經是幾年前的事了，但資訊還在。」

「所以，那是哪裡？」

「某個叫萊丁豪斯灣的地方。在東約克夏郡。」

「那裡是？」

「北方，」他說，「離這裡大約四、五個小時。」

「我們可以去嗎？」

「我們？」

「是的。你和我。」

接著是一陣靜默。

「還很早，我們可以現在出發。」

「呃，我的老天。我不確定。今天是星期天。我正在陪我的家人。我們有行程。」

「什麼行程？」

「午餐。我們正在吃午餐。」

莉莉吸了口氣，忍住大吼的衝動：**午餐！要去吃午餐！這就是你們今天要忙的事？午餐！**「他可能在那兒，洛斯，」她說。「他可能就在那間房子裡。和那個女人在一起。」

他再度遲疑。「是的，」他說。「確實如此。」

「我可以自己去，但說真的，我是個外國人，我不知道要怎麼去這麼遠的地方。」

「那地方真的很遠，莉莉。我不認為我們可以在一天之內完成這件事。」

現在是十一點。她在腦中計算著。如果他們現在離開，可以在下午四點抵達。停留一個小時，在晚上十點前回到這裡。

「我們可以，洛斯。我們十點前可以到家。」

洛斯嘆了口氣。「莉莉啊、莉莉，我很抱歉，我真心感到抱歉。但我不認為……」

「問問你的妻子，」她說。「現在就問她。告訴她你的朋友有危險。告訴她這攸關生死。拜託！」

「我盡快回妳電話，莉莉。好嗎？」

「好的，」她說，「好。謝謝你，洛斯。謝謝你。」

她關上手機，微笑。

一個小時後，洛斯開著一輛大型休旅車停在樓下停車場。莉莉小心翼翼地爬了進去。車裡很髒，滿是餅乾屑、扔得到處都是的尿布、乾掉的嬰兒濕巾，後座擺了張有著口水漬的嬰兒座椅。

「如果知道我們今天要出門，我會先清理乾淨，」洛斯邊說邊拍掉乘客座位上的碎屑。「抱歉。」

「不，沒關係。你看。」她向他展示手提袋裡的內容物。「我做了三明治。還有甜甜圈和飲料。看哪！」她拿出一個圓筒包裝。「洋芋片。」

「好東西。」他露出笑容，眼角出現了皺紋。「喬給了我這個。」他給她看了一個裝滿生義大利麵的保鮮盒。「或者應該說，她扔給我這個。附帶一句：『這是你的午餐。自己想辦法煮吧。』」

「噢，」莉莉說，扣好了安全帶。「這聽起來不太妙。」

「沒錯。」他發動引擎，倒車。「是的。非常不妙。我的麻煩大了。」

「啊，這樣吧，」莉莉說，「當你回家時，你會告訴她你找到了你的朋友，你是個英雄，她會原諒你的。」

「嗯哼，」他說，把車開往停車場出口，「希望妳是對的，我們可以這麼祈禱？不然，可預見的未來是，我得去站牆角。」

「站牆角？這是什麼意思？」

「這是……」他笑了。「這是孩子們太頑皮時得去的地方。去罰站。」

她驚訝地瞪大了眼睛，「真的嗎？洛斯？你老婆會罰你面壁思過？像個小孩？」

他爆出轟隆隆的大笑聲；嚇得她跳起來。「不，不！」他說，笑個不停。「這只是一種表達方式。一種形容。」

「所以她不會嗎？」

「不，她不會。但是她會很生氣。今晚我很可能得睡沙發。」

莉莉點點頭，好一陣子沒開口說話。然後，她轉向洛斯，看著他顯得個性有些軟弱的長相、假日早晨沒刮的新生鬍渣和擺在方向盤上那雙白皙無毛的手，她開口說，「我很抱歉。我非常感謝你為我所做的一切。你是個非常好的好人。」

他轉頭對她微笑，然後說，「不客氣，莉莉。真的。這沒什麼。」

莉莉知道這絕對不會沒什麼，為了來到這裡，他一定經過與他妻子的抗爭，而那個女人聽起來既強勢又兇悍。她現在明白為什麼卡爾可能會想和他做朋友。眼前這位溫吞斯文的人顯然比他的外表勇敢。

36

他們一踏進「希望之錨」，法蘭克就知道了。他知道他來過這裡，這一次他的記憶沒有斷斷斷續續或嘶嘶作響，訊息清晰而強烈，是的，他來過這裡，出現了一個金髮歌手，一個彈鋼琴的女孩，還有……他的喉嚨感受到了檸檬酸味……龍舌蘭酒，現場氣氛緊張，那個女孩在這裡，有著棕色頭髮的女孩，她的名字就這麼突然冒了出來，如石頭滾落到他腳邊。柯絲蒂。這個女孩叫柯絲蒂，他愛她。他真的很愛她。

法蘭克努力保持清醒，一步一步地踩著地面，試著不要吐出來。他撐著走到酒吧大廳外的一個小房間，他們的訂位被安排在裡面，走到椅子旁重重地坐下。然後他閉上眼睛，試圖尾隨竄進他腦中黑暗角落的記憶。他稍微趕上了一、兩秒，足以看到一雙溫柔的綠色眼眸、防水外套、廉價的運動鞋和一個傻乎乎的笑容。他覺得心好痛，痛到他必須雙手抓住胸口按摩著。

艾莉絲沒有注意到他的情緒變化。她忙著把莎蒂安頓在從小屋帶來的髒羊皮地毯上，忙著從菜單中找出蘿美願意吃的食物（「他們星期天沒有做歐姆蛋，別這麼挑剔」），還忙著要茱莉拿下耳機、關上手機。等她的注意力轉到他身上時，那一刻已經過去，他感覺恢復正常了。

「要牛肉、豬肉還是雞肉？」艾莉絲說。

他趕緊將注意力回到菜單上，轉頭問選擇坐在他旁邊的蘿美，「妳點了什麼？」

「烤馬鈴薯。」

「只有烤馬鈴薯？」

「對。」她把雙臂交叉在胸前，生著悶氣。

艾莉絲對他揚起眉毛，嘆了口氣。「別怪我，」她說。「她說肉很腥。除非上面裹了麵包屑炸過，或是包在放了起司的麵包捲裡，再不然就得切碎加番茄下去燉。」

法蘭克理解地點著頭，對蘿美說，「好吧，我本來想跟妳點一樣的，但現在我想我可能會點雞肉。」

蘿美聳了聳肩，好像一點兒也不在乎，艾莉絲和法蘭克越過她的頭頂對彼此笑了笑。

「那你還好嗎？」

「好累。」艾莉絲用唇語說。

法蘭克點點頭，與她對望。「我想起了一些事情。」當三個孩子們開始聊天後，他說。

「是的。」他微笑著。「我很好。這次不一樣。記憶很清楚、很完整。我看到一個歌手，就站在那裡。」他指著酒吧大廳。「還有一個人在彈鋼琴。我想起了那個女孩。棕色頭髮的那個。她的影像很清晰。而且，艾莉絲，」他開心地說，「我想起她的名字！」

艾莉絲挑眉。「真的？」

「是的！柯絲蒂！她叫柯絲蒂。」

艾莉絲臉上掠過一絲情緒，暗沉如霾。「哦，」她說，「哇！太棒了，法蘭克！」

「我知道，」他說。「我想這裡就是關鍵。一切都將開始回歸。就像妳說的那樣。」

「她是什麼人？」她若有所思地問。「你記得她是誰嗎？」

「我還不是很清楚，」他說。「但我記得我愛她。我非常愛她。然後……」他再次抓住胸口。一想到來自他過去生活的那個長相甜美的女孩，他再度感到一股心痛。「我想念她。我真的很想念她。」

艾莉絲伸長手臂，越過蘿美的椅背後方，輕輕地捏了捏他的肩膀。「她是你的妻子？」她用幾乎聽不到的聲音說。

「我不知道，」他說。「我真的不知道。」

「想想也很有趣，不是嗎？你可能有老婆呢。」

他不置可否。這不有趣，一點兒也不有趣。糟透了。他想起昨晚茉莉在晚餐時說的話，他不去努力找出自己到底是誰，這樣是多麼殘忍，完全沒想過可能有人在擔心他。他原本還難以理解這到底是什麼意思。因為除了現在跟他一起在這個房間裡的人之外，他對任何人都沒有感覺。但如今，突然間，他愛上了出現在他過往人生中的某個人。他愛柯絲蒂。

他看到艾莉絲勉強笑了笑。再次碰了碰他的肩，然後縮手放回膝蓋上。

女服務生拿著點菜單過來，法蘭克轉身向她點餐，但在轉頭前，他注意到艾莉絲眼神空洞地望著桌邊，眼裡滿是淚水。

回家路上，艾莉絲沒有試著去牽法蘭克的手。她怕嚇到孩子們，而且她也沒有心情。她意識到這件事即將結束。一切將成定局，而她一點兒也不喜歡那個結局。既殘酷又嚴苛。她最終將孤坐在房間，裁剪著地圖，幫人們製作工藝品，好送給他們的愛人。她會坐在滿是麵包屑的髒沙發上看電視，旁邊圍著臭烘烘的狗和難搞的青少年，在一隻老灰狗的陪伴下入睡，第二天早上蓬頭垢面地醒來，而她完全不會在乎，就這麼日復一日。這個有著栗色頭髮、溫柔雙眸、溫暖氣息和強壯雙手的男人，將離開她的生命，留下她一個人面對這樣的生活，這個他五天前出現在海灘之前，她本來覺得還蠻幸福的生活。眼前是她身上發生過最美好的事，卻在她還沒能好好享受之前就被搶走了。

她不發一語地走著。莎蒂拐著腳跟在她身邊。茉莉又塞上耳機聽她的音樂，她走在前面，一臉悶悶不樂又帶點憂鬱：艾莉絲覺得她是故意裝的。凱和蘿美手牽著手，天南地北地聊著天。海平面那端，飛翔的海鷗時而迂迴時而俯衝，閃爍的幽微燈光勾勒出一艘巨大遊輪的輪廓，相較於小巧而古老的萊丁豪斯灣，幾乎像是來自另一個星球。

「艾莉絲，妳沒事嗎？」法蘭克問，低頭用滿是暖意和關心的眼神看著她。

「我很好，」她說。「只是在想事情。你懂的。」

他點點頭，望向遠方；然後他轉身說，「妳知道，她可能已經死了。那個名叫柯絲蒂的女孩。她可能是我年輕時交的女朋友。她看起來很年輕。青少年的模樣。我不太可能是現在和她在一起，就算我們是在一九九三年，或者不管我是哪個時候在這裡時相戀。」

她完全不知道能說什麼。這位「柯絲蒂」可以是任何人：他的妻子、他的女兒、他的初戀、他的妹妹。這不是重點。重點是他愛她。他用的是現在式。這意味著她不能再假裝法蘭克是從石頭裡迸出來無親無故。她不能再假裝他專屬於她。

他嘆氣，「好吧，總之，我們明天就會揭曉了，我不確定到時候妳是否還想認識我。不管我是不是有婦之夫。」

她停下腳步，轉身看著法蘭克。他不明白，她想，他真的完全不明白。「無論如何，我都一定會想認識你，法蘭克，」她說。「你是否還想認識我，這才是問題。」

37

一九九三年

馬克手上的刀緊緊地抵在柯絲蒂的脖子上。她的手扯著他緊扣著她胸口的手臂。「他媽的別動，」馬克對她大吼。「坐好不要動。行嗎？」

格雷往前撲，伸手想把刀搶過來。馬克再次踢了他一腳。「你想讓我殺了她嗎？因為我真的會。」

格雷絕望地往後看著屋子後方，希望剛好有人走出來。任何人都好。他試著站起來。如果他能想辦法進屋裡，告訴其他人發生了什麼事。馬克就沒辦法傷害她。他不能。

「別想去哪兒，你這小鬼。你是我們的一份子。懂吧？給我好好兒待在這裡。否則這刀就會割斷她的脖子。我連眼睛都不會眨一下。明白嗎？」

格雷點頭。他會服從馬克的任何指示。至少現在。他的刀尖仍在他妹妹喉間形成那道看起來很痛的凹痕。

「你他媽到底想幹嘛？」他問。「你瘋了。」

「不，」馬克直接回答。「我沒有瘋。我清醒得很。你才是這一切的始作俑者。你和你那窮酸的一家人。」

「什麼！」格雷問。「我們做了什麼？」

「你知道你做了什麼。我看到你們在沙灘上討論我；你們全盯著我，對我品頭論足，想確定我是否配得上你們家寶貝的小公主。我已經使盡全力——我甚至幫你們烤了**蛋糕**。一塊他媽的蛋糕。而你們坐在那兒，一臉我送上的是塊屎的模樣。」

「你在說什麼啊！」

「我不是呆子，**格雷先生**。你討厭我，所以你的目標是讓你家每個人都討厭我。你讓他們都避開我。包括柯絲蒂。」

格雷張開嘴想反駁，他想告訴馬克，那是因為他就是個該死的怪胎，所以柯絲蒂才想躲開。但他看到抵著柯絲蒂肌膚的刀痕越來越深，柯絲蒂的眼睛因恐懼而越睜越大。他決定試著換個說法。

「我很抱歉讓你有這種感覺，」他語氣溫和地說。「我想我這個哥哥只是太過度保護了。你能理解吧。柯絲蒂從來沒交過男朋友。我不是很放心。」

「還有上星期演的那一齣，」馬克粗暴地繼續說。「我去找柯絲蒂，想約她出門。你們活像群無知的保鑣堵在門口。太沒禮貌了。我這輩子還沒有遭受過這樣的對待。從來沒有。有夠噁。」

「我要再次表達，」格雷說，努力忍住想揍馬克臉的衝動。「如果讓你有這種感覺，我真的很抱歉。柯絲蒂覺得自己似乎還太年輕，不適合談戀愛。但她擔心傷了你的感情，所以要我先跟你說她不太舒服，讓她有一些時間是否要繼續發展。我只是在護著她。讓她可以聽從自己的心意。我以為你可以理解。沒預期到你還是試著硬擠進門。這實在讓我們都嚇了一跳。」

「聽著，夥計，」馬克怒吼，「沒人敢這樣對我，好嗎？沒有人敢顯得他們高我一等。更別提像你這種毛頭小子。」

「對不起，馬克。我是認真的。我這麼做是不對的，我向你道歉。現在，拜託，拜託你，放開我妹妹好嗎？你嚇到她了。」

「混蛋，你知道我這輩子經歷過什麼？你能想像嗎？你當然想不到。你窩在你們那溫暖親密的父母慈愛、兄妹相親的舒適圈裡過活。住在溫馨的度假小屋。去酒吧家庭聚餐。還去什麼**一日遊**。真抱歉啊，結果我喜歡上你妹。而且，喔，真對不起，我竟然會沒辦法理解你妹妹為什麼——」他搖晃了一下柯絲蒂，加重他圈著她胸口的力道，「——前一分鐘還和我一起漫步海灘，跟我**抱在一起**，跟我說她愛我，下一分鐘就決定她**還沒準備好**談戀愛。啊？」他再次晃動著她，她開始啜泣。

「來，」馬克說，把柯絲蒂拖起來站著。「起來。」

「你要帶她去哪裡？」

「她？我不是帶她。我要帶你們兩個。你也起來，小鬼。**站好！**」

格雷動彈不得。

馬克厭惡地皺著臉，他的刀稍稍離開了柯絲蒂的喉間，向格雷揮舞著。「給我**站好！**」

格雷伺機抓住馬克的手腕，牢牢地握在手裡。「柯絲蒂！」他的聲音嘶啞。「就是現在。快跑！」

柯絲蒂試圖掙脫馬可的臂膀，但他一把扯住她的頭髮，把她拉了回來。下一秒鐘，他甩開了格雷的手，把格雷的手臂整個往後扭，將他的手掌硬壓向腕關節處，越來越用力。骨頭裂開，痛到他幾乎快失去意識，眼前的世界裂成數千個紅黑碎片，痛覺像隻可怕的黑鳥端坐在前，隨時準備衝向他。格雷低頭看著他的手臂，他的手和手腕間呈現駭人的角度，他難以置信地望著那塊穿出皮膚的骨頭。天空好像變暗了，有那麼一刻他以為自己就要昏過去。隨後疼痛襲來，讓他徹底地、完全地清醒過來。

馬克把刀重新架上科絲蒂的喉嚨。

「你再試著逃跑，我就把另一邊也折斷，」他恐嚇著。「站起來，跟我走。」

38

莉莉和洛斯已經離開東南部，開上往北方的高速公路。

「那麼，」莉莉說，「你和喬是怎麼認識的？」

「哦，老天，妳是認真要問嗎？」

「對，」她說，「我是。」

他微笑著說，「我們是同事。」

「你認識卡爾的那間公司？」

「不，更早之前。她是我老闆。」

「啊，」莉莉說。「嗯哼。這就說得通了。」

「說得通？」

「對啊，因為她很蠻橫。」

洛斯放聲大笑。「她不是那種人啦！」

「她是！她不讓你和我一起吃早餐，不願意讓你帶我去約克夏郡。還把午餐扔到你頭上！」

「喔，這倒是。但那是因為……她只是真的太累了。是這個緣故。而且她這禮拜確實悶到快瘋掉了——」

「悶？」

「就像被關在籠子裡的狗啊，迫不及待地想出門喘口氣。她好不容易盼到週末，我會待在家裡，幫忙分擔照顧小孩的大小事。我們可以一起做點有趣的活動。花時間陪達西。」

莉莉打了個冷顫。三十五歲之前，她不想生孩子。她跟卡爾說過這件事，他說她想要他等多久都沒問題。但她現在可以理解這個女人，這位喬的感受了。過去兩個星期，她有時也感覺自己一個人悶到快發瘋。如果卡爾說週末要離開她一整天，開車帶另一個女人穿越大半個國家，她肯定超級不爽。而她甚至還不需要照顧小孩。她點點頭說，「我明白了。可否請你幫我轉達我的歉意？還有我真心地感謝她。我會買個禮物給她的。」

「哦，不需要、不需要。我會轉告她的。她一點兒也不可怕，真的。她是很個甜美的人。有史以來最棒的女孩。我很幸運能擁有她。」

「她長什麼樣子？」

「很漂亮，」他說，她好奇這是指像她一樣漂亮，還是只是在他眼中很漂亮。「紅髮。搭上碧綠色的眼睛。美極了。」

莉莉看著洛斯，他在談論他妻子時散發著光芒。就像她談到卡爾時那樣，整個人像是著魔一般。

「給妳。」他把手伸進夾克內袋，掏出一個皮夾。「裡面有照片。妳看看吧。」

她接過皮夾，翻開內層。照片上是個漂亮的女人，戴著眼鏡，手裡摟著小嬰兒。她把皮夾還給他。「非常漂亮，」她說。「你很幸運。」

她在外套口袋裡摸著在卡爾的抽屜裡找到的鑰匙，還有那個令人感到安心的堅硬圓球吊飾。然後是她帶來備不時之需的那捲二十英鎊鈔票，她可能需要在旅館住一晚或自己買火車票回家。在隨身的手提包裡，她帶了準備拿給卡爾的媽媽看的結婚相簿，還有幾張她在基輔的家人們的照片。莉莉懷抱著希望，也許當她出現在她家門口，那位女士就會心軟，會邀請他們進屋子裡，用茶壺幫他們倒杯茶，聽他們說話。

「妳呢？」洛斯說。「妳是怎麼認識卡爾的？」

「他沒告訴你嗎？」

「沒有。就像其他事情一樣，只說了我需要知道的基礎資訊。」他笑著說。「他剛從烏克蘭回來時告訴我，他遇到了一個特別的人。」

她開始說起二月時的會議，她幫她媽媽的忙，接下了這份可以順便賺錢的工作，她第一次見到他的情景和那段期間的事。

「他什麼時候向妳求婚？就是那時候嗎？」

「不。不，他在一週之後回來。」她的表情因回憶變得柔和。「帶著戒指。這是我一生中最美好的時刻。」

「那之後他……？」他猶豫了片刻，繼續說，「他是什麼樣的人？妳懂我的意思？每一天？我只是——我很難想像他當個居家好男人的模樣。」

「他很棒。他每天都會帶小禮物回來給我，一塊松露巧克力，一朵玫瑰，一個髮飾。他會發簡訊，訴說著他的愛。他在家裡時，會無微不至地照顧我，煮飯給我吃，幫我放洗澡水和遮毛巾。把我當女神一樣崇拜。」

「哇嗚，」洛斯說，望了下車子兩旁和中間的後照鏡，切入了中間車道。「好驚人。有點無法想像。」

「我也說不出來，」她說，「我從未有過這種經歷。感覺不僅是愛。而是癡迷。」

「嗯，這樣可能就有點——怪了，不是嗎？如果是種癡迷？」

「任何事都有陰暗的那一面，洛斯。」

「哈！」他笑了。「是的，這是事實。我想是的。」

「我就是一個很黑暗的人。」

「哦，我不會這麼形容。」

「不，那是因為你不認識我。這是真的。我是個很負面思考的人。這並不表示我玩不起來。我可以和大家鬧得很開心。但是當只有我，就我一個人，自己獨處時，就變得很憂鬱。」

洛斯點點頭，開回了快車道。「嗯哼，」他說。「很有意思。」

「是的，」莉莉說。「沒錯。」

「我認為，在這個國家，人們總是花很多時間憂慮這些負面情緒。我們總想讓自己顯得樂觀開朗。彷彿我們會害怕不這麼做。」

「你很開朗。」

「是的，我是，或者至少試著這麼做。但這並不意味著我沒有花時間……探索內心。」

「什麼意思？往心裡看？」

「是的，靜下來思考。想知道我是誰，為什麼我在這裡。對一切提出懷疑。」她說。

莉莉消化著這個概念，然後點了點頭。「我想卡爾也有很多黑暗面。」過了一會兒，她說。

「是的，」洛斯說，用力地點點頭。「是的。妳可能是對的。」

她轉頭從車窗向外看。窗外掠過碧綠田野和湛藍天空，偶爾出現金黃色的油菜花。一個大大的綠色路標寫著「往北」。

她想起卡爾的黑暗面，那些他突然沉默下來的時刻，他聳聳肩刻意迴避問題的時刻。她記起他說夢話的那幾個夜晚。他左右擺動著身體。不斷喊叫。

有一次他甚至在夢中勒住了她。她睜開眼睛發現他坐在她身上，他的眼神完全不像在看她，他舉起了手，接著扣住了她的喉嚨，用力地擠壓，她開始流淚、太陽穴旁的血管突起、抵著他下腹的膝蓋不斷掙扎，然後他突然清醒過來，震驚地望著她，一臉無法相信自己做了什麼的表情，他的手放開了她的脖子，用手指撫摸著她的臉，痛苦地呻吟，「對不起，對不起，是噩夢的關係，我做了一個噩夢，」他親吻她，擁著她，比以往任何時候都更溫柔地和她做愛。

隔天，她收到一條有著簡單的鑽石墜飾的項鍊。

她對他的童年和他的過去一無所知。她對他的傷痛一無所知。但她知道，它們是存在的。

天氣很晴朗，他們駛離主要道路，開往萊丁豪斯灣小鎮的方向。車裡的氣氛很舒適，收音機放著愜意的音樂，空調吹出暖氣。而洛斯是個非常好的同伴。和他在一起感覺很放鬆，好像什麼都可以說。

轉過下一個彎，小鎮景象映入眼簾：櫛次鱗比的C型小屋沿著海岸線開展，波光粼粼的海港中停靠著小船。他們沒有往小鎮開，轉向了另一條相對陰暗的道路，兩旁樹叢的濃密枝幹在上方交匯，彷若一道長廊。

Google 地圖女士發聲提醒：「再過五十碼，您的目的地就在您的左手邊。」

莉莉開始緊張。她抓著洛斯的袖子說，「我怕。」

「不會有事的，」他說。「可能根本沒人。我們說不定會直接掉頭回家。」

「我也很怕這樣。」

往那棟屋子的車道上掛了一條生鏽的鐵鏈，他們不得不先停在路邊。莉莉跳下車，解開鐵鏈，拉到其中一側，然後站回來等洛斯把車開上車道。她從來沒見過這麼漂亮的屋子。乳白色石材打造，又或者是後來特地漆成了乳白色。牆面鑲嵌了神獸石像，柱面有著雕花紋飾，一組蜿蜒石階通向一扇巨大的黑色木門，門中央有個黃銅門環。屋子後方襯著海景和浮著淡金雲彩的藍天。

她走到洛斯的車門旁邊，等他下車。

「這屋子好美，」她說。「我從沒見過這樣的房子。」

「喬治時期的建築，」洛斯說，一邊拍掉腿上的三明治殘渣，一邊伸展雙臂。「也可能是新古典喬治時期。看起來似乎很久沒整理了。」

她跟著他走向大門，心怦怦地跳，手裡緊抓著裝了那本相簿的手提包。周遭沒有動靜，他們離房子越來越近，莉莉此時可以看清楚那屋子又舊又髒，乳白色牆壁和窗面已久未清理，前窗外的玫瑰花壇滿是枯葉。

算不上是美如童話的豪華大宅。但依舊是很不錯的一棟屋子。她不明白為什麼卡爾不想帶她來這裡。讓她看看這個地方。

她按下門鈴，門鈴響了，一如她所預期的是優雅的銅管樂聲。沒有人應門。裡面沒有燈亮起來。沒有任何聲響。洛斯又按了一次門鈴。他皺起眉頭看了看她，然後再按了一次。他們試了五分鐘，裡面很明顯地沒有人在，又或者裡面的人並不想開門。莉莉把手伸進口袋，拿出了那串鑰匙。

「這個，」她對洛斯說，將掌中的鑰匙遞給他。「放在卡爾的抽屜裡。」

他接過鑰匙，逐一檢視著。然後他看著大門上的鑰匙孔說，「這一把有可能。」

他拿起那把莉莉原本打算明天拿去車站旁鎖店詢問、造型奇特的鑰匙，將它插進門鎖，轉動。出現了輕微的喀達聲。

洛斯和莉莉對看一眼。莉莉點點頭。洛斯推開了門。

39

那天晚上，艾莉絲沒有去找法蘭克。吃完午餐回家後，他說他累了，直接窩進後院的工作室裡。她知道他只是需要獨處，需要空間好好思考今天剛解鎖的記憶。

她回自己房間打開 iPad 查看父母的情況。他們並排坐在購自約翰．路易斯百貨的漂亮沙發上，兩個人都盯著電視。她知道他們其實並不曉得自己在看什麼。如果她現在打電話問，**你們在忙什麼？**他們恐怕說不出來。但即便處於功能漸衰的迷茫意識中，他們還是手牽著手。彼此緊握的手擺在他們中間。他們不知道首相是誰；不知道今天星期幾、什麼月份甚至是哪一年。他們記不住女兒的名字，當然也不記得吃過午餐沒有，或者計畫今天的晚餐。他們無法確切認知任何一件事的意義。但他們很清楚地知道彼此相愛。

艾莉絲轉頭看著她的床。糾結的被單顯示著前晚的性愛歡愉，床單上皺巴巴的紋路如經歷潮汐漲退的海灘。她不想留戀前晚的回憶。相反地，她扯下床單，捲成了一大球放在房外的樓梯平台，準備直接送洗。然後從櫃子裡拿出一落乾淨的床組，很有效率地迅速重新鋪好了床。房間角落有幾個買了很久的繡花靠墊，她原本打算拿來裝飾床面卻從來沒啟用過，她實在沒有這種習慣，沒辦法每天花力氣把靠墊拿下來又擺回去，拿下來又擺回去。她把漂亮的靠墊拿來靠著澎澎的枕頭排成一列，把羽絨被拉平，檢視著成果。好極了。現在看起來不像和陌生的殺人嫌疑犯進行過翻天覆地的激烈性愛的床。就只是一張單身女人的床，會在上面看小說、哄小孩、跟狗說話，彷彿牠們真的理解妳在說什麼。

放在桌上的 **iPad** 傳來她父母的對話。

「我愛妳，」她爸爸對她媽媽說。

「我也愛你，」她媽媽對她爸爸說。

接著：「我們今天要吃午餐嗎？」

法蘭克仰頭躺著，雙手交疊在腹部，仔細地瞧著頭頂的木頭天花板：蜘蛛網、木紋和螺旋、榫接和簷壁。他的記憶逐漸清晰。正在快速地恢復。他現在可以想起他住的地方。一棟大樓裡的一層公寓，走下幾階樓梯，穿過一扇門，往裡面走，再走下幾階；前方是客廳，右邊是臥室，左邊的走廊通往廚房和浴室。牆壁漆成了鮮黃色。他的鞋子都堆在門邊。運動鞋、健行靴、色彩鮮豔的足球鞋和幾雙綁鞋帶的皮鞋，大部分是棕色。門上掛著他的外套。有個擺了把傘的桶子。桌上放了幾把鑰匙。地面是淺杏色的耐磨木地板。方正的客廳看起來有些陳舊，一張鬆垮的奶油色大沙發——可能是他母親留下的——瘦長的咖啡桌上擺滿了文件和空杯。牆上有兩扇帶著窗框的窗戶，往外可以看見幾件白色的塑膠花園家具，和綿延的綠色草坪。

他在這個新出現的空間記憶裡，四處尋找著是否有住了其他家人或任何女人的跡象。完全沒有。他很想衝上樓告訴艾莉絲：**沒有女人！我一個人住！**但在能向她保證任何事之前，他還需要知道更多。

他想起他的工作。他在學校教書，對象是十三、十四歲的孩子。他在腦中逐一檢視著他面前那一排排孩子們的臉，尋找那個叫柯絲蒂的女孩。沒看到她，但他能看到桌上的書和身後白板寫的內容，太令人驚訝了，他是個數學老師。

他昨晚和艾莉絲在床上相擁時，一點兒也不像是個教數學的。他昨晚彷彿可以成為任何人，原始而充滿活力，完全褪去原本的自己。他本來很享受和艾莉絲親熱，但隨著記憶一絲絲地復甦，他覺得自己越縮越小。他是一個數學老師，獨居在破公寓裡。

他聽到院子另一端從茉莉房間窗戶傳出的音樂。其中一隻狗在吠，還有廚房裡的鍋鏟聲。即刻停止回憶的選擇實在非常誘人，即時停止這個清醒的過程，爬回艾莉絲的床上，讓自己維持現在這個神秘、茫然、需要幫助的法蘭克的身分，永遠不要發現那些令人失望的事實。

他滾下床，打開工作室的門。他穿著襪子站著，傍晚的冷空氣刺痛了他的皮膚，他抬頭看向茉莉的窗戶。就在他看著窗戶時，茉莉出現了，她定格在窗邊，眼神、頭髮和嘴唇讓她看起來像個蒼白的幽靈。她低頭看了他一會兒；對他舉手致意，然後拉上窗簾，轉身離開。

法蘭克轉身回到工作室裡。不，他心想，我不屬於這裡。不管我有多麼想，我不能留在這裡。這對艾莉絲不公平，對她的孩子也不公平。警察會找出我是誰，我們可以從那裡開始。他重重地倒在床上，一想到要離開，一想到會失去艾莉絲，他感覺喉間一陣酸楚。然後他腦中突然蹦出了一隻紅毛貓。一隻名叫……布蘭達的紅毛貓。他看到廚房裡放著一個棕色小碗，裡面有沒吃過的貓罐頭肉。他看到貓在那張破沙發上窩成一團球。他有些驚訝地意識到，那是他的貓。他為什麼幫貓取了布蘭達這個名字？緊接著一陣焦慮。有誰幫忙餵他的貓嗎？誰在照顧她？

相較於其他，這件事讓他下了決心。一切都將結束。明天就會揭曉。

40

一九九三年

馬克把柯絲蒂和格雷鎖在靠近房子頂端的一個空房間裡，那裡的天花板很低，家具又破又舊。他們在這裡聽得到音樂，音樂聲就從他們的腳底透過地板傳上來，天窗上沒裝緊的玻璃也被震得嘎嘎作響。音樂聲實在太大了，所以當馬克將他們倆帶上樓的時候，沒人注意到。格雷用腳試著踹開門，柯絲蒂則抱住雙腿坐在床上。維多利亞式的房門做工結實，格雷怎麼踹都沒有任何效果。他走到窗前，想用左手打開窗戶，但也被鎖上了。接著他用拳頭敲玻璃，希望花園裡會有人發現他們。

柯絲蒂開始啜泣。

「聽著，」格雷說，坐到床上陪她，「已經快午夜了。還記得爸爸說的話嗎？他說如果午夜我們還不回家，他就會來這裡把我們拎回家。對吧？所以，他很快就會來了。好嗎？不用擔心。」

她點點頭，吸著鼻子說：「但馬克一定會跟爸說我們不在這裡。他會說我們已經離開了。」

「如果這樣的話，爸爸就會到外面去找我們。等他發現找不到我們的時候，他一定會再回來這裡。對吧？」

「如果已經來不及了怎麼辦，格雷？」

他轉身對柯絲蒂微笑。「他無法傷害我們的，柯絲蒂。我不會讓他傷害我們的。」

「但是你的手！他已經對我們造成傷害了！」

格雷低頭看了看自己的手，手腕以非常不自然的角度垂著。

「剛剛是因為被他突襲。現在我們有準備了。好嗎？現在我們知道他是怎麼樣的人了。我們會先準備好對付他。」

「這裡！」他從床上起身，準備翻看床頭櫃的抽屜。「來吧。」他轉頭向柯絲蒂說。「妳去看看衣櫃裡面有什麼。這個房間裡面一定有可以派上用場的東西。」

「什麼樣的東西？」

「都可以！針線包、牙刷、舊毯子。我們得盡力一試，看有什麼可以用。」

汗水沿著格雷的額頭滾落到眼睛裡。手腕骨折的疼痛被他體內湧動的腎上腺素沖淡了，但他的身體仍然處於疼痛之中。他在第一個打開的抽屜裡發現一包止痛藥，這讓他驚喜地呼出一口氣。包裝上的有效期限是一九九〇年，但他不在乎。他把四顆藥塞進嘴裡，乾乾地直接吞下去。他還在抽屜裡找到一本一九八八年八月份的當地旅遊手冊、一些舊火車票、兩個別著安全別針的乾洗標籤。他取下別針，小心地放在櫃子上方；接著打開下一個抽屜。

他找到了一些電解質補充藥片、一盒撲克牌、一些用過的紙巾、雜貨店的塑膠袋、斯雷德米爾別墅觀光之旅的傳單，還有一條捲起來的女性連衣裙用細皮帶，塞在抽屜最後面。

他把皮帶和別針一起放在櫃子上，走向床鋪另一邊的櫃子。這邊有更多以前房客留下的髒亂雜物：耳塞、舊電池、一本字謎雜誌、一條彈性髮帶、航空公司送的眼罩跟一些揉成一團的糖果包裝紙。他嘆了口氣，失望地嘖了一聲。

「妳有發現什麼嗎？」他問妹妹。

「鐵絲衣架，」她說。「有一大堆。」

「很好，」他咬牙發出嘶嘶聲，等著藥力生效。「還有什麼？」

「幾條髒髒的老人長褲、幾條毯子、一台吹風機、樟腦丸、插電式電熱器、還有幾頂帽子。」

「好。」他從衣櫃裡拿出鐵絲衣架。「我想我們可以用這些東西對付他。妳現在要做的就是把鉤子折斷取下來。妳先前後地搖晃折它。對，就是這樣。一直到衣架斷掉。很好。現在把幾個鉤子放進妳的口袋。妳可以用鉤子把他的眼睛挖出來。下一個可以做長一點。沒錯，就是這樣。」

他再次環顧房間。角落裡放著一把小木椅。他試著用一隻手把它拿起來。但想單靠一隻左手把這張椅子砸在某人頭上，實在是太重了。然後他注意到其中一個櫃子上有一盞復古檯燈，燈的底座很厚重，絕對可以造成腦震盪。他想出了一個計畫，他讓柯絲蒂拿起燈，他把電線扯斷，然後將椅子移到門口。「待會兒妳站在椅子上，」他急切地小聲說，用手背擦去額頭上的汗水。「拿著這個。」他遞給她一條折起來的毯子。「等他進來的時候，把毯子蓋在他頭上。其他的交給我，好嗎？」

柯絲蒂點了點頭，又搖了搖頭，然後再次點頭，她說：「如果我沒蓋準？如果沒成功怎麼辦？」

「不會出錯的。萬一真的出錯，我也在這裡，我手上會拿著這個。」他指了指燈。「還有那個。」他指著從燈上扯下來的電線和細皮帶。「如果真的發生最糟的情況，妳就從椅子上下來，拿燈打他。然後用鐵鉤刺他。任何派得上用場的東西都試試看。好嗎？最重要的是離開這個房間。一旦我們出去，我們就可以找人幫忙。所以我們得先狠下心，柯絲蒂，好嗎？要硬起心腸。」

她不確定地點點頭，他將她抱在懷裡，緊緊地抱住她。「我愛妳，柯絲蒂，」他說。「無論發生什麼，我要妳知道。妳是世上最好的妹妹。我非常為妳感到驕傲。我愛妳。」

她把臉貼近他的胸膛，他的下巴靠在她頭頂上，緊緊盯著頭上的天花板。止痛藥沒發生作用。他的手腕劇痛，手臂好像被一千次的電擊打中。他想躺下來大哭，但他得保持警戒，他要保護他妹妹的安全。

房門口傳來聲響，他們兩人立刻分開。柯絲蒂站到椅子上，張開了毯子。格雷站在一旁，左手牢牢握著燈，完全感覺不到右手的疼痛。

41

「哈囉！哈囉！」莉莉小心翼翼地慢步走過鋪著地磚的走廊。「哈囉！有人在嗎？」洛斯跟在後面，在牆面上尋找電燈開關。他找到一個後按下開關，上方有盞水晶大吊燈緩緩亮起，映出滿布灰塵的厚厚蜘蛛網。

「哇喔。」她環顧著四周。裡面富麗堂皇。很像基輔市中心的那些通常是銀行或保險公司的宏偉建築。沿著走廊四個端點開展了好幾道門；左右兩側是對開的雙扇門，樓梯後方還有幾個較小的門。上方是玻璃穹頂，她可以望見天空中鑲了陽光金邊的雲彩。空氣有股陳舊的氣味，但並不潮濕。她向右轉，推開那裡的雙扇門。後方是一個大客廳，擺著高雅的舊家具和幾個打包到一半的紙箱。客廳另一端有扇門通向前廳：一瓶積塵的乾燥花放在窗邊，還有一張蟲蛀了的天鵝絨扶手椅。他們不發一語迅速地通過這裡，走進下一個令人驚訝的房間：由玻璃和華麗的鍛鐵裝飾構成，到處是乾枯的棕櫚樹和覆蓋了灰塵的山石造景、枯死的印度榕和乾枯的樹木。房裡有腐土的味道。其中一端擺放著精美的藤製家具和玻璃咖啡桌，以及燈罩殘缺的幾盞燈具，顯示這裡曾經是精心設計好讓人坐下享受綠色植物的空間。

左邊有扇門通向狹長型的廚房，五面窗戶對著鋪了草坪的花園。裝潢風格趨近一九七〇年代：鏽紅色美耐板檯面，搭上松木製櫥櫃門，低垂的橘色塑膠燈罩和早餐吧檯旁的塑膠椅面高凳。表面全都蓋了層薄薄的油和塵埃。

他們發現自己回到了中間的走廊，開始探索另一側的房間。那邊有一間大餐廳、一個小房間，裡面擺了類似俱樂部那種皮革扶手椅，角落設置了吧檯，還配置了盥洗室，有個彩繪瓷製洗臉盆，牆上掛著帶鏈條的水箱。

他們再次回到走廊，洛斯說，「嗯，我很確定這裡沒有人住。」

「但是那個女人！」她回答。「她接了電話！」

「是沒錯。不過說實話，看看這個地方。我們只能說，這裡完全就是空屋的氣氛。廢棄的空屋。」

「走吧，」她說，「我們上樓看看。」

她抓住紅木欄杆向上看。這是會出現在美國老電影中的那種樓梯，向著玻璃穹頂蜿蜒而上形成兩道美妙弧線。第一道通往四間大臥室。再往上一層則通向兩個閣樓房間。每扇門都一推就開，每個房間都空蕩蕩的。但到了頂樓，有扇鎖上的門。洛斯和莉莉互看了一眼。洛斯接在莉莉之後，也試了試門把。它發出了嘎嘎聲，但沒有讓步。

「哈囉！」莉莉隔著門喊。「哈囉！女士！我是莉莉！我們稍早有通過電話。女士？

妳在嗎？哈囉？」

她把耳朵貼在門上，另一邊一片寂靜。她轉向洛斯。「踢吧，」她說。

「什麼！」

「把門踢開。拜託。」

「我不能，莉莉。這是入侵民宅。我可能會被抓起來；這恐怕……」

莉莉把他推開，自己撞門。

「莉莉！」他試圖阻止，但她把他推到一旁。

那扇門很厚實，但並非堅不可摧。她一次又一次地用她的身體撞著門板，直到感覺臀部開始瘀青。然後改用腳，踢了又踢，撞擊的力道從腳底直達膝蓋。

「莉莉！我是說真的！妳不能這麼做！」

「我**可以**。」她厲聲說，氣憤地轉向洛斯。

「裡面可能是我先生。裡面可能是任何人。我們開了五個小時的車才到這裡。在我們能進去這個房間之前，我不會離開。懂嗎？」

她又開始踢門，洛斯站到她身邊。

「那就一起來吧，」他說，「數到三。一……二……三。」

他們輪流踹著門，一次、兩次、三次，突然間，總算傳來了木頭碎裂的聲音。他們又踢了一腳——門鬆脫了；再補一腳，門被踢飛了。

洛斯伸手去找電燈開關。他開了燈。他們走進房內。

42

傍晚六點左右，法蘭克的臉出現在艾莉絲家的後窗。天氣突然變得很冷，他一呼吸就形成薄霧。

「嗨，」他搓著雙手說。「有點冷，不是嗎？」

「來壁爐前面，」艾莉絲說。「我拿點熱的給你。你想喝什麼？茶？葡萄酒？」

「其實……」他停頓，低頭看著自己的腳。「我過來不是要打擾妳──我知道這個時間妳很忙──我只是過來跟妳說聲對不起。關於我今天的表現。實在有點像個掃興鬼。我也還沒有好好感謝妳的美妙午餐。妳真的是個很好的人。另外，我做了這個給妳。」他遞給她一張明信片大小的卡片。

她看著卡片，再抬頭看著他，然後又低頭看著卡片。「這是你做的？」

他點點頭，表情有些尷尬。「事實證明我會畫畫，」他說。

「哇，」艾莉絲說。「這真的是，天哪，太美了。」

那是三隻狗在沙灘上的小幅鉛筆素描，下方用優美的字跡寫著「謝謝」。背景裡的大海和近景的彩色燈泡塗上了淡淡的粉彩。

「希望妳不介意，我用了一些妳的美術用品。我在抽屜裡找到的。」

「不，老天，不會。我當然不介意。我是說，哇噢，法蘭克，你真的很有才華。這真的很美。」

「這就是最奇怪的地方，艾莉絲。我非常想給妳一些東西，但我什麼都沒有，而明天之後我可能再也見不到妳，我很擔心我可能永遠沒有機會回報妳，然後我看到抽屜裡的東西，突然湧上一股想畫畫的強烈**衝動**，於是我坐下來，我的手似乎很清楚該怎麼使用鉛筆，該怎麼上色，接著，紙上就突然出現了狗兒們的圖像，我會畫畫！」

「你會畫畫，法蘭克，」艾莉絲說。「你真的會。」

「我知道。不過實在很諷刺，因為就在發生這件事之前，我想起來我是做什麼的。說真的，二者相距甚遠。」他指著那張漂亮的卡片。

「什麼？」她屏息問。「你的工作是什麼？」

「猜猜看。」

「會計師。」

「不是，但差不多了。我是個數學老師。」

「哈！」艾莉絲叫了出來。「真的假的？」

「真的。我在中學教書。」

「我的天啊。在哪裡？你有想起學校的名字？」

「不記得，但我記得制服的樣式：黑色西裝外套，鑲了紅邊的黑色套頭衫。紅黑相間的條紋領帶。上面有個像城堡還是塔樓之類的標誌。」

艾莉絲微笑。「嗯，」她說，「說實話，我看得出來你有那個架勢。我真的可以。」

她笑著說。「如果我們早點知道，你就可以用幫凱補習來回報我了。」

「還是可以啊！」他開朗地說。「我現在可以和他一起做點什麼！」

艾莉絲又笑了。「在星期天晚上提出這個建議恐怕不是很合適。等你明天從警局回來，我一定接受你的提議。」

法蘭克點點頭，然後嘆了口氣。「還有其他的，艾莉絲。」

她咬著頰邊，等待他宣告他有妻小的可怕消息。

「我很確定我單身。」

她愣住了，抬頭看著他。「你的意思是……？」

「我想起我住的地方。我可以很清楚地記得整間公寓的樣子。所有裝潢和擺設。沒有女人。只有一隻叫布蘭達的貓。」

艾莉絲感覺心花怒放。這個男人，這個美妙的陌生人，這個讓她再次感受她以為自己不會再有的感情的男人，他是個養了貓的單身數學老師。她大笑出聲。「布蘭達？」

「可不是！布蘭達耶！我真像個大嬸！」

「你確實是個婆媽的大嬸，法蘭克。」她摟著自己笑著。

「所以，當然了，我現在很擔心她。」

「布蘭達？」

「對。我一個人住。她一定很餓。」

「哦，」她說，「貓的適應力很強，又聰明。她會找到人餵她的。」

「妳這麼想嗎?」

他的臉上滿是憂慮,艾莉絲忍不住伸出雙臂,擁抱了他。「你不用擔心布蘭達,」她在他耳邊說。「如果你明天被關起來,我會親自去你的公寓把她接來,帶回家和我一起住。好嗎?」

「一隻殺人兇手的貓?妳確定?」

「如你所見,」她挖苦地說,「我對壞蛋養的寵物沒啥偏見。」

他向後退開,溫柔地看著她。他的目光不放過她身上的任何細節,她被看得心跳加速、胸口小鹿亂撞。「妳,」他說,「真的很了不起。」

「並沒有,」她說。「真的。相信我。隨便問哪個人,我是個蠢蛋。」

「妳怎麼能這樣說?」

「因為我是。看看我。看看這屋子。一片混亂。而且……」她停下來,那句話懸在嘴邊,差一步就要說出來。「你知道,社會服務單位曾經上門拜訪過我。兩次。」

他不可置信地看著她。

「這是真的,」她說。「一次是在倫敦。凱和茉莉學校裡一些愛管閒事的媽媽們認為我沒有好好照顧他們。因為我家裡經常有不應該出現的人,因為他們上學老是遲到,因為我早上沒辦法準時滾下床,我太他媽的憂鬱,還有因為有時家裡沒吃的,我就讓他們吃不健康的食物。所有這些緣故。而這一切都是真的。我是個糟糕的媽媽。我愛他們,但我不知道該怎麼照顧他們。那次拜訪是個警告。我試著改變自己,我去看了醫生,拿了百憂解。遠離豬朋狗友，只留下真正的好朋友。好好地打理了居家環境。後來我被允許繼續撫養他們。但離及格就差那麼一點點。那是……」她緩緩眨眼，吞了口口水，「……那是我一生中最糟糕的時期。不過我們熬過去了。接著，哦，你知道的，結果頭腦靈光的我啊，又懷孕了。跟某個其他女人根本不會想沾上邊的男人。一個神經病。所以，好極了。就在我好不容易振作起來的時候，突然間，我又飽受失眠和新生兒的折磨，還有一個控制狂試圖掌控我的孩子，規定我該做什麼、穿什麼、甚至是如何思考。」

她停下來，將頭髮向後撥。「所以，是的——我們逃跑了。沒有告訴蘿美的爸爸我們要去哪裡。我偷偷策劃了這一切。」她比著小屋。「等到他因為肝硬化住院的時候，哦，對了，我剛有提過嗎？他是個酒鬼？」她苦笑。「但他戒酒的時間夠長，被允許偶爾可以見蘿美。然後他綁架了她。這真是……」喉間湧上的酸楚讓她大口喘著氣。「這真是一場噩夢。謝天謝地，最後他總算他媽的去了澳大利亞，找別的女人生了小孩，一切算是平靜了下來。結果，哈，老天，這時蘿美的學前班老師又去通報說蘿美被我疏忽了。」

「什麼！」

「沒錯。因為我早上沒有時間好好幫她梳頭髮。因為她的體育服老是髒髒的。因為我接她的時候總是遲到。因為她經常尿床而且愛哭。喔，還有，因為有一次，就那麼一次，她提到她在家裡不小心看了恐怖片，因為我不在家，而凱不知道她在房間裡。因為……」她嘆了口氣。「因為我不用心。因為我是個混蛋媽媽。不過，社服單位後來沒有採取任何行動。他們來時，我說了她曾被綁架的事——你知道他把她關在旅館房間裡，關了快兩週嗎？兩週！其中有一半的時間只有她自己一個人，她還不到三歲耶。他媽的、他媽的混蛋。我對學校很生氣，那個嬌小的臭臉老師，脖子上掛著他媽的閃亮的小小十字架，她根本**什麼**都不知道，我只要一走進大門就忍不住發飆。我就是**那種**媽媽。你知道吧，他們得開會小心應對的那種恐怖的母親。那是……」她停下來揉了揉臉。「在所有最糟糕的時期裡最糟糕的一刻。我想賣掉小屋，搬到別的地方，比方外赫布里底群島，盡可能遠離所有人和這一切。黛莉在那時候出現。她為我將事情導回正軌。代我出面和學校聯絡。幫我取得蘿美的閱讀障礙診斷證明。在我來不及趕到的時候接蘿美。她讓一切安穩下來。親愛的上帝，沒有她，我早就去死了。真的，我會的。」

她獨自訴說這段過往時，法蘭克目不轉睛地看著她。

「我還是認為妳很了不起。」他說。

「不，我還沒說我和巴里上床的事。」

「巴里？」

「對，還記得那個拿偷來的巧克力送我的小孩的窩囊房客嗎？那個給我留下六英石重的鬥牛犬和兩個月逾繳房租的人？我在海灘上給你的那件夾克原來的主人？」

他點頭。

「嗯哼。就是他。我和他睡過。他的身體令人作嘔。但我還是做了。因為我他媽是個蠢蛋。我總是這樣，我就是個蠢蛋。」

「那麼，」他若有所思地說，「我也和這一連串蠢事有關？」

「喔，有關係，我得說。**非常**有關係。你想想，社會服務單位和學校裡的媽媽們會怎麼看。一個只記得自己可能殺過人的陌生人。就住在我家後院。喔，對了，還上過我的床。」她自暴自棄地搖著頭。然後她冷笑著說，「至少你未婚，嗯?真是萬幸。」

法蘭克把手放在她的肩上，認真地望著她的眼睛。她感覺自己像是揭開了傷疤。她還有很多事可以告白：數不清的一夜情、荒唐的週末、怠惰的親職工作。她只是個不完美的半成品。但目前這些夠了。她已經把最糟糕的那個自己告訴了他。她不希望明天和他道別時，她在他心中還是那個完美而理想化的形象。收養流浪狗並不會讓人變成聖人。收容迷途的陌生人也不會。如果最後揭曉他並沒有做錯任何事——他真的只是一個失憶的數學老師，養了一隻名叫布蘭達的貓，他可以自由行動，繼續原本的生活——而如果到時候他選擇回到這裡，她會希望那是在充分理解事實的情況之下。他不能帶著她是聖人或天使的期待回來這裡，期待因此被拯救。因為她沒有能力拯救任何人。

他撫摸著她的臉，拇指滑過她顴骨下方的凹陷。她等著他開口說些什麼，但他沒說話。他的手伸向她脖子後方，嘴唇靠向她的前額，用力地吻著她。這個吻彷彿救贖，彷彿他正在帶走她所有的罪惡，將它們從她身上吸走。這個吻令她虛弱而平靜，她伸手將他的手握在手中，貼在他的臉上。

廚房門口出現一陣騷動。一隻狗衝了進來，後面跟著另一隻狗，再後面跟了一個孩子。「下午茶時間了嗎?」蘿美說。「我餓了。」

艾莉絲放開法蘭克的手，從他身邊退開一步，兩人依舊對望著。然後她轉向蘿美，她說，「嗯哼，當然了，因為妳中午只吃了馬鈴薯。」

「我幫妳烤一個貝果？」法蘭克問，蘿美睜大了眼睛看著他說：

「好！拜託！別忘了要先切開，法蘭克。」

「謝謝妳的提醒，我再也不會忘記要先對半切了。」

「我來吧，」艾莉絲說，她打開麵包箱。「我來弄。你去坐著。」

「不，」法蘭克說，擋在她前面。「不。我來。真的。這很重要。」

蘿美拿起那張卡片說：「哇嗚，法蘭克，這是你畫的？」

「確實是他畫的，小天使。」艾莉絲說。

「哇。真的很棒耶。你也會畫給我嗎？畫我？還有媽咪？」

「我很樂意，」他說。「我先幫妳烤好貝果，然後我就來畫妳。」

艾莉絲站著，屁股靠著廚房的流理台，雙臂交疊在小腹前，她看著她廚房裡的這個男人正幫她的孩子準備食物，狗蹲坐在他腳邊，滿懷希望地看著他，等待可能出現的火腿或雞肉碎屑。她突然有個非常清晰的念頭，**他屬於這裡**。不管他是誰。不管他做了什麼。他屬於這裡。

然後她想起明天她得帶他去警察局，她很可能再也見不到他。她轉向身後的冰箱，拿出了一瓶酒。

43

一九九三年

情況變得非常糟糕。

柯絲蒂努力地用毯子蓋住馬克的頭，但因為格雷看不出馬克的頭頂在哪兒，砸下的燈座只落在他頭旁邊某個不要緊的地方。不過幾秒鐘，馬克就掙脫了毯子，把柯絲蒂綁在床上。格雷向他撲了過去，用他完好的那隻手臂抓住了他的身體試圖將他拉開，但就算格雷的手沒有受傷，馬克的力量也是他的兩倍，毫不費力地擊退了他。

格雷踉踉蹌蹌地向後靠在門上。門沒鎖。他的手摸到了門把，開始轉動。

「如果你離開這個房間，我就殺了她。」馬克說。

格雷停了下來。

「你們似乎真的沒聽懂我的話，」馬克繼續說，「你們兩個都是。你們哪兒也不准去。樓下的聚會結束了。這裡沒有其他人了。」

「我們的爸爸很快就會到。」柯絲蒂氣喘吁吁地說。

「哦，是的，」馬克說。「你們的爸爸。他來過又走了。我告訴他，你們一個小時前離開了。」

「他找不到我們就會報警，」格雷說。「他們會直接來這裡。他們會找到你的藥。你會被逮捕。」

馬克不以為意地聳著肩。「我懷疑。我跟他說你們去海灘了。和一些新朋友一起去的。你們倆都嗑了藥，嗨得很。」

他撐著柯絲蒂兩邊的臂膀將她拉起來成為坐姿，接著轉向格雷。「坐下，」他說，拍了拍身邊的床。「現在就坐。」

刀又回到了柯絲蒂的脖子上。格雷嘆了口氣，朝床邊走去。馬克把他拖到床上坐下，然後自己站起來。他找到了格雷從燈上扯下的電線，捆住柯絲蒂跟格雷的手，讓他們兩個背對背地綁在一起。

「我的手腕，」格雷喊著，「拜託小心我的手！」

馬克若有所思地看著格雷的手腕說，「嗯，真抱歉啊。有時我會控制不住自己的力道。」但接著，他慢慢地將電線拉得更緊，他的視線一直盯著格雷。

格雷尖叫。感覺像是釘子扎入骨髓。彷彿他曾經歷過的所有痛苦混合在一起，一種令人震驚、難以想像的痛感。

「隨你想怎麼叫，」馬克說，一邊煩躁地調整著電線。「沒人會聽到你的聲音。」然後他往後退開一步，欣賞自己的傑作。「好了，」他說，「這樣你們兩個應該都無法行動了。」

「馬克，」格雷說，聲音透著絕望而空洞，「你要做什麼？我的意思是，你在盤算什麼？」

馬克擺出正在深思的姿勢。「天哪，問得好。我還沒有決定。讓我好好想一下你的問題。」

汗水流過格雷的眉毛，順著臉龐滑下，他努力地忍受著繩索勒入他斷骨的疼痛。柯絲蒂輕輕動了下身體，他發出痛苦的哀嚎。

「對不起。」他聽到她對他耳語。

與此同時，馬克來回踱步，仍然保持著他可笑的「深思」姿勢。然後他突然在柯絲蒂身邊坐下，格雷感覺得到她的呼吸變得急促，背挺直起來。格雷看不到發生了什麼，但他聽到柯絲蒂說，「不要。」

「放開她，」他嘶吼著說。「他媽的別碰她。」

他感到柯絲蒂整個身體在抽搐和扭動。

「住手，」她說。「不要。」

「柯絲蒂，他在做什麼？」他問。

「我在撫摸她，格雷漢，」馬克的聲音傳來，一派平和鎮定。「我在撫摸她的身體。」

格雷全身發抖；他的胃在翻滾。「他媽的**放開她**，」他說。「把你的手從她身上拿開，否則我會殺了你。」

馬克以他那種有點陰柔、令人厭惡的方式笑了起來。「格雷漢，你現在可以嗎？你會殺了我？我現在正在摸她的喉嚨喔，格雷漢。我**非常**溫柔。用指尖劃過。我覺得她挺喜歡的。噢，是的，她確實喜歡。她就快要哼出聲來了。」

格雷感覺體內有一股烈焰燃燒。它燒熔了他的清醒意識和理智。他想殺了這個人。殺了他。拿刀刺他，用拳頭打他，將他的頭骨踩到粉碎，拿槍射他的頭和心臟，用腳踹他，拿石頭丟他，砍掉他的頭和四肢，拿東西狠狠地砸他，直到他只剩下一灘血肉。

「告訴我，柯絲蒂，妳今晚為什麼會來這裡？我純粹好奇原因。」

「因為好像很有趣。」她的聲音小聲而緊張。

「這也是妳在沙灘上跟我說妳愛我的原因嗎？因為這樣很有趣？」

「不，」她說。「我這麼說是因為我不知道還能說什麼。我從來沒交過男朋友，我不知道我應該怎麼做。」

「那麼，」馬克說，「今晚妳將學到了人生中重要的一課。妳真的、真的不能到處跟別人說妳愛他們，柯絲蒂。如果妳並沒有這個意思的話。妳可能會給別人錯誤的印象。哦——」他看著格雷，「——對了，我現在正在撫摸你妹妹的胸部。真是可愛極了。比我想像中的還好。盈手可握的大小。」

格雷可以感覺靠著他的柯絲蒂不斷扭動。無能為力的憤怒迷濛了他的雙眼，他深呼吸，讓頭腦清醒。憤怒不會有任何幫助。他稍微調整了一下雙手，忍受手腕處的劇痛，想辦法鬆脫電線。正如他所預料的，電線綁得很緊，但如果他能找到磨損的一端，可能有比較鬆弛的幾處可以試著掙脫。

「男人很敏感，柯絲蒂，人們並不了解這一點。男人很容易受傷。妳真的傷了我的心。我一看到妳就愛上妳了。我跟妳說過。就像一道閃電劃過。我以前從沒有過這種感覺。妳卻這樣對待我，如此不尊重他人的感受，這不是身而為人應該有的舉動。妳明白我的意思嗎？」

柯絲蒂整個身體突然猛地一顫。

「他做了什麼？」格雷喊。

「我把我的手放在她的兩腿間，格雷漢。」馬克輕佻地說著。「就在她兩條腿正……中……央。哦，是了。是的，她喜歡這樣呢，兄弟。她是真的很喜歡。懂了吧，這就是會發生在不懂得尊重其他人的那些人身上的事情。」這段話是對著他們兩個講的，彷彿這是他們該好好記住的人生箴言。接著，更可怕的是他發出了呻吟。「嗯嗯嗯嗯。好極了。」

格雷的手指更快速而用力地撥弄著電線。那盞檯燈還在，就在他剛剛放的地方。他可以做點什麼。只要他把電線鬆開。柯絲蒂顯然明白了格雷的計畫，他感覺到她的手指也開始努力要鬆開繩索。

馬克又呻吟了一聲。柯絲蒂縮了一下。不會的。他不會讓它發生的。如果發生了什麼，他們的生活會全毀。再也無法恢復。

他盯著那盞燈，舔了舔嘴唇。他感覺到電線正在鬆動，肯定已經鬆動了。馬克正在對他說話。對他說他妹妹現在有多舒服，有多濕，但他完全不聽。他不能聽。他需要集中注意力。忘記痛苦。忘記馬克放在他妹妹兩腿之間的手。把這根電線鬆開就行了。把他的手抽出來。拿起那盞燈，砸到馬克頭上。阻止這一切。阻止這一切。阻止這一切。

44

莉莉環顧四周。這是個有著斜頂天花板和兩扇天窗的長型大房間。他們的左手邊有張四柱床，上面鋪著純白棉製床組和緞面靠墊。看起來很新，平滑的羽絨被散發冰川般的光澤。這個房間的氣味清新，貼著現代風格的壁紙：蒂芬妮藍配上菊花紋飾。毛絨絨的新地毯，還有設計過的衣櫃。房間另一端有扇通往浴室的門、一間時髦的小廚房、兩把奶油色扶手椅和一張附了立燈的桌子。這裡看起來像高級家具公司的展示間。和這房子裡其他房間完全不同。

「嗯，」洛斯說。「有意思。看來我們找到妳那位接電話的神秘女士的窩了。」

「我不明白，」莉莉說。「這麼大一棟房子，為什麼只住這麼小的房間？」

「可能是為了省暖氣吧。」

她走進房間四處探看。住在這裡的人感覺是個愛乾淨、溫和的人。和她通電話的那位女士聽起來就是這樣。她拉開衣櫃，一股帶著茉莉花香的清新衣物味撲鼻而來。裡面擺滿了似乎所費不貲的物品：整齊地夾在木頭衣架上的訂製長褲，柔軟的羊毛針織衫細心地折成方塊狀，還有附了金色鏈條的手提包、綴著流蘇的牛皮樂福鞋、發亮的帶扣高跟鞋。

「這位女士很有品味，」她對正拿起桌上的物品檢查的洛斯說。「很優雅。跟卡爾一樣。而且也很愛乾淨。她絕對是他媽媽。太明顯了。」她關上衣櫃的門，加入洛斯的行列。

「你發現了什麼？」

「我在想，」他說，「這個房間的主人才剛離開，同時帶走了大部分的私人物品。」

「你的意思是？」

「有好幾個清空的抽屜，還有一個空的珠寶盒，文件盒也空了。妳看。」

兩扇天窗上的羅馬簾是拉開的，天色已經開始逐漸變暗。她注意洛斯快速地偷瞄著手機上的時間。他們沒有達成任務。莉莉今天早上的電話一定把那位女士嚇跑了。她走了。房子是空的。洛斯得離開。他必須回去顧老婆小孩，還得在明天上班前設法睡足八個小時。

「你走吧，」她說，坐在那張辦公椅上，轉身面向他。「已經晚了。」

「但是妳要住哪裡？」

「我會留在這裡。這個可愛的房間。」

「但是，莉莉，我不覺得……我是說，這房子很大。妳只有一個人在這裡。還有，妳到時候要怎麼回家？妳知道我不可能回來接妳。」

「我有錢，」她說。「很多錢。我會想辦法回去。」

「但妳甚至搞不清楚我們在哪裡！」

「我知道我們在哪裡。我們在萊丁豪斯灣。我身上有手機。我有錢。拜託，洛斯。我希望你回家。去陪你的寶寶，還有你的妻子。」

「萬一妳出事……」

「我不會有事的。這房子很安全。唯一能進來的，只有接電話的那位女士。而且，看哪——」她往房間做了個手勢，「——這看起來像是個恐怖的女人住的房間嗎？」

洛斯微笑著搖了搖頭。「不像。我猜不是。但是如果妳願意去住旅館，我會比較開心。」

「我想留在這裡，」她堅定地說。

洛斯有一會兒沒說話，然後吐了口氣。「我確實得回去。」他說。

「我知道。所以快離開吧。」

他的態度軟化下來。「妳確定？」

「我確定。」

他露出微笑，走向她。「那麼，明天早上請打電話給我，讓我確定妳安然度過今晚了。」

「哦，是的，我一定會打。」

「如果妳晚上感到害怕，打電話給我。我會把手機放在床邊。只要有聽到任何奇怪的聲響。任何大小事。請打給我。」

她笑了。他的表情非常嚴肅。「會的，」她說，「我保證。」

她迎向他張開的雙臂，給了彼此一個長而真誠的擁抱。

「妳有任何東西留在我車上嗎？」

她搖頭。

「那好吧，我要說再見了。」

他再次擁抱她，然後轉身離開房間，門在他身後卡嗒一聲關上了。

莉莉再次坐在旋轉椅上，三百六十度地轉了一圈。椅子慢慢地停了下來，她發現自己正對著牆上全身鏡中的自己。她在這裡呢，她茫然地盯著鏡中的自己，她在這裡：她已經離家數百英里，現在又多出了數百英里。她想著位於薩里的那間空蕩蕩的公寓，想著隔壁建築工地裡總是簌簌拍打著的塑膠板和閃爍的奇異光芒。她想著明天，想著她要去探索這個奇異的小鎮，想著她將找到所有問題的答案。

但她主要還是想著，也許今晚她會在夜裡醒來，月光透進天窗照在她身上，她先生溫柔地撫摸著她，他的手貼著她的臉頰，他的臉就在她上方，正低頭對她微笑說著，「妳找到我了。妳長途跋涉地來到這裡，找到了我。」

45

艾莉絲將那張小小的卡片靠在床頭燈的底座上，凝視著它。那是張可愛的卡片。上面的鉛筆素描是她和蘿美站在一起，用手臂摟住對方。那時她和蘿美在廚房擺這個姿勢讓法蘭克畫了整整十分鐘。而他很精確地捕捉到她們的神韻。蘿美獨特的捲髮，手腕關節處的突起，嘴角的笑意。還有艾莉絲的長腿，她的頭髮沿著髮際往後梳的樣子，她疲累但有魅力的臉龐。最傳神的是他捕捉到她們兩人之間的愛。兩個人之間的親密感。蘿美事實上更像是她的好姊妹，她們生活的步調一致，節奏相同。如果蘿美再年長個三十歲而且不是她的小孩，她們可能會成為最好的朋友。而這正是法蘭克這張可愛的畫所要表達的。艾莉絲和蘿美。彼此最好的朋友。

那天晚上他和她們一起度過，他在沙發上坐在蘿美和凱之間，看著第五頻道上一個介紹五十個最偉大的事物的節目。等艾莉絲把蘿美抱上床（一如過往，都太晚睡了）再下樓來時，法蘭克已經回房休息了，只留下那張小卡片，還有一小張字跡潦草的便條紙，上面寫著：「我去睡了。明天孩子們還要上學！早上見。」

她既洩氣又如釋重負。當然，今晚他得睡他自己的床。她今天早上不是才剛舖上決心不碰男人的新寢具嗎？但她仍然因他心痛。她拿起卡片，用指尖撫摸鉛筆的筆跡。他把她畫得很漂亮，身材修長、臉頰削瘦，目光敏銳。她在他眼中就是這樣子的嗎？她心想。不是一個腰部有贅肉，黑眼圈、頭髮蓬亂的家庭主婦？而是個不遜於凱瑟琳·透娜的女人？

她嘆了口氣，看著後院，想像法蘭克在工作室裡，躺在他的床上。可能沒穿衣服。接著她想著到了明天晚上，那張床便會空著，工作室會上鎖，不再有人味。生活回歸過往日常。誰知道她還要多久才能再次跟某個男人擁抱？一個帶著三個小孩的單親媽媽，住在離任何地方都要好幾英哩的濱海小鎮，只有在海灘遛狗或去學校接小孩的時候才會出門，想再遇到一個會想和她發生關係的好男人，機會有多大？

她不知不覺地一路走到了後門邊，忽然才恢復理智，將手從門把上移開，深吸了一口氣。

她轉過身，發現凱在她身後。

「哈囉，帥哥。」她說。

「妳在做什麼？」

「鎖門，」她說。「你呢？你在做什麼？」

「沒事。只是想喝水。」

他從水龍頭裝了一杯水。

「妳還好嗎？」他說，轉過身打量她。

「嗯，我沒事。」

「妳看起來……」他的眼睛若有所思地掃視了整個房間，然後又回到她身上。「有點瘋瘋的。」

她笑了。「瘋？」

「嗯哼。我的意思是，不是腦袋壞掉那種瘋。而是有點心不在焉。」他看向後院。「是因為他嗎？」

「他？」

「對啊，妳知道的。就這些有的沒的失憶的事。讓妳有些煩躁？」

「嗯哼，是吧。我想是的，有一點兒。從發生到現在的日子有點奇特，不是嗎？有他在身邊。但是——」她走向她的兒子，將手覆在他脖子後方，「——明天這個時候就結束了。他要離開了。我們的生活將回歸以往。」

「妳希望這樣嗎？」

她猛地看著他。

「妳想讓生活恢復日常嗎？」

「我想是的。我的意思是——」

「我喜歡他，」他插嘴說，「如果最後證明他不是殺人兇手。妳了解吧。就算他真的是，我也還是喜歡他。」他笑了。

「哦，」艾莉絲說。「很好。」

「晚安，媽咪。」他給了她一個大大的擁抱。「愛妳。」

「我也愛你，寶貝。」她親吻他的臉頰，他對她微笑，然後就走開了，只剩她一個人在廚房裡，聽著嗡嗡作響的冰箱，身旁伴著黑暗和狗狗們。

46

一九九三年

電線鬆了，格雷的手可以動了。但他忍住立刻採取行動的衝動，先給自己一些時間計劃下一步。

「我正在用刀割開你妹妹T恤前面，格雷漢。別擔心，我非常小心。我不想傷到她。

至少，現在還不想。」

衣物撕裂的聲音加上他妹妹倒抽了一口氣，讓格雷再度心驚膽跳。

然後是馬克在說：「哇，我說真的——哇嗚。這是我見過最好看的胸部。真的。格雷漢，你有看過你妹妹的胸部嗎？」馬克像在閒聊似地發問，好像他只是在問有沒有看過某部電影。「真可惜，你沒見過這幅畫面，真是太可惜了。」

格雷深吸了口氣，壓制住怒火。他輕輕地從電線下方抽出那隻沒受傷的手，然後用手指找到了柯絲蒂放在她牛仔褲後面口袋的衣架鐵鉤。柯絲蒂稍微調整了一下姿勢，方便他拿出來，而馬克把這誤以為是她很享受的意思。「哦，」他說，「格雷漢，你妹妹好像開始進入狀況了。很好，讓我們解放這對美麗的胸部吧，好嗎？」

格雷感覺到馬克的手伸到妹妹的背後，試著解開她胸罩的釦子。他趕緊停下剛剛已經懸在半空中的手，摒住了呼吸。馬克好像一時解不開。

「你以前從來沒有解過胸罩的釦子嗎，馬克？」他問。

「閉嘴，你這該死的笨蛋。」

「不，說真的。你似乎有點遜。事實上，我開始懷疑，你的行為舉止完全就像個怪胎，你可能還是處男。」

他感覺到馬克從柯絲蒂背後將手抽了出來，然後衝到了格雷面前，馬克扭曲的臉帶著嫌惡表情。他抬起手，重重地給了格雷臉頰一個耳光。「他媽的閉嘴。」

就是現在，就是這一刻。格雷迅速地從電線下方抽出他受傷的手，跳起來，把鐵鉤刺在馬克的頭頂上。他感覺到它刺穿了外皮，撕裂了下方的血肉，他看到馬克雙手抱頭，鮮血從指間滲出，還看到就在他腳邊地板上那盞沉重的燈，格雷用他沒受傷的手臂拿起燈往下砸，但卻見到馬克舉起手，一把就抓住了燈，格雷手中的燈就這樣被搶走，如一朵花從草地上被摘下。

「我的天啊，」馬克說著，手裡拿著燈，三道鮮血在臉上流淌，「你真的惹毛我了。你現在真的、真的惹毛我了。」他的聲音變了，高亢刺耳的聲音降為隆隆的低音。

「快往門口跑！」格雷對他妹妹喊著。「快出去！快走！」

當她衝向門口時，他瞥見她淚流滿面的臉，一隻手抓著被劃開的上衣殘布遮在胸前，另一隻手將某個東西塞進了口袋。

「快走！」他再次喊。馬克放下燈，踉蹌地穿過房間，差點就抓到了柯絲蒂的手臂，她衝出門，用力地砰的一聲把門關上，正好夾住馬克的手臂。馬克停了下來，抓著自己的手臂大聲哀號；然後他猛地打開門，像一隻受傷的動物一樣跟在她身後。格雷緊跟在後面；他看到柯絲蒂一次兩階地衝下樓梯，一不小心屁股跌坐在地上滑下三階，又重新站起來，但這個空檔足夠讓馬克趕上她。馬克用全身的重量把她壓在樓梯上，用力扯她的胸罩，拉她的牛仔褲，鮮血從他的傷口滴到她的胸口。格雷抓住他的衣領後方，想把他從她身上拽下來，但他僅剩的一隻手力氣不夠，馬克輕鬆地將他推開。當馬克因格雷虛弱的阻擋而分心時，柯絲蒂用她的左腳踢中他的雙腿中間，讓他痛苦地蜷伏在地。

「該死的婊子，」馬克抓著他的胯下哀號著說。「妳這個噁心的、醜陋的婊子。」

格雷抓住柯絲蒂的手，他們一邊跑一邊大喊救命，希望屋子裡還有人。

「不！」格雷說，把柯絲蒂從往前門的方向拉開。「前門會上鎖。」

他們跑過鋪著地磚的走廊，朝後門跑去。格雷轉過身來，想看看他們甩開馬克多遠，正好看到馬克沾滿鮮血的臉離他只有幾英吋，他可以感覺到馬克熾熱而憤怒的呼吸，然後他被重重撲倒在地，下巴狠狠撞到堅硬的磁磚地板，一時間喘不過氣來。馬克壓在他身上。他感覺到馬克的雙手緊緊地抓著他的頭，用力砸向堅硬的地板，他的腦彷彿在頭蓋骨下震盪，耳邊隱約傳來嗡嗡聲。

他妹妹在尖叫，接著是一陣詭異而恐怖的寂靜。馬克突然從他身上站起來又倒下。他妹妹停止尖叫，站在他們兩人面前，大聲地喘著氣。

她手裡拿著一把血淋淋的刀。馬克剛剛拿的那把刀。鮮血滴落在純白的地板上。接著，格雷和她兩個人手牽著手，他們跑出了後門，開始穿越月光照耀的草坪。

47

莉莉昨晚沒有將羅馬簾完全拉上，窗外晨光逐漸透進昏暗的房間。早晨五點五十一分。她只睡了幾個小時——三或四個吧。鄰近海邊總有許多奇怪的聲響。聒噪海鷗像吵鬧的孩子，狐狸哀號得活像正被開膛剖腹。遠方撲打著岩岸的浪潮則如竊竊私語的人群，輕聲細語不墜。

她掀開昨晚蓋在身上的薄毯，努力地撐著坐了起來。疲憊和陌生的環境讓她一時反應不過來，加上腦中不斷交錯的夢境殘影，那些夢讓她昨晚怎麼睡都睡不好。她把毯子折成整齊的方形，放回原本的櫃子裡。然後撫平被單和枕套，恢復到她剛看到它們時的完美狀態。她從枕頭上拿起一根黑色頭髮扔在地板上。她不想讓那位優雅的女士會想到她，一個邋遢的陌生人，躺過她美麗的純白床鋪。

她從家裡帶來的手提袋裡拿出一罐可樂，很快地喝了幾口。然後吞下昨天剩下的甜甜圈。她坐了一會兒，感覺自己慢慢活起來。

手機發出聲響，她拿了起來。

早安。看到訊息時請回我消息。洛斯。

她發了訊息給他：**哈囉。我還活著。一切都好。**

他回了一個笑臉符號，她微笑。他是個好人。她差點兒想自拍笑臉回給他。但她忍住了。這樣有點超過。

她走到窗前，拉開窗簾。驚訝地倒抽了一口氣。黎明將眼前一切覆上了淺粉色調。天空、大海、草地、樹木。甚至在上方盤旋的海鷗下腹也泛著粉紅光芒。她的手擺在頸間，望著起伏發亮的草坪層疊連接至大海，庭院裡錯落的蜜桃色雕像，古老牆面爬滿了常春藤和藤蔓，還有諸多的小池塘和日晷。

她真的仿如置身天堂。她希望她媽媽能來這裡看看這個地方。還有她家鄉的朋友們。她拿著手機，在窗前拍了幾張照片，但沒有一張能真正捕捉到這地方的宏偉富麗。

昨晚她翻了翻那位女士的物品，沒有發現可以將她與卡爾聯繫起來的線索。只有衣服、珠寶、當地餐館的菜單、沒電的相機、一堆當地店家的名片和收據。她今天會帶去鎮上，和店家聊聊，向他們問問懸崖上白色大房子裡住的女士。問問他們是否認識卡爾。

但首先，她想再好好檢查一下這棟屋子。她等到太陽完全升起，粉色光線轉為金黃，直到明亮湛藍，然後她緩緩走出閣樓臥室，踮著腳尖經過樓梯平台，手裡緊緊握著一把水果刀。

卡爾在這裡長大嗎？她很好奇。他有沒有在這些華麗的房間裡玩耍，跑過連綿起伏的綠色草坪？他是否曾在連接後院的小房間踢掉沾滿沙的鞋，衝進廚房討點心？她發現衣帽架上有狗繩，想像著小卡爾牽著一隻大狗在海灘奔跑。

她花了一個小時把整棟屋子徹底查了一遍。連客廳的抽屜都逐一翻過，只發現了用過的火柴、破損的聖誕飾品、沒電的電池和好幾包電線。她打開封起的紙箱，裡面是餐具和酒杯、平裝書和小擺飾。

洛斯在八點時打電話給她。「還好嗎？」

他的聲音為莉莉的心注入一股暖意。「沒事，」她說。「我現在正在檢查屋裡，待會兒會去鎮上。」

「有什麼新發現嗎？」

「沒有。什麼都沒有。除了……**沒用的玩意兒**。一些書之類的。」她嘆了口氣。「整棟屋子完全沒有留下任何線索，這不是很怪嗎？你不覺得嗎？堆滿了東西，卻看不出所以然？」

「嗯，很奇怪。」

她頓了一會兒，想像著穿著西裝的洛斯正大步走向地鐵站。「你好嗎？」她問。

「很好啊，」他說。「好極了。」

「你回家時，你的老婆沒有生氣吧？」

「沒有。完全沒有。我比我原本說的早了一個小時到家——我想這點很有幫助。而且寶寶很快就睡了，她還喝了一杯酒。所以……」

「嗯。很好。這樣我就放心了。謝謝你。」

「沒什麼。這是趟不錯的旅程。我喜歡開車。」

「很好，」她又說。「你是個好駕駛。」

他笑了。「謝謝。我會把妳的評語轉告給我老婆。」

「是的。請告訴她。」

她很想繼續跟這位溫暖善良的男人說話。她從未遇過像他這樣的人。她想告訴他，他很特別，喬是個幸運的女人。但她最後只說了，「那麼，掰掰，洛斯。祝你今天工作順利。」

「我晚點兒再打電話給妳。」他說。

「好的。」

洛斯掛上電話後，她再度感受到自己孤單一人。整棟屋子壟罩著安靜而詭譎的氛圍。但很快地，屋外主要道路的往來車聲打破了屋內的寂靜。這是星期一的早晨。小鎮正在甦醒。

她回到閣樓的房間，拿了外套和隨身物品。

48

「我跟妳一起去。」法蘭克說。

艾莉絲正在廚房裡準備午餐盒。

「去哪裡？」她問。

「帶蘿美去上學。」

「為什麼？」

他聳著肩。「道別。也跟黛莉說聲再見。還有丹尼爾。還有……」他略略停頓。「我只是想……嗯，多陪妳一會兒。」

艾莉絲笑著摸了下他的手臂。「你很好笑耶。」

她撕下一片保鮮膜，包好蘿美的貝果。她很期待法蘭克可能今天一早醒來就完全恢復記憶。衝進後門對她說：**沒事了！我沒有殺人！而且我知道我住在哪裡！明天我會帶著我的貓和所有家當回來，我們可以一起展開新生活！**

但他似乎比平常更安靜。

「不好笑，」他說。「我是害怕。還有，悲傷。」

她停下手邊的動作，抬頭看著他。「當然了，」她說。「我也是。」

「妳也是？」

「當然。」她感覺自己的臉紅了，於是轉開了頭，打開蘿美的午餐盒。

她很高興他沒有追問她為什麼。

她決定不帶狗出門。她不希望和法蘭克共度的最後一次散步，還得忙著收拾在冰冷人行道上顯得熱氣蒸騰的狗大便。

出門前，她把孩子們都叫來跟法蘭克道別，然後在八點四十分出發。今天的天空驚人地美麗，萬里無雲，金色陽光帶來和煦暖意。蘿美拉著法蘭克的一隻手。法蘭克的另一手則拿著她的午餐盒。餐盒上畫著《冰雪奇緣》裡的雪寶，盒子在他的大手中看起來格外小巧。沒有狗兒們拖累速度，艾莉絲發現自己提早了幾分鐘抵達學校大門。黛莉狐疑地看著她。「這是出什麼事了？」她邊說邊誇張地看著手錶。

「別鬧我。」艾莉絲說。

黛莉冷漠地看著法蘭克。「早安。」她說。

他點頭致意，帶著微笑。

「所以你今天要離開？」她問。

「我想是的，」他回答。「已經快一個星期。是時候了。」

她點點頭。接著說，「我在想——你走之前，我們喝杯咖啡吧。我們三個一起。」

艾莉絲和法蘭克對彼此表示贊成。任何能拖延時間的事情都好。

「九點過後我會查一下電子郵件，看看《萊丁豪斯報》的編輯有沒有回信。」

「好啊，」艾莉絲說，「好主意。很難說」——她轉向法蘭克——「我們看看他們有什麼訊息，也許我們根本不需要報警。」

「如果他們有回信的話。」黛莉說。

「嗯，如果他們有回信。」艾莉絲附和。

他們一致點頭。這是最後一個機會。

校門開了，孩子們湧進學校。艾莉絲注意到蘿美去年的班導師站在校門，她的剋星。那位老師看了看她，然後又看看法蘭克，挑起了眉。艾莉絲想過去揍她。黛莉安撫地按著她的手臂，「我帶孩子們進去。再回來這裡會合。」

「她怎麼了嗎？」法蘭克問，他捏了捏蘿美握著他的手，跟她說掰掰。

「她討厭我。」她不以為意地聳聳肩。「顯然某些人的生活很可悲，沒別的事好做，忙著跟學校通報我在後院工作室收留了一個腦袋不正常的人。所以她把這一項加進了待我如狗屎的眾多因素當中。」

法蘭克嘆氣。「對不起。」

「不！」她說，語氣出乎意料地尖銳。「不。不要覺得抱歉。不需要。那是她的問題。不是你的。也不是我們的。我們沒問題。嗯，至少我們**之前沒問題……**」她的音量逐漸減弱。

「我們很好。」他表示贊同。然後他牽起她的手，緊緊地握在手裡，就在校門前。在老師們面前。艾莉絲回握著。

星期一早上的咖啡店很安靜。同校的其他幾位媽媽們坐在人行道上的座位，抽著菸，用馬克杯喝著咖啡；其中一個人腿上坐著隻約克夏犬。店內有位年輕的媽媽帶著嬰兒車裡的小嬰兒，兩對年邁夫妻並排坐著，穿著大衣，喝著茶，極少而斷續地交談著，時不時陷入各自的思緒。法蘭克、艾莉絲和黛莉在櫃檯點好咖啡和培根捲，找了位子坐下。

「好啦，」黛莉拿下圍巾，把紅色外套甩到椅背上，然後打開手機，「來看看我們友善的當地破報編輯有沒有什麼新消息。」她滑過螢幕，眉頭深鎖；然後又關上手機。「還沒有，」她說。「才剛過九點。我待會兒再試試。」

門被推開了，一個高大、迷人的女人走進店內，他們全都轉頭去看她。她很年輕，烏黑頭髮紮在腦後，露出深邃五官。她穿著黑色的輕量羽絨外套、牛仔褲和高跟鞋，提著一個塑膠提袋。她直接走向櫃檯，用濃重的東歐口音大聲說，「請你幫幫我。我在找人。我想知道你是否見過她。她是位裝扮高雅，大約中年的女士；她住在上面那棟大房子。」她比著咖啡店左側的懸崖。「你認識她嗎？」

艾莉絲和法蘭克看向彼此。

櫃檯後方的人說，「凱蒂？」

「我不知道她的名字。」那個年輕女子說。

「嗯，這是我唯一能想到的人。妳是說立在轉角邊的那一棟？白色的？」

「對！」她說。「它是白色的。」

「嗯，是了，那麼妳說的應該就是凱蒂。很優雅的女士。」

「沒錯！」

「妳到底想知道她的什麼事呢？」

「我不知道。」她聽起來很興奮。「所有事情吧，我想。我嫁給了她的兒子，而且——」

他打斷她的話。「啊，不，不對，如果是這樣的話，我們講的應該不是同一個人。凱蒂沒有小孩。」

年輕女子沒接話。沮喪地垂下了肩膀。然後她又打起精神，從提袋裡拿出了某個東西。是一本相簿。她翻開來遞給那個男人。「這裡，」她說，「你認識這個人嗎？」

櫃檯後面那個人端詳著相簿，法蘭克和艾莉絲跟著屏息等待。「不認識，」他說。「抱歉。我沒有印象。那是妳的先生嗎？」他把相簿還給她。

「是的！」她說。「我老公。他從上週二失蹤到現在。他跟我說這位女士，這位凱蒂，是他的母親。你知道她在哪兒嗎？」

「凱蒂？」他說。「天哪，不知道。我上次看到她已經是好幾年前了。我的意思是，妳知道那房子只是她用來度假的吧？」他有些難以置信地笑了笑。「其實她平常都住在哈羅蓋特的豪宅。」

「但我昨天打了電話給她。打到這裡。她接了。是這裡。」

女子的音調顯得急迫逼人，男人有些畏縮。「呃，」他說，「我不是先知。也許她確實在這兒。也許沒有。我不知道。」

艾莉絲困惑地看了法蘭克一眼。「她先生失蹤了，」她急切地低聲說。「我的天，你覺得……？」她得看看那本相簿裡的照片。「她是柯絲蒂嗎？」她輕聲說。「法蘭克？她是嗎？」

他不置可否，一臉驚慌。「我不認為她是，」他低聲回答。「我不確定。」

艾莉絲起身走向櫃檯前的女子。她伸手碰了碰她的手臂，女子轉身，冷冷地看著她。

「抱歉，」艾莉絲說，「我忍不住偷聽了妳說的話，嗯，我在想也許……我是說……」

她轉向法蘭克和黛莉正熱切地看著她的那張桌子。「妳不認識那個男人吧，是嗎？」

女子轉過頭，輕蔑地看了法蘭克一眼。「不，」她說，「我從來沒見過那個男人。」

艾莉絲暗自鬆了一小口氣。現在在這裡和法蘭克說再見，把他交給這個滿臉敵意、年輕得要命的女人……她寧願把他帶去警察局。

「哦。好吧。不過妳知道怎麼了？實在很巧，他是上週二深夜出現在這裡的。他從倫敦搭火車來。而且他什麼都不記得。直到幾天前，他想起了那間房子。妳剛提起的那一間。他說……」她停頓了一下。「他覺得他曾經住在那裡。」

那名女子一臉不耐的神情消失了，她張著嘴盯著艾莉絲。「哦，」她說，看著艾莉絲身後的法蘭克，然後又看回來。

「我在想，」艾莉絲說，「也許妳願意和我們聊聊？幾分鐘就好？我們可能在同個故事中扮演了不同角色。妳明白我的意思？」

女子點頭，跟著艾莉絲走到他們桌前，將相簿緊緊地抱在胸前。

「對了，我叫艾莉絲。這位是我最好的朋友黛莉。這一位是……嗯，我們叫他法蘭克。實際上我們並不知道他真正的名字。」

艾莉絲幫她拉了一把椅子，她坐了下來。「我叫莉莉安，」她說。「大家叫我莉莉。」

「妳是哪裡人？」

「基輔。在烏克蘭。」

「妳嫁給了一個英國人？」

「是的。他的名字是卡爾。雖然……」她停下來，依次望著他們每個人。「嗯，這也不是他真正的名字。」她緊張地笑了。「並不是。我向警方報案說他失蹤後，他們查出他的護照是假的，他並不存在。」她聳聳肩。「所以囉，**兩個沒有名字的男人**。真是奇怪。」

艾莉絲覺得有股寒意。她這句話似乎暗寓了背後不為人知的邪惡深淵。兩個沒有名字的男人。這不僅僅是奇怪而已。

「就是他，」莉莉說，把相簿擺在艾莉絲和法蘭克面前，翻了開來。「這位是我先生。」

艾莉絲看著那張相片裡的英俊男子，黑色頭髮，炯炯有神的雙眼，穿著俐落的西裝。

法蘭克看了看照片，突然站了起來，椅子被撞得倒向後方，他脹紅了臉，雙手互握地擺在嘴前。

艾莉絲抓住他的手臂。「法蘭克？」她說。「法蘭克，怎麼了？」

49

一九九三年

從凱蒂的花園出來後是面海的一段險坡，格雷跟柯絲蒂沿著坡地和小徑一路往下。這裡沒有光，樹梢遮住了月亮，他們幾乎什麼也看不到。

柯絲蒂一直喃喃自語。

「我殺了他！天啊！天哪！格雷！我殺了他！」

格雷氣喘吁吁地安撫她。「妳不知道到底怎麼了！我們什麼都不知道！現在先繼續前進！」

他得撐住她，以免她倒下。柯絲蒂正陷入歇斯底里當中。

他轉頭看向身後，頭頂樹葉每一次沙沙作響他都覺得像是誰的沉重呼吸，下方岩石被海浪不斷撞擊的聲音彷彿瘋狂追來的腳步聲。雖然他剛剛確實感覺到馬克的身體毫無生氣地重壓在他身上，但他仍然無法相信馬克真的已經死了。

他們現在來到山坡地的邊緣，這裡有一扇小鐵門，通往一段架設在懸崖表面，又長又危險的木頭階梯。月亮再次出現，周遭籠罩著銀色月光。在這種亮光下，格雷可以看到他們兩人的樣子。衣服沾了血，頭髮蓬亂，柯絲蒂的衣服幾乎被撕碎了。他們看起來就像恐怖電影裡的臨時演員，正跌跌撞撞地從鬆動的台階走向下面的岩石海灘。此時，從他們身後傳來聲音，這次不是格雷因腎上腺素刺激而生的想像，而是跟他腳下的岩石一樣真實，是男性粗重的呼吸聲和腳踩木梯台階的聲音。

「快點，」他焦急地對柯絲蒂小聲說，「快走！」

隨著他們接近木梯盡頭，他們身後的腳步聲也越來越近。他們爬過黏滑的岩石，浪花濺上了他們的皮膚。在海灣周邊的海灘上，他們看到有人的動靜，有手電筒的光芒，有個人影似乎正著急地尋覓著什麼。

「爸爸！」格雷低聲說。「看。是爸爸。」

他同時迅速地轉身看向身後，有個人影正在岩石上搖晃地向他們接近。

「爸！」他把雙手彎成筒狀放在嘴邊大喊，邊繼續往前走。「爸！」

遠處的手電筒向他們照過來，光束小而細長，但絕對是對著他們而來。沙灘上的小小人影向他們喊了什麼，但被海浪聲掩蓋住了。

「爸爸！」柯絲蒂尖聲喊叫。

他們兩人現在跑得更快了，隨著海灘上的人影也向他們走來，接近的速度又更加快。

當那個人影費力地攀爬上來時，他們已經到了岩石海灘的邊緣，手電筒的光芒讓他們一時閃花了眼。看到手電筒後面父親熟悉的身影，格雷覺得自己的心跳慢了下來。

但東尼看起來很生氣。「你們兩個，」他吼著，「老天，你們兩個。我一直……」然後他的目光移到他們身上，他看到柯絲蒂身上血跡斑斑、還有她被割開的T恤，以及臉上極度恐懼的表情。他看到他們身後，馬克出現了，他對馬克咆哮，「**你對他們做了什麼？你做了什麼？**」

馬克愣住了。他距離他們大約還有十英呎遠。一切忽然靜止，甚至連大海也沉寂下來，等著下一波海浪慢慢聚積。突然馬克跑向柯絲蒂，直接衝向她，用胳膊勾住她的腰，在格雷或東尼反應過來之前，他已經拉著她一起跳進洶湧的海面，跳進了那一片岩石、黑暗和海潮漩渦中。

「不！」他爸爸尖叫。

「柯絲蒂！見鬼了！」

他們兩個人都跳進了海裡。格雷感受到海水的衝擊，冰水沖打著他酸痛的身體，海浪轟著他的頭頂。他的手腳胡亂擺動，想抓住什麼。他聽到父親的聲音從附近傳來，便往那聲音的方向游去。他爸爸在叫他。格雷跟在他後面，用雙腿推進，受傷的手臂緊緊地貼著身體。他爸爸指著東方，格雷看到有兩個小小的身影正往海灣移動。馬克游得很快，身邊帶著柯絲蒂。「來吧！」他爸爸喊著。

「我的手腕斷了！」他在混亂中大叫。「我沒辦法游泳！」

他爸爸沉默了片刻。「那回去！」他爸爸吼道。「現在就回岸上！」

格雷無助地看著馬克和柯絲蒂的身影越來越小。然後他看著他爸爸以極快的自由式游離他身邊，身影日漸縮小，直到看不見。他任由海浪將他漂回岩石邊，痛苦而不甘心地爬回到堅固的岩石上，仰天躺了一會兒，動彈不得。他的心臟在胸膛裡劇烈地跳動，手腕抽痛。他坐起身來，什麼也沒看到。遠處的人影已經徹底消失。格雷痛苦地站起來，笨拙地爬過岩石，直到他的腳終於踩到了堅實的海灘地面，他開始奔跑。海灘空無一人。他聽到遠處從鎮上傳來的音樂聲。他聽到高亢的女性笑聲和一輛汽車呼嘯駛離的聲音。他轉過來看到凱蒂家的燈在他身後，但在海面上什麼都沒有。

「救命！」他對著夜空大叫。「救命！」

他持續奔跑，一邊走一邊絕望地大喊。然後他突然看到一個人影從海浪中爬出來，重重地癱在海灘上，躺了好一會兒，掙扎著想起來。格雷加快腳步，氣喘吁吁地跑去跪在他爸爸身邊。

「爸！」他叫著。「柯絲蒂在哪裡？爸爸！」

他爸爸什麼也沒說，轉向一側，將膝蓋縮到了胸前。然後又翻了個身，雙手摀著心臟不斷地揉著。「老天，」他喘著氣說。「老天！」

格雷看向大海。巨浪像鋪開的地毯滾滾而來，在他腳下碎成閃閃發光的泡沫。海面上波光粼粼漸次蔓延。遠處有艘遠洋輪船停在地平線上；一架飛機悄無聲息地從頭頂掠過。

他絕望地凝視著海浪不斷變化的形狀，痛苦地找尋柯絲蒂的蹤跡。

「爸爸！起來！爸爸！她在哪？柯絲蒂在哪裡？」

但他爸爸仍然捂著胸口，格雷這才發現，他爸爸的呼吸變得越來越吃力。「爸！快起來！」

他再次望向大海，看著一片漆黑虛無，然後又看向了他的父親。

「我……無法……呼吸，」他爸爸喘著氣。「我的……心臟。」

「哦，天哪。」格雷把臉上的頭髮往後撥，用力地踩著沙灘站起來。「哦，天啊。爸。哦……靠。」他回頭看了看鎮上的房子，來回掃視著海濱步道。他看到一對夫婦正在遛狗，雙臂交纏地摟著彼此。「救命！」他大叫。「哦，快，幫幫我！」他知道即使他大聲喊叫也沒有用，他們聽不到他的聲音。這對夫婦繼續走著，完全沒有注意到海灘這邊的景象。格雷蹲下去，用他從童子軍中學到的急救姿勢把他爸爸拉起來。但他一隻手無法完成動作。他把他爸爸放在胸口的手拉向一側，用左手捶打他父親的心臟，數著呼吸的節奏。但沒有用。一隻手沒辦法做心肺復甦。他轉身再次對著海灘步道上走遠的夫婦背影大叫。然後他開始哭泣。「爸爸，」他哭著說，「我沒辦法！我沒辦法救你！媽的。爸，我該怎麼辦？我該怎麼辦？」

爸爸的身體僵硬了，雙手再次抓住胸口，緊緊地抓著心臟，彷彿要把心臟挖出來一般。格雷跳了起來，再次望向大海，什麼也沒有。然後他再次轉身，抬頭看著步道。此時路過的人更多了，深夜的酒客成群結隊地經過，一邊唱歌笑鬧。「救命！」他大喊。「幫幫我們！」

他爸爸發出呼吸困難的喘息聲，用力拉著濕透的運動衫的領子。

他快死了，格雷突然意識到，他的父親快死了，他的妹妹被瘋子帶走消失在北海。而他無能為力，什麼也做不了。

他把父親的頭靠在膝上，撫摸他的前額，親吻他的臉頰，把他摟在懷裡。他望向大海，望向繁星滿布的夜空，望向他身後那個對此一無知覺的小鎮。他可以感覺到生命力正從他父親身上流逝，抽離得如此之快，讓他痛苦萬分。「哦不，」他啜泣著說，「哦不，不，不。不要啊，爸。不要死。不要死。不要，爸爸。不要，拜託，爸爸。拜託。天啊。天啊。天啊。」

幾秒鐘後，他知道一切都結束了，來不及在最後說幾句愛或安慰的話語。什麼也來不及做，他所能做的只有守著撫養他長大的男人最後的痛苦喘息，只能吸進並緊捉住這些呼吸，像是珍貴的精華點滴。格雷把頭靠在父親的胸口，臉埋在他冰冷的濕上衣上哭泣。「爸，不要走，」他啜泣說，「不要走。」

他抬頭仰望天空，對著月亮哭泣。

在他身後，大海翻滾而來又退去，海浪在沙灘上嘶嘶作響，遠處漆黑的海面依然是空蕩蕩的。

50

「他淹死了？」莉莉問那個叫法蘭克的男人。「馬克？淹死了？」

「是的。」法蘭克說。

「就是這個人？」莉莉焦急地用修剪整齊的指甲敲著相簿裡的照片。「這就是你說叫馬克的那個人？」

法蘭克點頭。但他似乎沒什麼把握。

「好吧，」莉莉說，努力地試著不要顯得喪氣，「這沒有道理。不可能是卡爾，因為我嫁給卡爾了，他沒有淹死！」

「我想……」那個法蘭克看起來好像被太多思緒佔據，想得實在太慢了。「我想我看到了他。我看到他。」

「看到誰？」那個名叫艾莉絲的女人問。莉莉瞇起眼睛打量著她。她身上有些什麼，讓她顯得重要且驕傲。不知怎地讓莉莉有種不安全感，這讓莉莉覺得像是貓遇上狗，她得展示自己更重要、更驕傲。

「馬克。或是卡爾。總之這個人。」他對著結婚相簿含混地比劃著。「我看到他了。我和我的學生們在一起。他也出現在那裡。然後我……我手上的咖啡杯掉了。是他。他沒有死。」

他的臉更紅了，艾莉絲伸手安撫著他，她的撫摸如此溫柔，莉莉想她一定是愛上了他。

「什麼時候？」莉莉插嘴。「你什麼時候見到他？」

「我不知道。」他的手在抖。「我想是最近的事。我穿著襯衫。」他的手指滑過身上那件T恤的領口。「還有夾克。」他作勢翻著衣領。「我拿著咖啡。我在城裡。他就在那裡……」

莉莉很想打他一巴掌。怎麼說得這麼含糊？「求求你，」她說。「拜託。我不想再聽什麼咖啡有的沒有的。告訴我發生了什麼事。我先生怎麼可能前一分鐘淹死在海裡，下一分鐘又活過來出現在你面前？」

「也許他有雙胞胎。」紅髮女人說。

莉莉正要嘆氣，旋即停了下來。值得考慮。這表示卡爾不是二十多年前那個殺人不眨眼、聽起來很恐怖的人。

她們全都轉頭看著法蘭克，彷彿他知道答案。但他只是坐在那裡，臉色蒼白，全身冒著冷汗。

「聽著，」過了一會兒，他開口說話。「我知道妳非常想知道妳先生發生了什麼事，但我只是……我希望我能夠解釋清楚。就像我同時在看兩部電影。兩部延遲播放的電影。同時在我腦中展開。每一幕彼此交錯。有時會重疊。有時則是時序錯亂。所有影像喧囂雜亂、不斷閃逝。我只是……」

「你想出去走一走嗎？」艾莉絲說，「也許，呼吸一下新鮮空氣？」

「不！」莉莉喊著。「不。拜託。不要。現在──我現在就需要知道。」

紅髮女人被她的手機鈴聲分心。她對螢幕上的號碼做了個鬼臉說，「這是誰啊？」

她原本不太想接，但隨後嘆了口氣，按下螢幕上的接聽鍵，「喂？」

這通電話的內容顯然很有趣，一分鐘後，她用手擋住手機的麥克風說，「是記者。《萊丁豪斯報》的記者。寫那篇原始報導的作者。編輯把我的手機號碼傳給了她。她很想跟我們碰面。要我請她過來嗎？」

艾莉絲和法蘭克對看一眼，點了點頭。

「什麼記者？」莉莉說。

紅髮女人粗魯地要她別說話，繼續講手機。記者大約半小時左右會到。

「是誰？」莉莉說。「這個女人是誰？」

「她的名字是萊斯莉・韋德。她寫過一篇關於法蘭克父親在一九九三年去世的報導。她說她知道整起事件的始末和許多後來發生的事。」

莉莉點頭。很好，她想著，一個知道發生了什麼事的人，而不是個頭腦不清不楚、一路胡謅的男人。為什麼這個人，這位法蘭克，不去看個醫生？

艾莉絲轉向法蘭克，輕撫著他的手，「那柯絲蒂呢？她有……？」

法蘭克的眼裡閃著淚光。「我沒有看到她從海裡出來，」他絕望地望著她。「我一直在找她。但她沒有從海裡出來。柯絲蒂不見了。」

第三部

51

兩週前

帶著八個十四歲的孩子去倫敦旅行就像是在管理馬戲團。格雷假設這些孩子們在生活中有過搭火車的經驗，知道如何好好走在熙來攘往的人行道上，不會沒見過有著穿著暴露的人物的廣告牌，但一旦這一切發生在校外旅行的脈絡之下，他們表現得活像剛從阻絕感官刺激的太空艙放出來一般。他們東摸西碰，抓著電線桿搖擺，鬼吼鬼叫——喔，真的是狂吼。這些是他最聰明的學生，在某些領域算得上是頂尖的天才，他們正準備前往參加在大學裡舉行的校際數學競賽準決賽。

那天風很大，天空烏雲密佈，快要下雨了。他苦於宿醉，他們在維多利亞站下火車後已經經過了十幾家咖啡店，他迫切地想要買一杯咖啡。但他得顧著孩子們；注意力一刻都不能移開。終於，他們到了舉辦競賽的大廳。這個地方相當宏偉——鑲著彩繪玻璃的挑高圓頂天花板，重達半噸的大吊燈，大理石雕像和磨得發亮的桃花心木牆板——孩子們走進來後全靜了下來。格雷在他們靜默而充滿敬畏地站在那兒時，幫他們辦好了登記手續。然後把他們趕進分配的房間，裡面已經擠滿一群群來自不同學校正摩拳擦掌的學生。他安頓好孩子們，幫他們準備好水和練習卷，然後回到登記桌。「我可以離開個一、二分鐘去買杯咖啡嗎？」

「你們隊的每個人都登記好了嗎？」

「是的，他們都在準備室。」

負責登記的工作人員點頭，格雷拔腿就走。

狂野的風勢吹得報紙和塵土飛揚。他裹緊了夾克，朝向他在走來的路上看到的那間咖啡店。他點了杯特濃美式咖啡和一個巧克力鬆餅，他走出咖啡店，轉身前往剛才那棟學校大樓。然後他看到了他。

他的眼中再也看不到任何其他事物，全身血液彷彿瞬間衝向心臟。整個早上他都在努力克制喉間冒出的殘存酒精，此時，格雷一度感覺自己快吐了。他站在原地，一手拿著咖啡，一手拿著鬆餅，看著正走在對面人行道上的那個男人。他的身形依舊苗條，穿著繫了條紋領帶的粉色襯衫和貼身剪裁的西裝褲。他看起來很冷，整個人暴露在狂風裡，似乎很需要加一件夾克或外套。他的頭髮現在長了——他之前一直修得很短——髮型被風吹得亂七八糟。他全神貫注地不停用手指把頭髮順回去，然後又被吹亂。格雷認得他下巴的稜角和鋒利的鼻樑。他曾經是個好看的少年，他現在依舊很英俊。路上經過的陌生人可能會以為他很年輕，但格雷知道他的實際年齡。格雷上一次見到他，他還是個自大、裝腔作勢的十九歲少年。現在起碼四十一歲。

格雷不覺鬆開了手中握的咖啡，杯子掉到了地上；冒著熱氣的咖啡聚集在他腳邊，流進了排水孔蓋。

他往大學方向看了一眼，然後又看向對街那個男人。他正要拐過街角。格雷加快腳步跟上，接著停了下來，他看到那個男人小跑步地推過一扇旋轉門進了一棟辦公大樓。

他在搖曳的狂風中站了一會兒，記下大門上的名字，然後回到他的學生身邊，惱人的宿醉已然遠去，他現在滿腦子只有一個人。

馬克．泰特還活著。

如果馬克．泰特還活著，這是否表示柯絲蒂也仍在人世？

52

萊斯莉．韋德走進咖啡店，艾莉絲在她走近之前就能看出她是個記者。這個身材嬌小、動作唐突的女人留著很短的白髮，戴著時髦的鑲鑽老花眼鏡。

「所以，」她開口說，用果粉色的彩繪指甲撫平她面前餐巾紙的兩端，著迷地打量著法蘭克，「你就是那個十幾歲的神祕兒子。」

「我是嗎？」

她點頭。「真的很奇怪，那個故事。實在是非常奇怪。你還記得多少？」

法蘭克搖搖頭。「只記得我爸爸死在我懷裡。我妹妹掉進海裡。那棟白色的房子。一個叫馬克的人。還有，我後來又見到了他。在倫敦，走進了某棟辦公大樓。我想起他侵犯了我妹妹。還有我看到他時打翻了咖啡。」他再次搖晃著頭部。艾莉絲為他感到心痛。「接著除了艾莉絲在海灘上找到我，其他都想不起來了。」

萊斯莉撐開手指擺在桌面，低頭望著自己的手，然後抬起頭。「嗯哼，」她開始說，「一九九三年，當地婦女在海灘上發現一位名叫格雷漢．羅斯的年輕人，旁邊是他父親的屍體。他想不起來自己的名字，不知道身旁的那具屍體是誰，也不知道他為什麼在那裡。」

艾莉絲屏息。這也曾發生在法蘭克身上。

「他妹妹失蹤了，他妹妹的男朋友馬克．泰特也消失了。沒有人找到他們。在無法從格雷漢身上取得任何證詞的情況下，當時的結論是，格雷漢和柯絲蒂．羅斯參加了在馬克的姑媽家的聚會；用了毒品和酒精。然後他們決定在夜裡去海裡游泳，出了狀況，因為在泰特夫人家沒看到他們，洛斯先生去了海邊，因為試圖營救而死於嚴重的心臟病發。父親死在自己懷裡的驚嚇讓可憐的格雷漢進入了暫時的失憶狀態。」

「他現在就處於失憶狀態。」艾莉絲說。

「真的？」萊斯莉說，把手放在腿上。「這樣的話，他應該去醫院才對。妳不覺得嗎？」

艾莉絲自我防備。「我確實這麼說，」她說。「一開始就講了。不過他拒絕。我正準備帶他去警察局。今天。現在。只是在去之前喝杯咖啡道別。」

萊斯莉沒理會她說的話，轉向莉莉。「再說一次，」她說，「妳跟這件事有啥關係？」

「我說過了，」莉莉說。「我嫁給了妳說一九九三年淹死在海裡的那個人。」

萊斯莉停頓了一分鐘，深吸了一口氣說，「聽著。也許我們晚點兒再送法蘭克……格雷漢……或不管叫啥名字的這位去醫院或找警察。我在想，也許……」閃亮的粉色指甲輕敲著桌面。「也許我們可以先做點什麼。一些事，就我們幾個。」

黛莉猛地抬頭。「妳的意思是妳想寫一篇新的報導？」

「嗯，不算是，不見得是一則全新的故事，比較像是追蹤報導。懂吧。當年海灘上的男孩怎麼了？類似這樣的。」萊斯莉露出貓捉老鼠般的微笑。她的企圖很明顯，但艾莉絲不在乎。她只要能讓法蘭克多待一會兒。

黛莉不安地看著艾莉絲。艾莉絲搖頭表示不在意。黛莉翻了個白眼。

萊斯莉已經從包包裡拿出了筆記本和原子筆，調整坐姿，蓄勢待發。「好了，法蘭克，格雷漢……」她略略停頓。「你比較喜歡怎麼叫你？」

「法蘭克。」他低聲說，艾莉絲的心融化了。

「好的，法蘭克，」萊斯莉說，「你離開了萊丁豪斯，和你媽媽回家，失去了妹妹，也沒了爸爸。後來發生了什麼事？你有恢復記憶嗎？」

「我想有的。我的意思是，我一定有。我已經想起我媽媽。我還是認識她的。我幾乎就住在她隔壁。我也想起了我爸爸和妹妹；我記得那天晚上跟馬克和他的朋友們在酒吧裡，後來我們一起回我家，他們說服柯絲蒂一起去聚一聚。我也想起了那場聚會的一些情景。音樂很吵，一些怪人。我親吻一個叫伊茲的女孩。我也想起了那次假期前的事情，我在克羅伊登的朋友——」

「你來自克羅伊登？」艾莉絲打斷他。離布里克斯頓只有一、二英里。這麼些年。他們是如此接近。

「對，」他說，「我想是的。不太酷，是嗎？」

「但我愛克羅伊登！」艾莉絲說。「那裡有惠特吉夫特中心！」

法蘭克對她微笑，然後在萊斯莉清著嗓子提醒時轉回頭。「我們回到家，我重新回到原本離開時的生活。回學校上課。和老朋友廝混。繼續拿A級成績。我有，呃，好吧，接受治療。很長一段時間。但我從來沒有真的回想起那天晚上的事，我就只是接受了警方的版本。我們因為嗑藥跳入海中，馬克和我妹妹淹死了。在沒有其他記憶的狀況下，這是唯一合乎邏輯的解釋。有時候，我的確懷疑我是否遺漏了什麼關鍵，好讓一切更說得通。但那段記憶始終沒有出現。直到那天，在倫敦。當我看到他的時候。」

「嗯哼，」萊斯莉說，拿著的筆懸在筆記本上，「你現在想起什麼？」

「我……」他緊閉雙眼。「老天。對不起。我的大腦卡在那一刻，那杯掉下去的咖啡。但是……」他垂下頭，仍然閉著眼睛。「給我一分鐘。」

「當然，法蘭克，」萊斯莉說。「慢慢來。我們不急。」

法蘭克試著回想那場數學競賽。他們贏了嗎？怎麼做到的？名字逐一浮現：柴克、納吉雅、穆罕默德、山姆、愛莎、克莉絲蒂、漢娜、金。這是他隊上的孩子們。然後呢？他們回學校嗎？繼續上課？不對，那是復活節假期。不用上課。比完後大家都回家了。他是怎麼回家的？開車？還是坐公車？他看到了數字七一二。他看到自己把卡片按在讀卡器上，坐到後方，腿上擺著公事包。然後回到他前一晚想起來的那間公寓。坐落於某條破舊街道。有盞燈光在他經過小巷走向他家大門時亮起。公寓裡散發著早上倒的貓食的味道。他清掉殘渣，洗好碗，重新裝滿。一隻名叫布蘭達的貓在他腳邊打轉。

他改好作業。看電視。上網搜索馬克・泰特走進去的那棟辦公大樓的名稱。那是一家金融服務公司。他點下「我們是誰」的連結並向下滑，直到找到他的照片。現在的名字是卡爾・蒙羅斯。他吃了冰箱裡的食物當晚餐，應該是千層麵，上週他感冒時他媽媽打包給他的。

接著，腦中跳接的思緒讓他暈頭轉向，從窩在公寓沙發上吃剛加熱好的千層麵，跳到了火車月台，他抬頭，四號月台，搭的是五點零六分開往東格林斯特德的車次，跟在剛下班的疲憊人群後方，他正緊盯著馬克・泰特的後腦。時間軸又跳開來，他在學校，在某人的辦公室裡。學校空蕩蕩的，他穿著牛仔褲。應該還在放假。他正在請對方同意讓他休長假。因為他祖父快死了。他祖父還在？桌子後方的老男人有著飽經風霜的臉龐，留著精心梳理的黑人頭，富含同理心地點著頭說，「多休幾天吧。我們可以幫忙代理一個星期左右。」辦公室門上的牌子寫著「約書亞・哈德曼先生，校長」。

桌子另一端的艾莉絲遞給他一杯茶。「你還好嗎？」她說。她的聲音像來自遠方的音樂迴響。

他記得他打電話給他媽媽。「我要去參加培訓課程。在郊區。妳可能沒辦法聯繫我。」

他記得他媽媽說，「自己要小心。我會很想你。」他記得那是什麼感覺，知道對他媽媽來說，他是這個小家庭裡唯一倖存者的感覺。他知道他每次旅行、每個選擇、他生活中遇到的每個人，都會讓他媽媽不由自主地感到恐懼。他知道自己永遠無法離開她。就像一條忠誠但被侷限了生活的狗和主人，他會和她緊緊相連，直到她死去。

「我跟著他，」他總算開口說話。「我跟著那個人上了火車。」

莉莉驚恐地瞪著他。「卡爾?你跟著我的卡爾?」

「是的，」法蘭克說。「我記得搭上了五點零六分往東格林斯特德的車。我坐在車廂另一頭。像老鷹一樣盯著他。他下車的那一站是——」

「奧斯達特。」莉莉說。

「對，」法蘭克說。「奧斯達特。我跟著他。經過了幾間店。走上某個雙向道路。旁邊有個建築工地。」

「然後呢?」莉莉問。

「到了一棟公寓大樓。」

「天啊，」莉莉說，「你到了我家。老天。你做了什麼?你偷窺我們嗎?還是你殺了他?你把他帶進了那個建築工地。你把他帶進那裡然後殺了他，對吧?我看過那邊有光線閃爍。從窗戶裡透出來。我就知道不太對勁。」

人們都轉過頭看她；她咄咄逼人地指著法蘭克，聲音尖銳。她伸手從她閃亮的小手提包前袋裡拿出手機。「我要報警，」她說。「他們正在處理我先生的失蹤案，我有直撥電話。

我現在就要打給他們……」

萊斯莉把手放在莉莉的手上安撫她。「不，」她說，「這不是個好主意。」

「這當然是個好主意。他可能還活著。他們可以去那裡看看。」

「不。」萊斯莉加重了語氣。

法蘭克的大腦正在快速運轉，進行排序和歸檔。他突然出現在一個空房間裡。大面的玻璃窗上貼著薄膠膜。他看到有部電話被扔到空中劃過眼前。襯著某些聲音。撞擊聲。某個聲響。有個東西碎裂了，聲音太小無法辨認。

場景再度轉變；法蘭克繼續往前走。他跟著馬克．泰特，進了一家咖啡店。他戴著棒球帽，看著馬克．泰特點了一杯咖啡和一杯黑巧克力，對櫃檯後方那個長得不太漂亮的女孩的態度既粗魯又隨便。他跟著他回到街上，走回辦公室。他的心狂跳。他能感覺到棒球帽緣下的涔涔汗水。每次他看著馬克．泰特，他都會感覺自己回到了那個房間，聽到他妹妹的上衣被撕裂的聲音，他受傷的手腕處那深沉炙熱的痛楚，地面傳來的嘻哈音樂節奏。他整個頭脹到發紫，充滿恐懼和厭惡、憤怒和反感。他想要的，他唯一想要的，是殺了馬克．泰特。但他不能殺了他，他需要先和他談談：他需要知道柯絲蒂發生了什麼事。她還活著嗎？如果她沒能活著，她在漆黑冰冷的海裡撐了多久？她的屍體呢？為什麼？究竟為什麼、為什麼、為什麼會發生這種事？

法蘭克把莉莉的結婚相簿拉到面前，強迫自己看著馬克的臉。他記得他第一次看到那張臉，在那個溫暖的下午，在沙灘上，他立即計算著他臉上的稜角和比例，他的大腦在一瞬間完成了關於那張臉的計算結果，那是張令人不快的臉。他現在也有相同感覺，眼前這個精瘦臉龐的四十一歲男人娶了一個年齡只有他一半的女孩。

「他對妳好嗎？」他問，抬頭看著莉莉。

「他像對待公主一樣對待我。」

「但他對妳好嗎？」

「我不知道你在說什麼。」

現在法蘭克在凱蒂的溫室裡。她坐在那兒，瘦小又脆弱，拿著茶壺的手微微顫抖。他原本以為這是不友善的表現，不高興看到他們這些不速之客。但如果她是因為害怕馬克？如果……？

他的思緒飛走了。他闔上相簿，把頭埋進手裡。

「我特地請了假，」他說。「但是上週就該回去了。我可能會被解僱。」

「所以，你擬了一個計畫？」萊斯莉提示。

「是的，我不確定……我想和馬克談談。我希望他告訴我柯絲蒂怎麼了。我需要一個空間，還有時間。然後——」

他回到了那個有平面玻璃窗的空房間裡。漆黑夜色在窗上映出了自己的倒影。他一個人，背包鼓鼓的。他把背包藏進一個空的廚房櫥櫃裡。

「我找到了一個地方，我……」記憶如潮水般湧來，他想吐。「我把他帶去了那裡。」

53

格雷做不到，他不能直接在街上和馬克．泰特搭話。馬克會跑，會大叫。他會否認自己是馬克．泰特；他會跟路人說有個瘋子在騷擾他。他會故意製造這個局面，一旦他甩開格雷，他會消失。再次隱匿行蹤。

而這一次，格雷將再也找不到他。

於是格雷擬了一個計畫。

他告訴校長，他早就去世的祖父快死了，希望能請幾天假。幾天就好。讓他有足夠時間準備就緒。他跟他媽媽說要去參加培訓課程。然後他開始跟踪他。

馬克．泰特是個受控於習慣的生物。每天穿一樣的海軍藍合身西裝，同一時間同一家咖啡店，點相同的咖啡和黑巧克力，以同樣裝腔作勢的步伐滑進旋轉門，對接待處的辣妹丟一句不變的惹人厭的問候。他就是一個普通的上班族。他那些關於要成為百萬富翁的言論——那些遠大宏圖都去了哪兒？

星期二，在確定馬克．泰特今天照常上班後，格雷回家。他用一個背包裝滿公寓裡找得到的物品。繩索、保久食品、一條毯子、幾把刀、相機、一捲衛生紙、腰帶、枕頭套、一個充氣枕頭、一個睡袋、充電器、手電筒。他倒了三包貓食和一堆餅乾給布蘭達，然後帶著背包從克羅伊登搭到維多利亞，再從維多利亞回到奧克斯特德。

他沿著如今已相當熟悉的路線從車站走向馬克的公寓大樓，在走到那棟大樓前，他停下來，剝開昨天在隔壁建築工地外圍檔板上發現的縫隙。他昨天上網搜尋過這個工程，他沒見過建築工人進駐，一如他料想的，開發商的資金用罄，在找到新投資者前暫停工事。根據他在一本貿易雜誌上讀到的報導，停工狀態已近一年。目前完全閒置。

他跟昨天一樣，繞到工地後方，唯一完全裝修好的一區。那棟建築後面有一道低下的通道，格雷猜想是之後停放大樓垃圾車的地方，通道底端是一扇通向地下室的小門。跟昨天一樣，沒有上鎖。

他微低著頭，屁股蹲低，沿著通道穿過低矮的門。循昨天的路線經過地下室的拋光水泥地面，推開另一端沉重的對開門，爬上逃生梯進入門廳。

門廳裡設了許多攝影機，格雷懷疑在閒置近一年之後，是否還有人在注意。儘管如此，他仍然壓低了臉，貼著牆壁前進。然後他敏捷地走上下一道樓梯，推開左邊第一間公寓的門。

就是這裡。他會把馬克．泰特帶到這裡。在這裡，沒有人會聽到他的聲音或看到他，他想把他留多久都行。這是一間打造成「閣樓風」的公寓，開放式設計，裸露的磚砌牆面，發亮的白色系廚房中央是座木製中島。他迅速地動手準備。屋裡沒有接電，但他發現抽油煙機上照著爐台的燈和櫥櫃下方的淡綠條燈用的是獨立電源。沒有自來水，他打開了剛剛從車站商店買的幾瓶水。他把各式各樣的繩子堆在打算用來綁住馬克．泰特的時髦暖氣旁邊。他把枕頭吹起來，攤開睡袋。接著拆開食物放進廚房：份量夠吃一週的餅乾和薯片。他把衛生紙放在沒人用過的浴室裡，刀、枕套和手電筒仍擺在背包裡。

然後他原路返回大街，找了一家咖啡店，他在那裡坐了四個小時，等待馬克・泰特下班回家，同時完成一份早該交給數學科主任的教學進度報告。

如果之前有人告訴格雷，有一天他會躲在廢棄建築工地的陰暗處，一手握著刀，一手拿著枕套，數著時間滴答作響地從五點五十分到五點五十一再到五點五十二。血液中腎上腺素狂飆，等著拿刀襲擊和綁架某人——嗯，他絕對不會相信。但他在這裡，冒汗的手抓著剛磨過的菜刀的刀柄，聽著那個害他爸爸、也許也害他妹妹喪命的人的腳步聲。格雷從陰暗處跳出來，一隻手臂摟住了那個男人的脖子：**「不要動，不准說話，我手上有把刀抵著你的喉嚨，他媽的別動。」**

他拉著他往後退向工地外圍檔板的縫隙，馬克・泰特的雙腳頑固地拖在水泥地上，雙手抓住格雷摟著他脖子的手臂。「不要再掙扎了，停下來，我有刀。你想死嗎？」

馬克・泰特照他說的做了。格雷用枕套套住他的頭，拽著他的雙臂下到後方通道，穿過地下室，上樓，回到第一間公寓。他把他扔到地上，迅速用繩索和領帶把他綁在暖氣上。從頭到尾不發一語。

「我身上什麼都沒有，」馬克・泰特隔著棉布枕套哀叫。「只有大約十英鎊。一支破手機。我家裡有放錢。讓我回家。我拿給你。」

「馬克，」格雷說。一個音節。就這麼一句。他看到馬克僵住了。「馬克・泰特。」

彷彿他剛在酒吧遇到了這位老朋友。

格雷走近他，拿下枕套。

噢，好一個美妙的時刻。他真希望他有拍下來。馬克不受歲月摧殘的光滑臉龐流露畏懼和難以置信的神情。輕微地畏縮著。更棒的是，格雷看得出來他此時非常渴望能伸手整理那一頭被弄亂的可笑頭髮。

「見鬼……？」

「上一次見面是個狂野的夏夜，你和我妹妹一起消失在北海裡。哇嗚。真是好久不見！」

格雷的情緒異常高漲，像是空腹灌了好幾杯酒。

「你最近如何？」他繼續說。「看來你幫自己打造了美好新生活！娶了可愛的妻子，幹得好。哇。有小孩嗎？」

馬克木然地搖搖頭。

「沒有啊，」格雷說，「這樣可能比較好。畢竟你是個神經病。」

他看到馬克吞了下口水，棕褐色皮膚在他眼前逐漸轉為灰白。

「要拿點什麼給你？」他說。「水？巧克力棒？Doritos 餅乾？我現在想起我應該要準備些啤酒。不過，既然在可預見的一段時間裡你都會被綁在暖氣旁邊，最好讓你的膀胱空一點兒。」

外面傳來塑膠檔板在風中拍打的聲音，和離開倫敦的通勤要道上尖峰時段的繁忙車聲。格雷聽見馬克驚慌失措的呼吸，還有塞在那套精緻西裝某處的手機不斷嗡、嗡、嗡地振動。

「她會怎麼做？你的小新娘？」手機停止嗡嗡聲後，格雷問。「如果你一直沒回家？」

「她會很擔心，」馬克立刻回答。「她才剛到這個國家。不認識任何人。她會害怕。我可以發簡訊給她嗎？讓她知道我會晚點回去？」

「不行，你不可以。回答我的第一個問題：到底他媽的發生了什麼事？我是說……你應該淹死了。」

「顯然我沒有。」

手機又開始嗡嗡作響。格雷嘆了口氣。「所以是怎麼了？來吧，想想正擔憂你的去向的妻子。快說。」

馬克笨拙地調整了一下身體，扯著塑膠繩結和繩索，把頭往後一甩，試圖甩開遮住眼睛的瀏海。「我爬出來了。大約在一英里外的海灘。我爬上岸，那裡有一個電話亭，我打給姑媽，她來接我，帶我去了哈羅蓋特。我差點死掉。失血又失溫。我的意識模糊；昏迷不醒了好幾天。」

格雷用拳頭捶著地板。「我不在乎你發生了什麼事。柯絲蒂呢？如果你活著，她呢？」

這個問題似乎讓馬克很驚訝。「她就是……不見了。你知道我的意思？我本來拉著她；我有試著拉她上岸。她就在那裡。然後她……不見了。」

「你放開她了？」格雷想像著《鐵達尼號》最後一幕，凱特．溫絲蕾讓李奧納多．狄卡皮歐滑入冰冷海中的畫面，想像海水淹沒柯絲蒂的臉和青藍的唇，想到她最後看到的景象竟是馬克・泰特冷酷的臉，這令他作嘔。

「對，」他回答，「不對。我不確定。就像我說的，我的意識很不清楚。我凍僵了。上一刻我還抱著她。然後她消失了。她不見了。我沒有力氣找她。我幾乎是被漂到岸邊的。」

格雷坐直了挺起身體。「你漂回岸邊？」

「是啊。我猜。我不確定。我流了太多血，沒有很清醒……」

「如果你被漂向岸邊，她為什麼沒有回來？」

「我不知道。可以了嗎？」出現了，格雷記憶中他那事不關己、黑暗而冷酷的語氣。這就是那個人的聲音，他從臥室窗戶看到在柯絲蒂不想吻他時狠踢著牆的那個人，在他妹妹不想見他時試圖強行闖入小屋的那個人，拿刀抵著他妹妹的喉嚨，抓著她跳進北海裡的傢伙。這個聲音的主人奪走了格雷的人生。

馬克的手機再次嗡嗡響起。格雷克制住從馬克的口袋裡掏出手機，狠狠用腳踩的衝動。

「你有找她嗎？」他說。「在你獲救之後？你有去看看嗎？」

馬克微乎其微地搖了下頭。「我說了，我當時根本半死不活。就是那副模樣。三天後才清醒。那時候，全世界的人都以為我已經淹死了。我不能回去。我哪兒也去不了。」

格雷用雙手壓著頭的兩側。「他媽的去死。她可能還在那裡。她的屍體現在可能就在那兒，在某個岩石上。這麼多年來，我們或許能夠好好兒地埋葬她。我的意思是，耶穌基督，你絲毫沒有想過嗎？我的人生就這樣……毀了。徹底地毀了。因為你。因為你對我的家人做的事。毀了我媽媽，還有我。我們是……我們曾經是美滿的家庭。是的，沒錯。我們是平凡無奇的一家人。生活無趣、有點土、沒有什麼驚喜、很呆板。我們用的家具、吃的食物、開的車都很普通。我妹妹天真單純。我的父母則是……好吧，我們並不會在餐桌上對時事大發議論。我們從來沒有談什麼重要的事情。這沒關係。因為我們只是普通人。我們做的一切都不重要，不會改變什麼。事實上，你大可以殺了很多像我們這樣的人，對這個世界也沒多大影響。但我們原本過得很好。而你毀了我們。你毀了我。」他停下來，意識到自己的淚水逐漸匯聚。**「你的**家人呢？**你的**媽媽？你和凱蒂怎麼能讓你媽媽以為你死了？」

「因為……」馬克重重地嘆了口氣。「我媽媽討厭我。我爸爸也是。而我和凱蒂之間有著聯繫。我還是個孩子的時候就這樣。她知道。即使我沒說。她知道發生的一切與我有關。她想保護我，就像她一直以來那樣。她從萊丁豪斯鎮上的小道消息聽說你失去了記憶，而警方把這當作不幸的意外，他們已經放棄尋找屍體。於是她把我藏起來，藏了兩年。我們一直在等待有人敲門，等待聽到你恢復記憶的消息。沒有，你也從來沒有來過，我漸漸地試著發展新的生活。我搬到康沃爾住了一年，做拿現金的工作，然後去了蘇格蘭，之後又回到康沃爾，我在沒有護照的情況下盡可能遠離哈羅蓋特。住出租套房。存夠錢後買了一個假身份。找到了工作。獲得晉升。再次升職。然後我……」

他停下來，將目光投向了他住的公寓。「我遇到了一個女人。步入婚姻。沒有家人的生活很辛苦。做什麼都自己一個人。沒有真正的朋友。如今，終於，我擁有屬於自己的東西。有一個人。屬於我的人。」像是安排好一般，他的手機此時應聲響起。他垂下頭，等它停下來，然後再次抬起頭。「我愛她勝過我生命中任何事物……」

格雷盯著他。大笑出聲。

馬克被笑聲嚇了一跳。

「你不是在開玩笑吧？你認真期待我為你感到難過嗎？你他媽瘋了嗎？喔，對，我忘了——你是瘋了。」

馬克臉頰的某塊肌肉微微地抽動，他再一次試圖甩開垂落眼前的頭髮。「那麼，告訴我，你究竟是什麼時候**奇蹟般地**恢復記憶？」

「就在上週見到你的那一刻。」

「你上週見到我了？」

「是的。在城裡。維多利亞區。你正走進辦公大樓。一切都回來了。所有的記憶。」

「你到底記得什麼？」

格雷臉色發白，腦中再次掠過那些場景。重述細節時，他的聲音顫抖。「我全都記得。我記得你跟著我們進了花園。我們在看孔雀。牠在跳舞。我記得你把我們帶去那個房間。我記得你碰我妹妹。企圖強姦她。然後你尾隨我們到了岩岸邊，抓著我妹妹跳進海裡。我爸爸……死了……就在沙灘上。所有記憶，所有被深鎖二十多年的記憶。讓我無法好好生活的過往。都浮現了。我全都記起來了。你要為你所做的付出代價。我會報警。他們會逮捕你，你會在監獄裡度過餘生。」

馬克發出嘶啞的笑聲。「真的嗎？你這麼認為？就靠一個事發當晚嗑了藥的傢伙那其實不太可靠的記憶？當年還聲稱完全不記得那一晚發生了什麼事？然後在二十多年後**奇蹟般地**想起來？你真的認為他們會相信一個拿刀把人從街上擄走，擅闖私人房產並將他囚禁的人？一個看起來，請原諒我直白的用詞，顯然腦子有問題的人？」

「但是你裝死！」格雷說。「你拿的是假護照！」

「那是你以為。」

「什麼意思，我以為？」

「我的意思是，如果你把警察帶到這裡，我只需要告訴他們，我應該是和很久以前、在離這裡很遠的地方死掉的某個人很相像，所以你攻擊了我，你是危險人物，可能腦袋有問題。我會否認所有關於所謂馬克．泰特的說法。」

「他們會查你的身分。他們會知道卡爾．蒙羅斯並不存在。」

馬克緩緩搖頭。「我為我的身分花了很多錢。一大筆錢。這是通過警方認證的。萬無一失。」

「胡扯。」

馬克聳了聳肩。「我繳稅。我有選舉投票權。我可以自由地出國旅行。我是卡爾．蒙羅斯。去啊。」他點頭示意著格雷的手機。「打電話給他們。看看會發生什麼。去啊。」

格雷狠狠地盯著馬克，然後低頭望著手機。他所處的現實立場變得清晰，他感覺一陣噁心。

「繼續啊，」馬克說。「你在等什麼?」

手機被格雷汗濕的手握得濕漉漉的。他轉身遠離馬克。全身發抖。他無法里清思緒。

「不如你解開繩子，」馬克說。「鬆開我——放了我。你繼續過你的人生。我也繼續過我的日子。如何？」

格雷轉過身來。「不！」他說。「不!我沒有什麼人生可以繼續。你看不出來嗎？我沒有他媽的人生，你從我身邊奪走了！」

馬克嘆了口氣。他的手機再次振動。「來吧，」他說。「她越來越絕望了。她很快就會去報警。警方會追蹤我的手機找到這裡。他們會發現一個無辜的人被綁在暖氣旁，還有一個眼露瘋狂的瘋子，刀上全是他的指紋。你現在放我走，我會向她編一些火車延誤之類的理由。」

格雷閉上眼睛，想起了他媽媽。心碎、孤獨、整個人得依賴格雷才能勉強正常生活。他想到他所重視的日常小事：工作、學生、他的貓、五人足球隊。然後他想著坐上警車被帶回燈火通明的偵訊室，試圖向一對表情木然的警探解釋自己的那份羞辱，他們會越過交疊的指尖，憐憫地看著他，彷彿他是個瘋子。然後他想，也許他是瘋了。對吧?他在想什麼啊?繞著倫敦和薩里跟蹤這個人?在街上綁架他?把他綁著?他希望達到什麼目的?

手機再次振動。那個聲音穿過他的意識如形成碎裂的玻璃。他等到手機停下來，轉身面對馬克。

馬克一臉得意地衝著他笑，活像汽車推銷員即將成功銷售一輛滯銷的汽車。「好了，格雷漢。讓我走吧。」

突然湧上的憤怒壟罩了格雷。

他的視線模糊，全身發抖。他張開雙臂衝向馬克。

54

莉莉抓著法蘭克的手臂，幾乎是用喊的說，「然後？怎麼了？你殺了他？他死了嗎？還是他還在那兒？告訴我！快告訴我！」

他茫然地看著她，搖搖頭，她大喊，「我受夠了！」然後拿出手機，但在按下崔維斯警探的號碼前，她遲疑了。如果這個怪人是對的呢？如果她先生真的做了那些可怕的事？萬一他們把他帶走關進監獄該怎麼辦？不，她下了決定，先不找警察。還不是時候。她拿著手機走到咖啡店外，改撥了洛斯的電話號碼。只響了一聲，他就接了起來。

「莉莉？」

「洛斯，你在哪裡？」

「我在辦公室。」

「洛斯，你得立刻出發。你得去一個地方。一個叫狼丘大道的地方。那是倫敦路上的一個建案。就在我和卡爾住的公寓旁邊。現在裡面沒有人，因為建商破產了。你得去——」

「莉莉，等一等。我在上班，我正準備要參加一個會議。」

「你不能去開會，洛斯。你要去狼丘大道。卡爾在那裡。我正和把他帶去那裡的人在一起。那個人把他綁在那裡的暖氣上。在星期二晚上那天。你現在必須去找他。他被綁在第一間公寓裡面。拜託。」

她聽到他嘆氣。「莉莉，」他輕聲說，「從頭開始說。妳在哪裡？」

「我在萊丁豪斯灣的一家咖啡店。原本是想來問問有沒有人認識住在那棟房子裡的女士。這裡有幾個人，他們聽到我詢問的原因。他們當中有一個失憶的男人，他是在星期二來到這裡的。他看到了卡爾的照片，認出了他。他說卡爾之前叫馬克，二十年前這個小鎮發生了一件可怕的事，卡爾傷害了某人。他說他上週跟蹤卡爾，把卡爾帶到那個建築工地，把他綁在那裡。拜託，洛斯，請去找他！現在就去！」

「莉莉，」他嘆了口氣，「或許妳應該報警？」

「不！我不能，洛斯。咖啡店裡的那個人說，卡爾是壞蛋。卡爾做了很糟糕的事。我不認為他的話可信……」她頓住，想起她醒來時卡爾的雙手正掐著她脖子的那個晚上，想起了他時不時地顯露沒來由的陰沉表情，他的假護照，還有捏造出來的母親。「但是，」她振作精神，「在我親眼見到卡爾之前，我不想冒險。」

他的語氣改變了，她說的話軟化了他。「好吧，」他說，「好。」背景裡的嘈雜聲不見了，關門聲，接著是紙張簌簌作響。她可以感覺他坐下來。「來吧，」他說，「告訴我確切的位置，以及我到那裡後該怎麼做。」

55

艾莉絲往咖啡店窗外的莉莉看了一眼。她把鑰匙遞給黛莉，然後說，「妳能幫我很快地回我家一趟？打開後門，讓狗出去。請忽略妳在地板上發現的任何東西。」

黛莉沒說什麼，起身離開。萊斯莉去櫃檯買了另一輪咖啡。莉莉在咖啡店外比手畫腳地跟電話那頭的人說著話。

艾莉絲轉頭看著法蘭克。「還好嗎？」她說，把手搭在他的肩上。

他不置可否。

「還有想起什麼嗎？」

他望著窗外好一會兒，然後嘆了口氣，搖了搖頭。

外面的人行道上，莉莉剛結束通話。

「他們怎麼說？」艾莉絲在莉莉回到咖啡店時說。

「我沒報警，」她簡短地說。「我打給我朋友。他會去那個工地。我們很快就會知道結果。」她逐一地看著他們。「那現在要做什麼？」

萊斯莉回答：「很明顯，不是嗎？我們能做的只有一件事。我們得找到凱蒂．泰特。」

「我們應該回去那棟房子，」艾莉絲說。「看能不能在哪裡找到她的地址。」

「我已經翻過了，」莉莉說。「什麼都沒找到。」

「那是一棟很大的房子，」艾莉絲語氣和緩地說。「也許值得再多找一遍？」這個女孩只比茱莉大五歲。她想像著她的女兒在一個陌生的國家，瘋狂地尋找把她帶去那裡的男人。她想像著自己、法蘭克和萊斯莉在莉莉眼中的模樣：又老又怪，令人不安的陌生人。她第一次對莉莉露出了微笑。

莉莉遲疑了幾秒，旋即挺起胸膛做了決定。「你們可以這麼做，」她說。「我要再去問問鎮上的人。待會兒再過去。」

艾莉絲看著她轉身離開咖啡店，在門口猶豫片刻後往左轉。是怎樣曲折的命運把這個女孩帶到了隱藏在約克夏郡海岸峽灣處這個寧靜、平和的波西米亞小鎮？如果馬克．泰特從未走進她的生活，此刻的她會是在做什麼？

然後她想到馬克．泰特，被綁在空蕩蕩的公寓裡的暖氣旁。她想到她所認識的法蘭克說他做過些什麼才能把馬克綁在那兒：抵著喉嚨的刀，蓋住頭的枕套，進行綑綁跟語出威脅，在大街上綁架擄人。她無法將這些行為與過去五天住在她家中那個溫和的男人連結在一起，和她上床的男人，在清晨陪著她女兒坐在那兒的男人，讓她最認生的狗願意主動親近的男人，得到她十幾歲的兒子認可的男人。這一切再次提醒了她，她上週在海灘上發現的那個男人根本不存在，他只是個空殼，可以放進任何她所期待的內容物。她幫他灌輸了適合她的特質和個性。她忽略了在溫柔的完美外表下，法蘭克其實是反社會分子甚至是殺人犯的可能性。她讓她的孩子們置身於危險之中。她讓自己置身於危險之中。

然而，當她與他並肩走向凱蒂・泰特的房子時，她仍然為他揪心，她仍然渴望擁抱他。不管他是什麼樣的人。不管他是誰。不管他做了什麼。

——

法蘭克轉向艾莉絲，有些遲疑地笑了笑。她在想什麼？他好奇著。她在懊悔與他相伴的每一分鐘嗎？因為想到他們在一起的那一晚而畏縮？她腦中的他是否已然被重新描繪為某個扭曲的怪物？

從他開始慢慢恢復記憶的那一刻開始，他可以感覺到某種暴力、感覺自己的雙手扼住了某個喉嚨，一股緩緩燃燒的殺氣。莉莉的朋友打開第一間公寓的門會發現什麼？空房間？一具屍體？

他們上坡朝向往城外的主要道路走去，他發現自己偏離了其他人的前進方向。

「法蘭克？你要去哪裡？」艾莉絲喊他。

他抬頭看看他們，然後向下看著沿海的那條路。「我們可以往這邊……？看一下？」

有什麼東西吸引著他，拉著他往下坡走，沿著那條小巷，朝向大海走去。他走過這段路。走過非常多次。其他人點點頭，跟著他，當他走到狹窄小巷的另一端時，他本能地向右轉，那棟兔子小屋就佇立眼前。除了名字換了。外面的雕刻石板上寫著「常春藤小屋」。它被漆成了柔和的天藍色，窗戶換成了雙層玻璃。

他盯著那間小巧的屋子，感覺自己的靈魂像是被扯開了一個大洞。這是他們一家人最後一次聚在一起的地方。如果那天晚上他和家人一起從酒吧回家，如果他和家人待在一起而不是顧著把妹，如果他沒有灌下三杯龍舌蘭酒，把那群人帶來這裡，他們那一晚會早早上床睡覺，第二天醒來，一起度過接下來的假日；他們會一起開車回到南方，這輩子都有彼此的陪伴。柯絲蒂會遇到一個腦袋沒有問題的好人；格雷會有外甥女或外甥，有個妹夫。他自己也可能娶到老婆，養了一、兩個孩子。他媽媽會和其他人一樣得處理空巢期的問題，而不是變成緊張兮兮的焦慮狂。他爸爸會越來越老，頭髮日漸灰白，他們會一直是這麼平凡、無聊而美滿的一家人。

都是他的錯。所有事情。**一切起因於他。**

黛莉從一條鵝卵石小巷的入口冒出來，手裡拿著艾莉絲家的鑰匙。她驚訝地看著他們。「感謝你們都有記得說你們打算去哪兒啊，」她說。「我剛回咖啡店，站在外面的女人說她看到你們都往這邊走了。」

艾莉絲跟她道歉，黛莉不以為意地聳了聳肩，把手插進口袋。他們開始往鎮上走去。法蘭克發現自己走在黛莉旁邊。他們不發一語地走了一會兒，然後黛莉開口，「那麼，法蘭克，你殺了他嗎？」

他愣住。「什麼？」

「馬克．泰特。你殺了他嗎？你一直在看你的手指——」她低頭看著他的手，「——好像你不認識它們一樣。彷彿它們不屬於你。」她瞇起眼睛。「我是說……這樣很合理。它可以解釋你的失憶，還有你為什麼半夜跑來這麼偏僻的地方。不是嗎？」

他看著她，試圖釐清她的意圖。這是一種挑釁嗎？刻意攻擊？或者只是向他提出一些有趣的推論？

「我真的不知道，」他說。「我可能殺了他。是的，可能。用我的雙手。」

「如果你真的有的話？」

「我想他是真的該死。而我應該為我做的事進監獄。」他聳聳肩，這個想法讓他有獲得平衡和鬆了口氣的感覺。

接下來的路上，他們都沒有說話。

56

馬克的手機又響了。

格雷停下腳步，從馬克身邊退開，用手抓著自己的頭髮。擔憂的妻子。他想像她緊張地坐在沙發邊上，緊握的手捏著揉成一團的面紙，固執地按著通話鍵，一遍又一遍。她會一直這麼做，直到馬克的手機沒電。他俯身從馬克的口袋裡掏出手機，用盡全力發出一聲彷彿宣戰般的吶喊，把它扔到房間另一頭。它在抽油煙機上發出驚人的撞擊聲後，滑過廚房的地板，停在遠處的角落裡。抽油煙機上的燈泡嘶嘶作響地閃爍。而後一切歸於沉寂，格雷感到解脫。

「好啊，你這呆子，」馬克說。「現在她會更擔心了。你真是個蠢蛋。」

一度平息的怒火再次燃起，加倍火熱、加倍濃烈。

終於，格雷屈服於二十二年前初次見到馬克．泰特之後就縈繞於心的那股原始衝動，他任由雙手將他帶到馬克．泰特身邊，他的兩隻手環繞住馬克的脖子，他在心裡喝采著，看著雙手合力捏緊馬克．泰特的脖子，用力地擠壓、阻止、切斷所有呼吸，直到馬克．泰特不再試圖掙脫格雷的手，直到他身體軟了下來，整個人倒在地上，停止呼吸，他媽的永遠閉上嘴。

當他們接近凱蒂．泰特位於懸崖上的房子時，法蘭克拉住艾莉絲的手，急迫地將她拉向他。

她轉身看著他。他震驚地發現她的臉現在對他來說，比世界上任何事物都要熟悉。然後他意識到，在說出他即將告訴她的話之後，他可能再也見不到這張臉了。

「我想起來了，」他說。「我勒死了他。我勒死了他，他死了。」

「見鬼。」她頓了頓。「你確定嗎？」

「以我所能記得的那樣確定。」

她把手放在他的頭後方，撫摸著他的頭髮。這個動作讓他想哭。

他們交換了一個眼神。法蘭克點點頭。

艾莉絲追上其他人。「法蘭克想起來了，」她沉重地說。「馬克死了。法蘭克說他殺了他。」

他們全都瞬間靜默無語，直到黛莉打破了沉默，「嗯哼，恭喜，法蘭克。那個混蛋活該。」

57

莉莉看到他們站在屋外，正專注地交談著。她嘆氣，挺直了身子，輕快地走向他們，「哈囉！」

他們聽到她的問候轉過身，她退了一步。

「這是怎麼了？」她說。

他們彼此交換著驚恐的表情，然後那個叫萊斯莉的女人微笑著說，「沒什麼。沒事。

「那麼，妳有什麼收穫嗎？」

莉莉又嘆了口氣。她在鎮上的短暫調查收效甚微。高級鞋店的女主人大約兩年前在萊丁豪斯灣見過凱蒂．泰特。凱蒂跟她說，那天回來是要跟那台三角鋼琴的買家碰面，她不會在這裡過夜，傍晚就要回去了。她試穿了一雙皮靴，但最後什麼都沒買。那個女主人似乎**不太高興**。

沒有人確切地知道凱蒂住在哪裡。「哈羅蓋特那一帶」是一般的印象。只是這樣。

「他們說她已經好幾年沒來了。」莉莉說。

「但我知道她有。她昨天在這裡。所以啊，」她聳了聳肩。「一切仍然是謎。」

「你朋友呢？要去廢棄工地的那個人？妳有他的消息了嗎？」

她搖頭。「我幾分鐘前打了電話。他在火車上，還要二十分鐘車程。我們只能等。」

「嗯，」萊斯莉說，看向房子。「我們進去吧？」

那個叫法蘭克的男人進入房子後變得很奇怪。他試探性地緩慢移動著，他的手下意識地摸著經過的牆面和家具表面。他上下打量著房間，她注意到他的手在顫抖。

「完全一樣，」他說。「跟以前一模一樣。除了……」他轉向艾莉絲說，「……毫無生氣。」

是的，莉莉想，沒錯。這是一座死宅。

「有一個房間還活著，」她說。「來吧。」

他們默默地跟著她上了樓梯。

當他們走上第二層樓梯時，法蘭克開始不由自主地發抖。

「這裡就是他帶我們去的地方，」他說。「他硬拖著我們。這裡——」他指著他所站的台階，「——他把我妹妹壓在地上，企圖在我面前強姦她。」

他跪下，用指尖劃過舊地毯。「看哪，血跡。那是馬克的血。他的頭受傷了。我用衣架撕裂了他的頭皮。妳先生，」他說，突然看向莉莉。「他有傷疤嗎？就在他的頭髮下面？大概這個地方？」他比著自己的頭頂。

「我先生的髮量濃密，」莉莉說。「我不清楚下面有什麼。」這是一個謊言。她有察覺他所描述的傷疤，她每回用手穿過卡爾的髮間時都有察覺。那裡有一塊硬皮，像一小塊咬過的口香糖。她向他問過一次。他說是小時候的一場意外。這讓她愛上了這道傷疤，它不僅是他身體的一部分，也代表著他極少數與他分享的過往。她會在他們做愛時尋找它，用指尖悄悄地、不著痕跡地迅速拂過。如今，同一道傷疤成了證據，彷彿她需要的證據還不夠多一樣，證明了她摯愛的男人，她為之離開家人、放棄家鄉和原本生活的男人，是一個會用暴力傷害女人的大壞蛋。

她壓下這些念頭，繼續領著他們到了閣樓的房間。

「這就是那個房間，」法蘭克一邊推門一邊說。「他把我們關在這裡。不過現在看起來完全不一樣。」

他們站了一會兒，打量著空蕩蕩的房間。

「好了，」萊斯莉說。「我們得分開來找。我們要像法醫鑑識一樣仔細。直到找到任何上面有她的地址的東西。」

這沒有花太多時間。艾莉絲就在廚房舊櫥櫃一個抽屜後方的送貨單上找到了，

凱蒂．泰特夫人
長老教區
考克斯伍德
哈羅蓋特
郵遞區號 YO61 3FG

他們盯著地址看了片刻。莉莉不清楚自己的想法。她想見見這個女人，這個不知為何這麼多年來保護著卡爾不被警方發現的女人，在他們結婚那天的電話中假裝是他的母親，這個悲傷的孤獨女人散發著茉莉花香，擁有許多漂亮衣服，遠遠避開小鎮居民，躲在懸崖上的一座荒廢大宅裡。她想見見她，好讓自己能更清楚地理解這一切。但她也很害怕，害怕聽到會讓她厭惡卡爾的事情。她不恨卡爾。她知道她應該要，但她沒有。她一點兒也不恨他。

就在她思考的時候，她的電話響了，是洛斯，她看看手機，再看看其他人，他們當中看著她的表情有恐懼、關心、也有不耐。她深吸一口氣，接了電話。

「哈囉，洛斯。你到那裡了嗎？」

「是的，」洛斯說。「我在這裡。沒有看到卡爾。」

她把頭髮撥向臉旁，皺起眉頭。「你有找對地方嗎？」

「對。沒錯。一號公寓。狼丘大道。他一定曾經在這裡，我看到領帶和繩索——丟成一團。看起來……好吧，這麼說吧，他應該有在這裡待過一段時間。但他現在不在這裡。他不見了。」

她如釋重負，整顆心感覺活了過來、放鬆下來。「哦，」她說，「感謝老天。太感謝了。」

其他人瞪大了眼睛看著她。

「嗯，是吧，」洛斯繼續說。「某個角度來說是很好。但換句話說，這表示……嗯，妳能理解吧，那他在哪裡？他打算做什麼？我的意思是，莉莉，他可能是個危險人物。」

她憤怒地倒抽一口氣，儘管知道對此憤怒是不對的，還是無法改變她的感受。「對我來說不是，他不是。」她掛斷了電話。

其他人還在看著她等著結果。

「他不在那裡。」她告訴他們。

「妳是說，他跑了？」艾莉絲問，一臉震驚。

她嘆了口氣。「是的。他鬆開了繩索，逃跑了。」她盡量不去想他沒有試圖跟她聯繫，沒有來找她的事實。

黛莉和艾莉絲轉向法蘭克，疑惑地望著他。

「你沒有殺他？」艾莉絲說。

他臉色蒼白地顫抖著。「我不知道，」他說。「我以為……但也許沒有。也許他只是昏迷了？」他吐了口氣。「我真的不知道。」

一時沒人說話。

萊斯莉看了看手錶說，「這樣吧。現在是十二點十五分。我會打電話給辦公室，告訴他們不用等我回去。然後開車去考克斯伍德找凱蒂・泰特。你們幾位呢？」

黛莉告訴艾莉絲，她會去學校幫忙接孩子們，其他人則等著萊斯莉去開車過來。他們坐在白色大房子門前的台階上，尷尬地沉默著。天氣變得很好；淡藍色的天空，微風吹拂著落在腳下的櫻花。

終於，莉莉轉向法蘭克說，「所以，你以為你殺了他？」

他看著她的表情彷彿根本忘了她在那兒。然後他點頭。「是的，」他簡潔地說。「我確實這麼做了。」他從她身上轉回視線，看著自己的手。「妳愛的人是個怪物，」他平靜地補充。

「但是，」她說。「你試圖殺了他。你把他留在那裡等死。這又讓你成了什麼？」

法蘭克嘆了一口氣。周圍一陣寂靜，除了遠處海鷗的聲音，樹籬裡雛鳥爪子的刮擦聲，以及一隻在樹梢上俯視著他們的燕雀的鳴叫聲。「殺人是我的錯，」他說。「但這不會讓我成為怪物。」

58

雖然有很多事可以說，但從萊丁豪斯灣到考克斯伍德這一路卻是異常地安靜。萊斯莉用免持聽筒打了幾通公務電話，以充滿活力的語調談著幾則她正在準備的報導：有個女性在赫爾被強暴，古爾碼頭有三名菲律賓男子死在船上貨艙，還有居民對貝弗利最受歡迎的酒吧被拆除的反應。

艾莉絲的思緒飄向遠方，她望著美麗的鄉村景色：白亮的陽光點點灑下，田野裡開滿了金色的油菜花和向日葵。然後她看著法蘭克。他動也不動，靜默地凝望著他那一側的車窗外。

「你覺得他會在哪裡？」她問。

他聳了聳肩。「他以前就曾經失蹤過。他現在有可能在任何地方。」

她壓低聲音。「有關你之前說的，你做的那件事。」她做了個勒人脖子的動作。「你確定這件事有發生過？你確定真的有……？」

「我確定，」他堅定地說。「有。」

她點點頭。她很難想像法蘭克腦中的事。她想起了他到她們家的第一個晚上，打著赤腳，剛從浴缸裡出來，穿著凱的連帽衫。那時的他因為空白的記憶而顯得毫無負擔。現在的他看起來不一樣了，被重新浮現的許多記憶的重量壓著，不知怎地感覺沉重。

路邊的標誌寫著「考克斯伍德，二分之一英哩」。一分鐘後，萊斯莉的衛星導航告訴她右轉。在這旅途的最後一站他們持續沉默。一開進這座宛如風景明信片的村莊，艾莉絲心中忍不住讚歎：寬闊的街道兩旁是碧綠色的草坪，迷人的淺色石頭房屋、驛站和茶館沿著斜坡而上。他們經過山谷頂部一座漂亮的教堂，然後衛星導航要他們左轉，他們在村莊旁轉了一個小彎，就是這裡。教區牧師的老住宅，就在教堂後面。這是一座美麗的由三翼側邊構成的宅邸，有著碎石車道和老樹，前門旁是一株盛開、引人注目的巨大木蘭。

萊斯莉關掉引擎，他們盯著這棟房子看了半晌。

「我去，」莉莉說，一邊解開她的安全帶。「她和我有關，我去。」

萊斯莉反對，但莉莉不快地舉起手擋在萊斯莉面前表示抗議：「不。我一個人來到這裡就是為了找這個女人。我可沒有要你們全部都跟來。」

「呃，對不起，」萊斯莉說，「但如果沒有我們，妳現在還帶著妳的小相簿在萊丁豪斯灣一家店、一家店地找。很抱歉，法蘭克和艾莉絲跟妳一樣有權聽到這個女人說的話。這女人的侄子對法蘭克和他家人做的一切，毀了法蘭克的人生。要嘛我們一起進去，要嘛我現在掉頭回家。」

「妳只在意妳的報導。」

「是的。我當然關心我要寫的這篇報導。那是我的工作。但關心『報導』並不意味著我不關心這個事件造成的結果或當中牽涉的人。」

「好吧，」莉莉在像孩子般賭氣的一陣沉默後說，讓艾莉絲想到了她的兩個女兒。「我們都一起去。」

前門設在房屋靠左側的區域。萊斯莉按了門鈴，踩在石板道上的腳步聲響起，接著門開了。有個女人透過門鏈探出頭來，她的臉白皙美麗：柔軟、凹陷的臉頰，充滿活力的亮粉色唇膏，白金相間的髮色，還有茉莉花的柔和香氣。

「哈囉！」她一派輕鬆地打了招呼，但等她一一看過門外來客後，神情轉為疑慮。

「哦！抱歉，我以為是送貨員。你們有什麼事嗎？」

「我叫莉莉，」莉莉說，「昨天我和妳通過電話。我嫁給了妳侄子馬克。」

「別傻了，」她說，表情痛苦而扭曲。「馬克死了。」

「事實上，」萊斯莉說，往前了一步，「他沒死。我們知道他沒死，因為這個男人——」她指著法蘭克，「——上週把他關在一間空蕩蕩的公寓裡，妳『死掉』的侄子告訴了他一切，包括那個他應該已經淹死的晚上，妳是如何把他從岩石上救上來帶回家的，沒有告訴任何人，包括他自己的母親。」

凱蒂・泰特瞇起眼睛。「請問妳是？」她問萊斯莉。

「萊斯莉・韋德。」她向凱蒂伸出手。「《萊丁豪斯報》的記者。」

凱蒂正準備在她面前把門關上，但萊斯莉的腳已經伸到門縫邊。「我現在的詢問不會做成紀錄，」她說。「我是來幫忙的。現在還沒有故事要報導。還沒有。如果有的話，這篇報導會是調查性的，大篇幅的，包含完整的採訪，不會有任何不恰當的內容。」

凱蒂再次試著把門關上。

「看！」萊斯莉說。「看到這個人了嗎？這是格雷漢•羅斯。還記得他嗎？凱蒂，他是柯絲蒂的哥哥。來過妳家的男孩；被你侄子挾持、攻擊，折斷手臂的男孩。他受到嚴重的驚嚇，直到成年都處於混沌之中，因為他想不起來那天晚上發生了什麼。」她暫停說話，用力抵著門不讓凱蒂關門。「現在他想起來了。他想起馬克．泰特做了什麼。凱蒂，這是妳欠他的，妳應該告訴他所有妳知道的事。」

凱蒂突然放鬆了她壓在門上的力道，透過門縫往外看。她看著法蘭克，嘆了口氣，眼裡充滿了淚水，「你這個可憐的孩子。」

然後她挺直身子，看向萊斯莉。「他可以進來，」她說，「但你們其他人不行。」

「但是——！」莉莉開口。

凱蒂沒有理會她，再將目光轉向法蘭克。「請進，」她說，「進來吧，我會把我所知道的都告訴你。」

法蘭克看了看艾莉絲，然後又看向凱蒂。「可以讓我的朋友也進去嗎？艾莉絲一直在幫助我。她跟這一切都沒有關係。只是一個好人。」

凱蒂很快地點頭，然後開門讓他們進來。

他們轉頭看向莉莉和萊斯莉露出抱歉的微笑。

「好吧，」萊斯莉說，「我想我們可以去吃個奶油茶？」

「奶油茶？」

「就是有蛋糕之類的。走吧。」

帶著他們走到她的廚房，廚房的建材用的是深色木材和灰白色美耐板，中島上懸掛著吊燈，廚房另一端有兩張大沙發，還有落地玻璃門可通往精心修整的花園。她讓他們坐在廚房餐桌旁，用一個超大的圓點壺泡茶給他們喝，並打開一包焦糖薑餅。

完成這一切後，她坐了下來，用手將她瘦弱大腿上整潔的海軍藍長褲皺褶撫平。「我對發生在你身上的事情十分抱歉，」她對法蘭克說。「對你父親和你妹妹發生的事我感到遺憾，我真希望……」她停頓了一下。「從那一天他從海灘回來告訴我遇到你們這一個『美滿家庭』，他要做蛋糕的那一刻起，我就知道有什麼事要發生了，我知道最後會有不好的結果。馬克總是會……」她又停頓了一下，掀開茶壺的蓋子，攪動茶葉再蓋上，「……製造麻煩，」她把這句話說完。「我丈夫的兄弟和他妻子，他們在馬克已經相當大的時候收養了他。八歲吧，還是九歲，差不多這樣的年紀。他們的女兒十多歲，變得越來越獨立，我想他們覺得自己還沒有準備好進入人生的下個階段。但又不想再來一個小嬰兒重頭來過。所以他們想到去收養年紀稍大的孩子。當然，馬克確實是很好看的小男孩，他為了能過更好的生活緊緊地依附他們。他們並沒有太認真地思考過，一個曾被虐待過的男孩代表著什麼。他們以為他們可以治癒所有的傷口並彌補所有的傷害，不幸的是他們**錯了**。那是根深蒂固的傷。」

她從壺裡倒出三杯茶，把壺放回隔熱墊上，將牛奶罐遞給艾莉絲。「看妳自己想加多少牛奶——每個人口味不同，不是嗎？總之，他們無法應付他。馬克什麼都想要：最好的衣服、最好的玩具、他父母所有的時間和注意力。姐姐卡蜜拉在十七歲時搬出去住在朋友家裡，因為她不想面對這些衝突和麻煩。但是，出於某種原因，馬克在我和我丈夫身邊很平靜。我想是因為我們沒有自己的孩子。也因為他沒有和我們住在一起，所以我們不用試著諄諄教誨。這塊地屬於我們——」她比向落地窗外，「——有狗、有海邊的大房子。大部分週末他都來和我們一起度過假期。我的意思絕對不是要說他其實很好相處。馬克從來都**不好**相處。只是他在這裡時會比較沒那麼**糾結**。而且他特別黏我。但隨著他年齡漸長……」她把餅乾遞給艾莉絲。「他的黑暗面逐漸浮現。特別是他對待女孩的方式。我想他是個惡霸，他認為女孩的存在只是為了滿足他的需求。他會帶一些迷上他外表的女孩回家，我看到他很惡劣地對待這些可愛女孩。」她搖搖頭嘆了口氣。「從那時開始，我確實擔心有一天可能會發生不好的事。但是，我不知道，他來這裡過夜時，總會帶一盒巧克力給我、給我一個大大的擁抱；我真的**喜歡**他的擁抱。我先生不是個會常擁抱的人，我想我從馬克身上喜歡上擁抱。不管怎樣，他會把狗抱起來，帶它們出門，和它們玩上幾個小時的撿球遊戲，我則會坐在這裡看著他，想著：他會長大，不再做愚蠢的事，他會遇到一個很棒的女孩，找到終身伴侶，然後他會變得完美。」

「然後我先生死了。」凱蒂嘆了口氣。「他不是很能接受這件事，他似乎因為某種原因而認為這是我的錯。不再有擁抱，也沒有巧克力、歡樂和笑聲，我得承認，我開始覺得和他獨處讓我有壓迫感。到了這個時候，他和父母已經完全疏遠，改和我們一起住。他十八歲時發生了某件事，他們和他斷絕關係……」

「某件事？」法蘭克說。「什麼事？」

凱蒂再次用手撫著長褲。「跟一個女孩子有關。是他姐姐的朋友。沒有提出控告，但是是非常糟糕的事，他的父母決定和他斷絕往來。不可饒恕，真的是不可饒恕的事。」她緩緩搖頭。「起初我很感激他在我先生去世後來這裡陪我，但幾週後，他就變得……好吧，他變得越來越難相處。那個夏天我們去了萊丁豪斯灣，之前也曾經在夏天時去度假過很多次。我想著，這或許能讓情況好轉。結果是他變得更憤怒，生我的氣，生全世界的氣。他身上帶著一種……**惡意**。我開始在睡覺時鎖門。」她抬頭看著他們兩個，希望他們有注意到她在說最後這句話時的痛苦。

「然後有一天，他輕快地走進屋子，滿心歡喜，談論著蛋糕和你們家，這個『友善的好家庭』。我知道你們家有一個女孩子，一部分的我想著，好吧，也許就是這個了？那個可以治癒他的神奇女孩。然後那天你們來了，我看到小柯絲蒂：如此年輕，如此純潔，完全不可能應付像馬克這樣受傷的靈魂。我的心沉了下來。」

艾莉絲看著法蘭克。他在想什麼？她思索著。他看起來如此靜默，如此面無表情。

「無論如何，」凱蒂繼續說，纖細的指尖沿著她茶杯的弧線上下移動。「他帶她出去，似乎被迷住了，買花給她，帶她去看電影，但有天他突然回來說，一切都結束了，他才不在乎，他的原話是『媽的根本就不屑一顧』，他值得更好的，她不過就是個……」她停下來，抿著嘴。「嗯，你知道，不是好聽的話。但這只持續了一兩天，他似乎放下了，他跟我說，有個女孩要從考克斯伍德過來這裡，她是個歌手。他打算和幾個朋友一起去看她的表演。我鬆了一口氣。**大大的**鬆了一口氣。在我先生去世後，我以為他終於可以釋懷地繼續他的人生。而他對你妹妹怪異的痴迷也已是遙遠過往。他問我可否出去過夜，他想在演出結束後邀請他的朋友回來，或許也包括鎮上一些比較友好的人。他說他們只會在有吧檯的那個房間裡，在一定的範圍裡活動，他不會讓派對鬧得太誇張。當然，我答應了。在他這麼不開心的時候，任何能讓他開心的事都好；在他變得如此不正常時，任何可以讓他變正常的事都好。所以那一晚我回到這裡過夜。這樣很好，我可以享受獨處，不用擔心馬克。直到……」她臉頰的一塊肌肉抽搐著，她用指甲敲著杯子側面。「凌晨一點，有通從路邊公用電話亭打來的電話，『我遇到麻煩了。』。老天，我永遠也不會忘記那一刻。**我遇到麻煩了**。感覺我好像從見到他的第一天起就在等著這通電話。就是這一通。他氣喘吁吁，十分痛苦。『我快死了，』他不斷地說著。**我快死了！**他不讓我報警。我甚至沒問為什麼，因為內心深處我知道原因是什麼。我不知道發生什麼事，但我知道為什麼他不要我報警。我直接跳上車去找他，他坐在米德爾赫斯特灣旁邊的岩石上，身上都是血跡。他整個人青得發白，像是被大海拋出來的恐怖生物。我停好車，穿著非常不舒服的鞋子爬下那些岩石，那是我出門時唯一來得及找到的鞋。當我滑倒時，我的腿被什麼東西割到了。我的傷疤還在，就在這裡。」她捲起整潔的長褲，向他們展示了她左腿上方一道烏青色的垂直傷疤。她緩緩拉下褲腿，繼續說。「那天晚上海浪很大，震耳欲聾。我有看到海岸警衛隊在他們船上拿著手電筒巡邏，救生艇駛向大海，藍色的燈光在鎮上閃爍。那天晚上，原本陷入沉睡的老萊丁豪斯灣幾乎都醒過來了。我永遠不會忘記。我找到路下去救他，設法讓他站起來。船越來越近了。我們只有幾分鐘。然後他指了指下面的斜坡。妳去檢查看看，他說，看看她死了嗎？」

法蘭克瞬間全身僵硬；肩膀向後地挺直了上身。

「我滑下岩石，看到她在那裡……」

「她？」艾莉絲尖聲說。「妳是說柯絲蒂？」

「是的，」凱蒂說。「是她。馬克沒告訴你嗎？」

「告訴我什麼？」法蘭克痛苦地低聲問。

「哦。」凱蒂看起來很慌張。「我以為……好吧。他到底跟你說了什麼？」

「他放開了手。她『不見了』，他沒有辦法救她。」

「哦。」凱蒂臉色發白，她的手指移向脖子上一條細金鍊子的珍珠上。「我……我……我不知道發生了什麼事。我一開始以為，我不知道，以為是喝醉酒嬉鬧造成的，或許他一直在想辦法救她。所以我走向她，用手感覺她的脈搏，她還活著。但沒有意識。」

「妳沒有叫救護車？」法蘭克脖子的肌肉因憤怒而緊繃。「妳沒有──」

「他把刀放在我的喉嚨上。」

「誰？」法蘭克難以置信地說。「馬克？妳不是說他受傷了？他流了很多血？」

「他受傷了。嗯，他似乎受傷了。但是當我檢查完柯絲蒂回來時，他問：『怎麼樣？』我說：『她還有呼吸。』他說，『我們馬上離開這裡。』我當然拒絕了。我當然會拒絕。我說：『不，我要叫救護車！』而他踉蹌地起身，拿出了一把刀。突然間，他從我背後用刀抵住我的喉嚨，我想：好吧，就是這樣。他會殺了我。」

她停頓片刻，喝了一口茶。「我們把你妹妹背到我的車上，放在後面。」

「她那時還活著？」法蘭克的聲音因不敢相信而顯得空洞。

「她還活著。是的，還活著。」

「妳有沒有……有沒有試圖救她？」

「他不讓我這麼做。」

「所以她死了？是嗎？」

凱蒂的眼眶滿是淚水。她點頭，只點了一次。「不久之後。在我們回程還不到半路的時候。」

「在妳車子的後座上？」他問。

現在凱蒂哭了。她的眼淚掉下來流到她蒼白的臉頰上，她彎起手指用指背擦去淚水。

「我很抱歉。但是……我很害怕。他手上有刀。我不知道……」

「她在哪裡？」法蘭克也開始哭。「柯絲蒂在哪裡？」

「她在——哦，老天。我非常、非常抱歉。我們把車停進後面的車庫。」她指著她美麗花園遠處的盡頭。「我們在那裡待了好幾個小時。真的是好幾個小時。柯絲蒂在後座。我整個人變得歇斯底里。徹底的歇斯底里。我們一直在等著有人會來敲門。我們在等警笛聲響。」她用雙手將她的臉摀住了片刻。「我們把汽車收音機開到當地新聞頻道。我們等了又等，終於在第二天中午左右，傳來了消息：他們停止搜索。海上還有自發的鎮民在他們自己的船上協助搜索，但官方搜索已經結束。那天晚上，有位好心的警察來我家轉達消息。馬克和你妹妹被認為已經溺水身亡。你父親則是為了救他們而犧牲的英雄。沒有特別提到你。我當下裝出很震驚的模樣。」

「但你們對我妹妹做了什麼?」法蘭克斯大聲說。他站了起來。「她在哪?」

凱蒂的身體縮了起來,彷彿正試圖將自己塞進盒子裡面。然後她慢慢站起來說:「跟我來吧。」

艾莉絲看向法蘭克,他也驚慌地回望著她。

「來吧。」

他們都站起身,跟著凱蒂走到落地玻璃門。她從窗簾後面的釘子上取下鑰匙,打開玻璃門。然後她領著他們穿過花園,曲型花壇上滿是花草、苔蘚斑駁的甕和垂柳,延伸向遠處的田野交匯。這裡有一棵橡樹,古老而雄偉,一團巨大的綠葉樹冠映襯明亮的藍天形成明顯對比。

凱蒂站在一叢玫瑰旁邊,上面點綴著泛白的小花蕾。「柯絲蒂在這裡。」

「是妳把她埋在這裡的?」

「不,我沒有埋葬她。我才不想這麼做!是馬克埋了她。他把我鎖在屋裡,埋了她。我之後才在這裡種下這叢玫瑰。」

法蘭克跪了下來,跪倒在柔軟的春天草地上。他張開手,用手掌撫摸地面。然後他帶著壓抑的憤怒抬頭看了一眼凱蒂。「這麼多年,」他說,聲音沙啞。「我媽媽一直在等。」

「我沒有一天忘記過你媽媽。」

法蘭克斯憤怒地再次看著她。「他在哪裡？」他厲聲問。「妳知道他在哪裡嗎？」

「不，我不知道。自從他要我在電話裡和那個女孩說話，假裝是他母親之後，我再也沒有和他說話。我不知道他為什麼要我這樣做。我想是為了傷害我，讓我痛苦。」她嘆了口氣。「我祝他好運，然後告訴他，我不會再跟他有任何瓜葛，不再是他人生中的重要存在。至少從他改變自己的身分之後就不是了。何況與我說話或是見面對他來說都很冒險。我告訴他，我不要再幫他騙人。我寄了一些錢給他，希望他可以安定下來，變得正常。那個女孩聽起來……」她聳了聳肩。「嗯，她聽起來好像可以照顧好自己。她聽起來很堅強。所以我讓他們自己去過他們的日子。」

法蘭克仍然盯著二十二年前妹妹被埋葬的地方。他看起來心碎了。

艾莉絲在他身邊蹲下，手臂搭在他肩膀上。

他抬頭看著凱蒂。「她死前有說什麼嗎？」他因悲傷而幾乎無法好好說話。

「沒有，格雷漢。她甚至連眼睛都沒有睜開。」

「我不明白，」他哭著說，眼淚順著臉頰滾落。「這麼多年來，妳就這麼坐在妳漂亮的廚房裡。吃著晚餐。看電視。看著外面的景色，心裡知道她就埋在這裡？妳怎麼有辦法做到？」

「我沒有住在這裡！」凱蒂喊著。「我當然不會想住在這裡！我住在萊丁豪斯灣那棟屋子的閣樓。我討厭這裡！我很想賣掉這個地方，繼續我的人生。但我不能。我怎麼能賣花園裡有屍體的房子？我現在會在這裡是因為那個女孩，跟你一起來的那個女孩，」她說，指著她房子的前門。「她打電話給我。昨天早上打的。我不知道我為什麼會接起來，我真的不知道。她連續打了好幾個小時。我原本以為是馬克，所以沒有接。然後鈴聲終於停止了，大約半小時後另一個號碼打來，是手機號碼，我知道那不是馬克的號碼，所以我預期是其他人打來的，我只是本能地、不假思索地接了起來。老天。然後門鈴響了，我以為是她！所以我把我所有的東西都扔進袋子裡趕緊離開。」

「但我們就在外面，」艾莉絲說。「門鈴是我們按的。我們沒有看到妳離開。外面也沒有車。」

凱蒂嘆氣。「我從後面走的，沿著懸崖的樓梯走下去。我把車停在海灘邊的停車場。我不喜歡有人知道我在那裡。我希望……**不被發現**。這就是我為什麼會在這裡的原因，格雷漢，在這個破敗、可怕的房子裡。不是因為我冷血。我向你保證，從你妹妹死的那一晚起，我的心痛就沒有停止過。從來沒有。」

對話停止了，但他們都保持在原位不動，凱蒂和艾莉絲站著，法蘭克仍然跪在玫瑰花叢旁，呈現出一幅充滿悲痛、內疚、恐懼和謊言的憂傷畫面。

有那麼一刻，三個人陷入了完全的寂靜。然後艾莉絲慢慢地向房屋的方向轉身移動，並且說，「我們得去找其他人。我們得去打幾通電話。」

59

莉莉研究著她面前的餐點。剛剛服務生用銀餐夾把一個小圓麵包放進她的餐盤裡，發出如顆石頭落地般的聲音。食物擺在上下分層交疊，中間用一根銀色立桿連結的兩個盤子上。眼前是許多小蛋糕，有幾個美到她幾乎無法想像吃掉它們。還有一些看起來像是給小嬰兒吃的迷你三明治。其中一個除了黃瓜外沒有任何夾餡。

萊斯莉把茶倒進精緻的杯子裡，帶著侵略性的眼神看向莉莉。

「好了，」她說，「跟我聊聊吧。妳愛上馬克的什麼？」

莉莉聳著肩。這不是個很友善的問題。她真正的意思是：妳怎麼會嫁給這種怪物？「我愛他，因為他很溫柔。他長得很好看，高大英俊。因為他尊重我。還有我的家人。因為我感覺得到他內心受過傷，而我想要幫忙撫平那個創傷。我愛他，因為他是我想要的男人。」

「但妳從來都沒有感覺到……怎麼說呢，怪？比方他哪裡不對勁？對妳隱瞞了什麼？」

「沒有，」她說。「從來沒有。我們很幸福。」

「那麼，我很好奇他為什麼不來找妳？」

「我們不知道他是什麼時候逃走的，」莉莉認真地回答。「可能是昨天晚上，或者是今天早上。他可能回去過我們的公寓。發現我不在那兒。」

「他有打電話給妳嗎？」

「沒有。」

萊斯莉挑起其中一邊眉毛，同情地看著她。

「他是試圖保護我，」她說。「就是這樣。」

「嗯，」萊斯莉說，「很有可能。」她挑了一個迷你三明治開始吃。然後她看著莉莉說，「吃吧。」

「我不餓。」她在說謊。她很餓。

「吃吧。我們可能得在這裡待好幾個小時。而且真的很好吃。試試看這個。」她在莉莉的盤子裡放了一個迷你三明治。「烤牛肉配山葵醬。絕配。」

「山葵？」

「山葵，是的。是種根莖植物，跟薑類似，妳知道薑吧。把它與奶油混合。棒透了。」

莉莉帶著冷笑伸出指尖把那個三明治推到盤子邊緣。「不了。謝謝。」

「哦，好吧，那妳就吃那塊該死的司康吧。」

莉莉擺弄著那塊像石頭的玩意兒，掰下一小塊，放進嘴裡。沒啥味道。

「妳得抹一些塊狀奶油。還有果醬。」

「塊狀的？奶油？」她疑惑地嘟起嘴唇。

「喔，看在老天分上。」萊斯莉把一小盤黃色硬塊遞給她。「就是見鬼的奶油。老天啊。妳在烏克蘭肯定也吃過各種奇特的食物吧？這不過是麵包和奶油。不會咬妳的。」

莉莉小心翼翼地照她說的做。她刮下一些硬硬的黃色奶油，舀了一匙果醬。她把麵包放進嘴裡咬了咬，決定了她喜歡這樣食物。但她沒有說出口。

「妳打算怎麼辦？」萊斯莉問。「如果他們找到他？把他關進監獄？妳要去哪兒？」

莉莉嘆了口氣。「沒想過。我可能不得不回家。畢竟，這段婚姻並不合法。我不會被允許留下來。」

「妳想留下來嗎？」

「是的。我想。我已經準備好離開基輔，準備好去別的地方。我覺得我還沒有好好經歷這裡的生活。感覺還沒結束。但是——」她無奈地聳了聳肩，「——這就是人生。」

「妳的專長是什麼？」萊斯莉問。

「我正在接受會計師培訓。」

萊斯莉再次抬起了眉毛，這次是帶著驚訝而不是懷疑。顯然她不認為莉莉看起來像個會計師。這樣或許還不錯。

萊斯莉的電話響了，她再次對著電話那頭大聲嚷嚷，下著指令。她拿著手機走出店外，在人行道上來回踱步，比手畫腳地說著話。莉莉看著她，突然有個奇特的想法，當她老的時候，她也想像萊斯莉一樣。

莉莉吃完了司康，開始研究了被稱為**奶油茶**的下午茶套餐裡的其他食物。萊斯莉回來時，她已經吃了三個迷你三明治和一塊上面綴著小朵紫色糖花的蛋糕。萊斯莉看著縮小的食物範圍，會意地笑了笑。

「我好想知道到底怎麼了？」莉莉問。

「是啊，」萊斯莉說，不開心地嘆著氣。「我也想。」

才剛說完，店門上方的小銅鈴發出了叮噹聲，他們出現了，法蘭克和艾莉絲。兩個人都像是剛受到莫大的衝擊，而且似乎哭得很慘。艾莉絲讓法蘭克坐好，幫他們兩人點了一壺茶。

「怎麼樣？」莉莉說。「發生什麼事？妳們有遇到他？」

「沒有，」她說。「沒看到他。他不在那裡，凱蒂也不知道他在哪裡。總之他在外面某個地方，他很危險。非常危險。」

莉莉瞇起眼睛看著她。「危險？」她說。「妳的意思是？」

然後艾莉絲詳細地講述了一個如此悲傷、如此駭人、如此黑暗但又如此可信的故事，讓莉莉幾乎忘了艾莉絲在描述的就是她嫁的那個男人。艾莉絲講到一半時，莉莉已經知道自己接下來該做什麼。艾莉絲講完的那一刻，莉莉已經將手機握在手中。結束了。她的愛情。她的婚姻。她的冒險。她對一個她從未真正了解過的男人的愛。她媽媽上週是怎麼說的？關於洋蔥的？妳得看過一個人最可怕的那一面之後，才決定是否要與他共度一生。她之前沒有讓自己花時間去看看卡爾．蒙羅斯最壞的一面，現在她看到了，不行，她無法愛這個男人，無法和這個男人共度一生。她也不能讓這個男人就這麼人間蒸發，自在過活。

她按下女警探貝佛莉．崔維斯的電話號碼，在接通之後說，「哈囉，崔維斯女士。我是莉莉．蒙羅斯。」

她聽到熟悉的、耐住性子的呼吸聲。「啊，午安，蒙羅斯夫人。很抱歉我們一直沒有聯繫妳。我們還在等——」

「麻煩妳，拿紙，把我說的寫下來。我先生的真實姓名是馬克．泰特。根據報導，他於一九九三年八月在萊丁豪斯鎮溺水身亡。他當時十九歲。他導致至少兩個人的死亡並且曾襲擊另一個人。幾年前，他偽造身分成為卡爾．蒙羅斯，他最後一次出現是四月十四日星期二晚上七點左右，在奧克斯泰德區倫敦路狼丘大道的一號公寓。他是個危險人物。在妳搜索他的同時，請派人保護我和其他人的安全。謝謝妳。」

電話那頭一片沉寂。她想像著貝佛莉．崔維特的筆懸在筆記本上方，微張著嘴。

「妳在哪裡？」崔維斯警探問，聲音裡有著莉莉感覺很陌生的關心語氣。

莉莉說了地點。

「不要動，」崔維斯警探說。「待在原地。我會連絡約克夏郡警察局，請他們立刻派警車過去。」

莉莉掛上電話，看著其他人。

「好了，」她說，「就這樣。」

她把手機放回桌上，感覺心碎成了兩半。

第四部

《萊丁豪斯報》　　二〇一五年四月二十日星期五

當地男子「淹死」二十年後被捕

撰稿人：萊斯莉．韋德

四十歲的前考克斯伍德和萊丁豪斯鎮居民馬克．泰特星期三深夜因早年綁架和攻擊事件的指控被捕，警方在三個縣境內進行了密集搜索，最後在蘇格蘭高地區一家民宿中於經歷現場挾持事件後將他制伏帶回。

泰特被認為在二十二年前，於一九九三年八月二日星期一凌晨萊丁豪斯灣海岸的一起悲慘事故中「死於溺水」。當時的報導指出，他們在他姑媽位於萊丁豪斯道上的家中聚會，他和他的一位客人，十五歲的柯絲蒂．羅斯，由於毒品和酒精的影響，在深夜游泳時溺水身亡。

柯絲蒂．羅斯的父親安東尼．羅斯也在當晚因試圖自海中救出這些年輕人，因心臟病發死亡。她的哥哥格雷漢．羅斯因創傷導致長期記憶喪失，無法回憶這場溺斃事件的起因。

然而，本月初發生一連串不尋常的事件，現年三十九歲的格雷漢．羅斯在倫敦市中心維多利亞區的街道上看到一名他認為是馬克．泰特的男子，恢復了溺斃事件當晚的記憶。其後，他尾隨該名男子，在那名男子下班回家途中將他關押在被告家附近的一間閒置公寓，在逼問後，被告坦承當年是偽裝死亡。

羅斯誤以為自己已殺死泰特，逃至萊丁豪斯灣，並再次出現嚴重失憶。四十一歲的當地藝術家艾莉絲．雷克於四月十五日星期三晚間將他從住家外的海邊帶回家中，持續試圖幫助他恢復記憶。星期一早上，雷克女士、羅斯先生以及馬克．泰特的現任妻子，二十一歲的莉莉安娜．蒙羅斯，三人在高地街糖碗咖啡店內的巧遇，引導他們前往考克斯伍德，找到泰特的姑媽，六十二歲的凱瑟琳．泰特夫人。

由此開始，終於揭露一九九三年八月二日那起事故的完整事實，蒙羅斯夫人因此報警，各地警方開始動員追捕泰特先生。

泰特先生投宿在蘇格蘭高地區因弗加里湖霍恩鎮的一家偏遠民宿，民宿女主人認出他是那天早報照片中的人物。由於缺乏網路或電視，泰特先生沒有意識到警方正前來追捕，據當地報導，警方出現時，他將民宿女主人和她的女兒擄進上鎖的房間裡作為人質。這場圍捕僵持了三個小時，最後警方成功敲開了大門並解除泰特的武裝。他因當年的襲擊事件、性侵、綁架、非法埋葬、偽造身分、勒索和毒品交易等罪名，目前被關押在因弗加里

警察局接受訊問。

在收到DNA比對結果後，警方可能將進一步詢問泰特關於過去二十二年間一系列的性侵案件，這部分尚未得到證實。

下週的《勞丁豪斯報》：

萊斯莉．韋德的獨家報導，有關格雷漢．羅斯見到凱瑟琳．泰特後，所發現的他妹妹多年前的真實遭遇。

60

莉莉開門走進公寓。星期天出門後，她沒有回來過這裡，而一走進門，她就知道他來過。他重新整理了沙發上的靠墊。從臥室的衣櫃裡拿了東西。他過夜用的行李箱不見了。他沖過澡，用他獨有的方式重新掛好了浴巾。他的牙刷不在；水龍頭被擦得發亮。他吃了很多她上週買的不健康的食物，細心地把包裝紙扔進了回收箱。他清空了垃圾筒，換上了乾淨的袋子。他也拿了她留下的大約五百英鎊的現金、他的手機充電器、羽絨外套和健行靴。

假壁爐上方的鏡框邊，夾著一個信封，上面寫著她的名字。她脫下外套，掛在走廊上。然後走回來，從鏡子上取下那個信封。她坐下來，打開信，開始讀，心劇烈地跳動。

親愛的莉莉，

我不得不去一個很遠的地方。我想讓妳知道，這段時間我是迫於無奈才離開。有個男人擄走了我，他想殺了我，要我死。我希望我能向妳解釋發生了什麼，但我不能。這很複雜，和很久之前發生的事有關。我注意到我的護照不見了。也許是妳去報警說我失蹤時，警方需要它？他們可能會跟妳提起關於我的護照的一些奇怪的狀況。請不要理會。我是卡爾．蒙羅斯。我一直是卡爾．蒙羅斯，那個妳愛的人，那個愛妳的人。無論他們試圖告訴妳什麼，那不是我。卡爾．蒙羅斯是個好人，有一份好工作，娶了個很棒的女人。其他一切都無所謂。

我會試著打電話給妳——我不知道會是什麼時候。可能要過很長一段時間。請不要找我。妳找不到我的。如果有一個名叫格雷漢．羅斯的人想找妳，不要和他說話。他瘋了，他很危險，他是個騙子。

我們的銀行戶頭裡還有少少的幾百英鎊。提款卡附在信封裡。密碼是九七〇九。很抱歉，沒有太多錢。還有對不起，我不得不把現金拿走。此外，實在很難啟齒，這間公寓是租的。我沒有對妳完全吐實，我知道我可能讓妳以為我買下了它。所以，除非能在五月

十三日前支付下一筆租金，妳可能需要找別的地方住。我很抱歉在據實以告這方面有了失誤。我只是想讓妳有安全感。

我和妳共度的每一分鐘都極其完美，莉莉。我希望我在二十年前遇見妳。也許這一切就不會發生。我愛妳勝過我愚蠢人生中的任何人、任何事。

妳永遠美好，我的愛，請原諒我。

卡爾

莉莉把那張紙折好，塞回信封裡。她把提款卡放進手提包，嘆了口氣。在據實以告這方面有了失誤。她幾乎笑出聲來。看哪，他明明這麼長一段時間都在對她撒謊。還是沒有？也許她先生真的相信自己是卡爾．蒙羅斯，各方面條件俱佳的好人，只是有點陰陽怪氣的普通人。也許她確實改變了他的劣根性，即使只是暫時的。她想著蘇格蘭那個可憐的女人和她十幾歲的女兒，她們和卡爾一起關在那個房間裡好幾小時的感覺。她意識到在那個房間裡的其實並不是卡爾．蒙羅斯，她們是和馬克．泰特在一個房間裡。這個想法讓她感到安慰。

她將信放在手提包的外袋裡。她準備把信交給貝佛莉．崔維斯。她不想要這封信，連留作紀念也不想。她迅速地收拾好一個手提箱，盡可能地把東西都塞進去。其他的可以改天再回來拿。她從客廳的窗戶向外望，對靠在廂型車輪胎邊上，正在看星期六報紙的洛斯揮手。他也向她揮了揮手，她向他豎起大拇指。

她將成為洛斯和喬的保母。洛斯說他是在從萊丁豪斯回來的路上冒出這個想法。他跟喬說了，出於長期睡眠不足的絕望，喬答應先給幾天的試用期。警方花了幾天對她和卡爾的公寓進行蒐證，因此莉莉離開約克夏郡後就一直住在他們家。這個轉折實在很荒謬。她甚至不喜歡嬰兒。但達西實在是個非常討喜的寶寶。當喬第一次把她放在莉莉懷裡時，她甚至沒有哭，只是盯著莉莉，好像在說：**妳看起來還行。**喬說，「她喜歡妳！」接著又說，「妳知道寶寶天生喜歡長得漂亮的人嗎？因為感覺和小寶寶很像。」莉莉覺得這是一種讚美。不過也不一定。除了有點敏感，喬是個很好的人。但更重要的是，她非常感謝莉莉，因為現在她可以偶爾上健身房，白天有時間稍微躺一躺，時不時約朋友們吃午餐。他們每週付她五十英鎊。這樣很好。洛斯還把舊筆電給她用，讓她可以繼續上會計系的遠距課程。另外，普特尼很棒。比奧克斯泰特好多了。等她畢業後，她會想在這裡擁有自己住的地方。也許有一天——現在還不是時候——她會嫁給一個不錯的英國人。她很喜歡英國男人。英國女人的話，她不太確定，但她已經慢慢習慣。也或許是她們慢慢習慣她了。

在離開這間公寓之前，她還有一件事要做。她打開放在臥室裡的珠寶盒，翻著她從烏克蘭帶到英國的那些俗氣的珠寶首飾，當時她天真地以為來到這裡後，晚上可能會出入時髦夜店或去滿是名人的餐廳吃飯。她拿出一個絨面小袋子，往裡面看了看。那是她在卡爾文件櫃的抽屜裡找到的結婚戒指。她現在知道它們屬於誰了。它們屬於威爾士一位名叫阿曼達．瓊斯的女性。在旋風般的四個星期的浪漫戀情後，她在二〇〇六年和馬克．泰特結婚。他當時自稱查爾斯．摩爾。當她開始不斷提出有關他的過去和他來自哪裡的這些問題，當她開始翻看他的私人物品試圖找到跟她結婚的這個男人的任何線索時，他從她手指上拿下戒指，罵她是妓女，離開了。

阿曼達．瓊斯從報紙的報導中認出他的照片，找上她住家當地的警察局。她再婚了，有一個小孩。莉莉會把戒指寄給她。莉莉確定，她會用得上賣掉戒指的那筆錢。

她再看了一眼她與卡爾．蒙羅斯新婚十天的這間公寓，然後關上了門。

當洛斯開出停車場，經過狼丘大道，莉莉抬頭看著一樓的公寓那邊。仍有燈光在不斷閃爍。她再次好奇地想著，她一個人待在家那段期間，一直困擾著她的那盞燈是怎麼回事。然後她想起她坐在沙發上，正瘋狂地一次又一次地撥打她先生的電話號碼，突然聽見了一聲如動物咆哮的聲音，那聲音大到讓她想起有時在基輔會擾人清夢的狼嚎。接著……一片寂靜。手機那頭的鈴聲也停止了。現在她知道，那不是一頭流離失所的狼在哀嚎，是格雷漢．洛斯正將她先生的手機扔向抽油煙機，就在他試圖勒死她先生之前。那是一個飽受折磨的人，終於正面自己痛苦的怒吼聲。

她當時聽到了，就這麼埋在了潛意識深處。

路邊的標示牌上寫著：「倫敦中央區，十二英哩」。

她轉向洛斯，這位善良的好人，露出微笑。

61

艾莉絲關上房間的燈，只留下一盞暗色燈罩的柔和光線照亮她的臉。她把一大杯酒放在桌上，走向鏡子前，用鈍鈍指甲整理著一頭亂髮。

現在是晚上七點五十八分。她來來回回地走了快兩分鐘，每隔幾秒就停在鏡子前，檢查自己看起來是不是變糟了。來了，Skype帶著催眠效果的來電鈴聲。她衝到桌子前，深吸了一口氣，清好嗓子，按下了接聽鍵。

他出現了：「哈囉，艾莉絲。」

「嗨！」

他看起來很累。

「你好嗎？」她繼續說。

「我……啊，好吧，怎麼說呢？不太好。」

「不好？」

「嗯。事實證明我不太會當格雷．洛斯。遜斃了。」

「哦，法蘭克……」

他笑了。「我喜歡被稱為法蘭克。」他一臉夢幻地說。「我想念這個名字。」

「對我來說，你永遠是法蘭克。」她說。

「我知道。我懂。這讓我覺得……」

「怎麼了?」

「有點難過。」

「為什麼?」

「因為我不喜歡當格雷。妳知道嗎?學校裡的孩子們都叫我五十道陰影。」他唉聲嘆氣,艾莉絲放聲大笑。

「那樣很有趣啊!」

「是啦。倒不是因為這個。是這一切。我是說……」他拿起筆記型電腦移動著,螢幕上的影像也跟著變化。「看看我住的地方，艾莉絲。沒騙妳。看哪。」

他將鏡頭對著黃色牆面的方形房間繞了一圈。到處堆滿了文件,一張破舊的奶油色沙發,一盞廉價的陶瓷檯燈。然後他帶著她走進一間稱不上現代化的浴室,浴缸邊隨意地掛了塊破爛的浴室地墊,窗台上的花盆裡是株枯死的植物。廚房裡滿是髒碗盤,臥室正中央是張沒鋪好的床,窗上的百葉窗已經壞了。

「一切都跟我離開時一樣。我是說真的。我就是這樣過活。」

「我見過更糟糕的狀況,」艾莉絲說。「布蘭達呢?」

「等我找找……」他四處搜尋,影像劇烈地晃動著。然後:「哈囉,美女,總算現身了。」鏡頭靠近了一隻蜷縮在一堆待洗床單上的紅毛條紋貓。

「哦,」她說,「她真可愛!」

「她討厭我，」他說。「從我回來到現在，她一直在生悶氣。」

艾莉絲笑了；她實在忍不住。

「這不好笑！」他抗議。「她恐怕是我在世界上唯一的朋友。說真的，艾莉絲。妳不會想認識我。」

她又笑了。

「不。我是認真的。我根本是個酒鬼。再不然就只是—是之前記憶喪失讓我的頭殼壞去吧，感謝老天。但是，天哪，回收箱裡百分之九十九是啤酒罐和伏特加酒瓶。我都不知道我是怎麼能繼續這份工作的。我有一堆遲到而且完全沒備課的警告。大家都知道我身上天天都有酒味。而且，據我媽的說法，我很疏遠她，也不常打電話給她。所以囉。」他無奈地聳了聳肩，用拇指和食指比著L的手勢，放在自己的臉前面。「**魯蛇**一枚。」

艾莉絲微笑。「嗯哼，那麼，」她說，「這提醒我們該戒酒。」

他嘆了口氣，神情變得嚴肅。「聽著，」他說。「我做了決定。一個相當重要的決定。我現在的狀況非常糟。我很內疚、很憤怒，我討厭我的生活，我無法往前走。怎麼樣都沒辦法。我又開始去看我的諮商師，但似乎沒有幫助，所以他建議離開一段時間。」他停下來，眼神落在他的腿上。「他建議我去精神療養院。在那裡待一陣子。試著更深刻地探討這個存在許久的記憶問題。探究更深處的我。我認為他是對的。」

「要多久呢？」艾莉絲感到慌張。她原本想邀請他在週末來訪，還特地空下接下來四個週末的時間，確保他能夠來。

「不知道。至少四個星期。也許更長。我只是……」他大聲地嘆著氣。「我現在這樣不能跟任何人在一起。不能跟妳在一起。而我想陪在妳身邊。我真的想。」

艾莉絲微笑了。「我也想有你在身邊。」

他的臉色亮了起來，挺起了胸膛。「讓我看看狗，」他說。「我想看看狗兒們。」

「沒問題！」她把筆記型電腦拿到她的床上，格里夫正躺在床上打著哈欠。他聽到電腦裡傳來法蘭克的聲音時，懶洋洋地搖了搖尾巴。「啊，」艾莉絲說，「看！牠記得你！」接著她帶著筆電移到英雄坐著的樓梯平台，格里夫不讓牠進艾莉絲的房間，然後牠走下樓梯，莎蒂身上套著件針織衫躺在壁爐前瑟縮發抖。沙發上的凱和茉莉向他揮手致意。蘿美嘴裡咬著一把牙刷從廚房冒出來，她親了一下螢幕，留下一堆牙膏泡沫。

法蘭克發出一聲嘆息。「我好愛妳的家，」他說。「我想念那裡。我想妳。我……」他的聲音沙啞。「我們會舉辦一場葬禮，」他說，「柯絲蒂的葬禮。過幾個星期之後。妳會來嗎？」

「我當然會去。」

「好，」他說。「好極了。我們就這麼約定。在那之前我會好起來的，艾莉絲。我會……嗯，我不知道我會成為什麼樣的人。但我會變得更好。我發誓。」

「不需要發誓，」她說，「盡你所能就好。成為你所能成為的人。不管有沒有缺陷我的標準很低，」她開玩笑說。「我保證，我跟誰都搭。」

她很高興聽到法蘭克終於笑了。「祝你好運，法蘭克，」艾莉絲說。「我們到時候見。」

法蘭克親了下他的指節，將它們靠在螢幕上。艾莉絲也這麼做。他們保持著這個姿勢，他們的手隔空相觸，彼此眼中滿是淚水。

「到時候見。」法蘭克說。

「我會期待著的。」艾莉絲說。

然後影像消失了。

62

兩個月後

他們將她葬在克羅伊登。不然還會是哪兒呢？不可能是以如此驟然結束她短暫而純真人生的萊丁豪斯灣。也不會是她祖父母居住的布德，她母親長大的地方，根據目前揭露的訊息，殺了她的兇手在九十年代末曾在那裡住過幾年，鎮上有兩名女性被他約會強暴，還有一名女性因為被他跟蹤搞得快自殺。

只能選克羅伊登。至少，今天是陽光明媚的好日子。

艾莉絲在與倫敦的大眾運輸系統打交道時，有種回到家的感覺。日常海濱老媽的身分消失了，她想像自己穿梭在時髦的路邊咖啡館、滿是彩繪塗鴉的公園和帶著外國口音的人經營的各種小店。她喜歡萊丁豪斯灣，但她想念倫敦。

法蘭克跟她約在東克羅伊登站下火車。他看起來很不錯。他保留了他在萊丁豪斯灣期間開始留的鬍子，厚厚的紅棕鬍髭現在已經蓋住下巴。他的頭髮很短，穿著剪裁考究的黑西裝，搭配深色格子襯衫和樣式簡單的繫帶黑皮鞋。

他看起來就像一個在市區教書的時尚數學老師。除了他已經不是數學老師了。他回到克羅伊登時，學校給了他延長病假，但在療養院住了六週之後，他決定不回去學校工作。所以現在他失業了。這不太妙，這表示他沒辦法讓他們倆住麗池大飯店。好處是，看來他們倆可以有其他選項。

「哈囉，」他害羞地說，輕吻了她的臉頰，輕輕地抱了她一下。「妳看起來美極了。」

她不好意思地摸了摸自己的頭髮。她確實花了很大的力氣打理自己。她付了不少錢洗掉了挑染，穿了件詭異地緊貼著腹部的束褲。她讓女兒幫她化妝，以一位靠 YouTube 學化妝的年輕人來說，技巧算是相當嫻熟。她還穿了裙子。

「謝謝你。」她說。

他把她帶到一輛坐墊髒兮兮的沃克斯豪爾 (Vauxhall) 舊車旁。他為車內的髒亂道歉，她告訴他別擔心，他也見過她家，髒亂不會影響她個人的觀感。他們之間有一陣莫名的尷尬氣氛。艾莉絲已經很久沒見到他，她拿不定主意，究竟該立刻坐到他腿上，這輩子都緊黏著他不放，還是假裝她一點兒都不在意。

「你感覺如何？」她說。

「不太好。」他說。

「嗯。畢竟你等了二十二年。」

「沒錯，」他說，他的眼睛盯著後視鏡，準備超越一旁沒在動的車。「可不是嘛。」

「你媽媽好嗎？」

「瘋了，」他說，眼睛盯著另一邊的鏡子，切回車道。「完全地、徹底地抓狂。難怪我會把自己搞得一團糟。希望這麼做總算能夠讓她平靜下來。好好埋葬她的寶貝。找回內心的安寧。」

「是啊，」艾莉絲說。「這的確是……」她想起自己的三個孩子。「我沒辦法想像。完全不能。」

她對要見到法蘭克的媽媽感到緊張。這一切都讓她很緊張。一堆的姑媽阿姨和老人家們，悲傷和痛苦的情緒，裝了小巧的少女骸骨的棺木。

「我帶了樣東西給你媽媽，」她遲疑地說，摸了摸放在腳邊的塑膠袋。「我希望……我也不確定。這有點風險。她可能會很喜歡，也可能會討厭它。我想先讓你看一下。」

「沒問題，」他說，朝袋子看了一眼。「是妳的創作嗎？」

「對，」她說。「你怎麼會猜到？」

他笑了。「因為妳不會帶來任何不是發自妳內心的禮物。妳的作品代表了妳的心。此外，我看到了畫框。」

她輕輕推了推他，笑了。

「這樣吧，」他說，「我還沒有吃早餐，但我猜接下來有很長一段時間不會見到任何食物。」他摸摸肚子。「我們要不要停下來吃點東西？還有很多時間。」

她點頭贊成，很高興有個藉口可以推遲與法蘭克家人見面的時間。

他把車轉進一條小路，停在一家全部是橘色松木裝潢的老式咖啡館外面。「把妳的作品帶著，」他說。「我可以好好看看。」

他們點了三明治和帶皮馬鈴薯、健怡可樂和兩杯茶。他們聊起馬克．泰特的案件，討論著用如此少的物證定罪的可能性。他們談著自從馬克被捕後，出來指控曾被他毆打的那些女性，以及後來冒出來的「另一個妻子」。

他們談論萊斯莉．韋德在《萊丁豪斯報》上寫的驚人詳實的獨家報導，那篇報導已經被各家全國報紙刊載，等馬克．泰特上了法庭受審及確定判決後，將再擴展為《星期日泰晤士報》的十頁特輯。

他們談到凱蒂．泰特，她在馬克被捕後不久，被以共謀犯罪的罪名逮捕，目前交保候審中，而在柯絲蒂的屍體被挖出後幾天，凱蒂便以極低的價格將兩棟房子賣給了房地產公司，現在住在里朋的一間出租公寓。

他們聊起艾莉絲的孩子和她的狗，聊著蘿美學校裡每個老師在連續一週每天都在報上看到她的名字後，如何用一種如面對超級名人般的敬畏之情對待艾莉絲。他們談著法蘭克在醫院的那段時間以及他對未來的規劃。他們像曾共度非凡旅程，只有彼此可以分享回憶的老朋友一樣交談。他們隔著桌子相望，眼神中盡是暖意。她想去握他的手，但她等著他來起頭。他是曾受了重創，如今重新癒合的那個人。他是今天將要埋葬他妹妹消失多年的遺骸的那個人。節奏必須由他決定。

「所以，你變得更好了嗎？」她問。

他露出微笑。「我想是的。我覺得……我覺得自己……並不像格雷。但也不像法蘭克。我想……」他說，「我覺得自己像格雷漢。」

「格雷漢是誰？」

「格雷漢是我原本該成為的人。一直以來。妳懂吧……**格雷漢**。」他睜大眼睛看著她，催促她接受這個概念。

她笑了。

「**格雷漢**，」他又說了一次。「妳理解嗎？他很堅強，但不咄咄逼人。他很有愛心，而且顧家。他養狗——」

「你有狗？」

「不！沒有，是隱喻。總之，格雷漢有嗜好和朋友。格雷漢會畫畫，擅長足球。格雷漢是個好人。不太有趣，但個性善良。格雷漢是個當好先生的料。」

艾莉絲又笑了。「我喜歡這位格雷漢，」她說。「我真的很喜歡他。但我還能叫他法蘭克嗎？」

「妳的話，」他說，手指劃過他的茶杯邊緣，「妳想怎麼叫他都可以。」

「你會來看看我們嗎？」她說，這句話自己冒了出來，她邊說邊咒罵自己的心急。

但她不需要擔心。他帶著笑容點頭。「我想去。真的。我想去找妳們。我什麼時候可以去呢？」

艾莉絲如釋重負。「隨時！」她笑著說。「現在就去吧。」

法蘭克笑了。「現在恐怕不行。」

「噢，」她說，「不。當然了。天哪，我真像個飢渴的老巫婆，不是嗎？」

「妳既不老，也不是巫婆。我對飢渴沒有意見。一點兒意見都沒有。」他笑著，他的手終於越過桌面伸向她的手。

「好了，」他在片刻後鬆開了她的手說。「我們來看看那幅作品吧。」

她緊張地將那幅作品從袋子裡拿出來。她為了構思畫面裡的每一處細節不眠不休了好幾個晚上，試圖在表達情感和過度感情用事之間取得恐怖平衡。「拿去吧。」她隔著桌子遞給他。然後立刻咬著自己的指甲。「你覺得呢？」她說。

上面是一隻孔雀，張開了尾羽，頭部呈現一個俏皮的角度，一隻腳離開了地面。

「牠在跳舞。」法蘭克輕聲說。

「對！」她說。「我很高興你看得出來。我不確定牠會不會看起來在發脾氣。茉莉說牠好像是試圖要飛起來。她說這讓她感覺很悲傷。」

「不，」法蘭克說，手指拂過畫作表面。「牠在跳舞。絕對是在跳舞。」

「你看，」她說，將那幅畫稍微轉向自己，「看一下我用的地圖。這裡——」她指著其中一處，「——這是克羅伊登。這是當然的。但是這個——」她又指著另外的點，「——

我也不知道為什麼。我開始想，如果那天晚上的事情沒有發生，她可能會做什麼。我試著想像柯絲蒂．洛斯可能會去哪些地方。所以我想……這裡，薩塞克斯郡(Sussex)：也許她會在那裡上大學？還有這裡……克里特島(Crete)，她和朋友的第一個假期？然後，泰國——你懂的，在間隔年的時候當一次背包客。再來是克拉彭區(Clapham)——也許她會和朋友在那裡一起租房子住一段時間。然後我想她可能會結婚，在爸媽家附近買房子，就在這裡……」她的手指在畫作上滑動。「諾伯里(Norbury)。不是特別酷，我知道。但從你告訴我的關於柯絲蒂的個性來看，我覺得她是個很單純的女孩。她會考量自己的經濟能力，選擇她感覺熟悉的地方。」她猶豫地聳聳肩，法蘭克的沉默讓她不安。「只是我自己的一個瘋狂想法。我想我可以用某種方式重建她失去的生活。賦予她未能擁有過的歷程。讓她做一些真實的事。」

法蘭克看著她，再低頭看著那幅畫。他用力地吸著氣，艾莉絲看到他正在努力地忍住不要哭。

「這幅畫很完美，」他說。「真的。令人難以置信。而且很美。很像她。」

「你覺得你媽媽會喜歡嗎？」

「我媽媽會非常喜歡，」他說，再次握住她的手。「我媽媽會很愛妳。還有我……」他停下來，搖了搖頭。「我們走吧。」他從外套口袋拿出一張二十英鎊的鈔票，放在桌子上。然後他向她伸出手。

那天，陽光溫柔地照拂著克羅伊登灰濛濛的街道。離鎮上半英里遠的一家殯儀館裡，柯絲蒂的棺材被放在一輛白色靈車裡，上面用粉紅玫瑰拼出她的名字。而在另一個方向半英里左右的地方，柯絲蒂的母親正在調整黑色外套翻領上的一朵粉紅玫瑰，她的祖父母則打開奶酪塊和餅乾包，在餐桌上擺好酒杯，把花生倒進碗裡，緊張地注意著時間。

媒體早已聚集在火葬場周圍，黑衣打扮，在謹慎但合宜的距離內架起了攝影機。這是在離家二百五十英哩的一棵橡樹下被埋葬了二十多年的女孩的葬禮，這個女孩死於被冠以全英國最邪惡的男人之手，直到最近才終於被曾經連自己的名字都忘了的哥哥找到，這確實是一起大事件。當他們將消失多年的女孩的骨骸埋入地下時，大家會希望能捕捉到這家人的臉部特寫鏡頭。

位於里朋（Ripon）一間優雅大方、有著可以俯瞰大教堂的大面窗戶的公寓裡，凱蒂·泰特正在打開另一箱行李。教堂敲響半小時的鐘聲時，她停了片刻，想著一個半小時後，柯絲蒂·羅斯將被她的母親埋葬，再過一個半小時，她將在二十二年後終於能夠再次正常呼吸。她想到即將到來的審判，想到自己入獄的可能，沒有特別感覺。然後她想到了她的侄子，在布里克斯頓的牢裡等待審判，孤身一人，仍偏執地堅信自己的無辜，將他所做的每一件錯事歸咎於世界，至今無法真正去愛或有同理心，壞到了骨子裡，這讓她忍不住再次因恐懼而屏息。

在普特尼，莉莉安娜·馬區抱著膝上十個月大的嬰兒和朋友坐在咖啡館哩，她的朋友叫達莎，她是另一名嬰兒的保姆，二十一歲的她也來自烏克蘭。莉莉告訴她的新朋友，今天有一個叫柯絲蒂・羅斯的女孩將在死去二十二年後被埋葬。她告訴她朋友，她有被邀請參加葬禮，但她無法面對，她擔心他們會討厭她，因為她曾嫁給殺死柯絲蒂的男人。她告訴達莎，有時她真的很恨自己嫁給了一個會對女人施以如此毒手的男人。她轉過身，不讓達莎看到她在哭。膝上的小嬰兒轉身抬頭看著她，將一隻小手放在她的臉頰上。莉莉握住他的手，吻著。

而在此處，在一輛外觀髒污、停在潘・羅斯位於克羅伊登的獨棟小屋外的沃克斯豪爾房車裡，法蘭克和艾莉絲轉向彼此相視微笑。

「妳還好嗎？」法蘭克說。

「當然，」艾莉絲說。「你呢？」

法蘭克點頭。「我很高興妳在這裡，」他說。「真的很高興。」

「我也很高興我在這裡。」

「在療程中，我談了很多關於妳的事。」

「哦，是嘛，」艾莉絲說。「那麼結論是？」

「普遍的共識是我應該等待。我還不夠堅強，無法成為別人生活的一部分。」他停頓了一下，艾莉絲屏住了呼吸。「但我想這不是問題。我已經成為妳生活的一部分，我知道這對我是好的。問題是：成為我生活的一部分，對妳好嗎？」

「你希望嗎？」她問得太急，結尾的語氣有些倉卒。

「我希望妳成為我生活的一部分。是的。」他轉身看了看位於左方的小屋。「但不再只有我一個人了，對吧？」

她向前傾身，望著那棟屋子。看起來很友善的地方。屋子外觀保持得很好。車道上停著一輛閃亮的綠色標致汽車，窗戶上掛了印花窗簾，花壇裡種著紫色繡球花。

「我想我可以接受家人。」她說。

「有著沉重過往的家人？」

「我的接受範圍通常蠻寬的。」

他笑了。「我知道，」他說。「我知道妳可以。」

「你是怎麼想的？」她突然說，想稍稍推遲單刀直入的問答，想聽到一些讓人安心、感覺充滿希望的話語。「你第一次見到我的時候。在沙灘上。在雨中。你想到的第一件事是什麼？老實說喔。」

他笑了。他握住她的手說，「我認為妳整個人濕透了。有點嚇人。」

她忍不住噴了聲，拍了下他的手臂。但她明白他為什麼會這麼想。多年來，她一直扮演著強悍女人的角色，因為她內心深處感到害怕。她害怕孤獨。害怕成為局外人。害怕她擁有所有獲得幸福的機會，卻把每一個機會都毀了。

他伸出一隻手臂摟住她的肩膀，讓她的頭靠在他的肩窩裡，然後說，「我認為妳棒透了。」

「很好，」她說。「順道一提，我那時認為你很帥。喔當然，你整個人也濕透了。」

他笑著親吻她剛重新整理過的頭髮的頂端。「我很高興是妳找到了我。我很高興不是任何其他人。」

「我也是。」

「我們走吧？」

「是的，」艾莉絲說。「我準備好了。」

致謝

感謝我的編輯賽琳娜．沃克。感謝妳送上的成堆參考文獻、關於鬥牛犬的資料、修改標籤和寫滿建議的便利貼。感謝妳一如以往地以全面、令人喜愛而且完全不惱人的方式將我的草稿進行了賽琳娜優化。感謝妳讓我的書變得更完美。

謝謝我的經紀人強尼．蓋勒。謝謝你的誠實和體貼，以及那封真的非常長的長信，只為了讓我明白你有多麼重視我的寫作。寫作優先，事業第二，就是這樣。

謝謝箭頭（Arrow）電影公司的夥伴們：貝絲、納吉瑪、喬吉娜、賽勒斯特、蓋瑪、卡珊卓、亞斯嵐——以及梅莉莎．福爾為本書設計了美得要命的封面。

謝謝柯蒂斯．布朗（Curtis Bown）經紀公司的所有夥伴，特別是凱瑟琳、梅莉莎和路克。當然也一定要再次感謝瑞芊妲．陶德的巧手排版。和妳工作真的很愉快。

謝謝我美國的前任編輯和現任編輯，兩位的名字都叫莎拉，同樣地令人驚奇。還有謝謝我傑出的美國行銷公關艾瑞兒。以及，絕對不能忘記要感謝我的出版商，無可取代的茱蒂斯．寇爾，感謝妳對我的信任、熱情和那些美好的晚餐。

感謝所有可愛的讀者們、賣書和買書的人們以及圖書館員們，是你們讓這世界上可以持續有書的存在，讓我得以坐在咖啡店裡繼續書寫故事。感謝我的家人、朋友和左右鄰居，是你們完整了我生活的脈絡，缺一不可。

最後的最後，謝謝不管是在網路上或其他地方相遇的許多作家朋友們。作家們總是能成為最好的朋友，這是真的。

高寶書版集團
gobooks.com.tw

TN 293
不存在的男人
I Found You

作　　者　麗莎・傑威爾（Lisa Jewell）
譯　　者　吳宜璇
主　　編　楊雅筑
封面設計　黃馨儀
內頁排版　賴姵均
企　　劃　何嘉雯

發 行 人　朱凱蕾
出　　版　英屬維京群島商高寶國際有限公司台灣分公司
　　　　　Global Group Holdings, Ltd.
地　　址　台北市內湖區洲子街88號3樓
網　　址　gobooks.com.tw
電　　話　(02) 27992788
電　　郵　readers@gobooks.com.tw（讀者服務部）
傳　　真　出版部　(02) 27990909　行銷部 (02) 27993088
郵政劃撥　19394552
戶　　名　英屬維京群島商高寶國際有限公司台灣分公司
發　　行　希代多媒體書版股份有限公司/Printed in Taiwan
初　　版　2022年5月

國家圖書館出版品預行編目(CIP)資料

不存在的男人/麗莎.傑威爾(Lisa Jewell)著；吳宜璇譯. -- 初版. -- 臺北市：英屬維京群島商高寶國際有限公司臺灣分公司, 2022.04
　面；　公分. -- (文學新象；TN 293)

譯自：I Found You.

ISBN 978-986-506-408-2(平裝)

873.57　　111005596

GOBOOKS
& SITAK
GROUP©